Disney

ZODÍACO

O LEGADO

LIVRO 1

CONVERGÊNCIA

LIVRO 1
CONVERGÊNCIA

ESCRITO POR
STAN LEE & STUART MOORE

ARTE DE
ANDIE TONG

Disney

novo século®
São Paulo, 2017

Zodíaco: O legado | Livro 1 Convergência

COORDENAÇÃO EDITORIAL
Vitor Donofrio

GERENTE DE AQUISIÇÕES
Renata de Mello do Vale

EDITORIAL
Giovanna Petrólio
João Paulo Putini
Nair Ferraz
Rebeca Lacerda

TRADUÇÃO
Marcia Men

ILUSTRAÇÕES
Andie Tong

PREPARAÇÃO
Elisabete Franczak Branco

ADAPTAÇÃO DE CAPA
Vitor Donofrio

EDIÇÃO DE TEXTO/ARTE/REVISÃO
Vitor Donofrio

Texto de acordo com as normas do Novo Acordo Ortográfico da Língua Portuguesa (1990), em vigor desde 1º de janeiro de 2009.

Dados Internacionais de
Catalogação na Publicação (CIP)

Lee, Stan
Zodíaco: O legado | Livro 1: Convergência
Stan Lee, Stuart Moore; [tradução Marcia Men].
Barueri, SP: Novo Século Editora, 2017.

Título original: The Zodiac Legacy_Book 1: Convergence

1. Ficção norte-americana I. Título. II. Moore, Stuart III. Men, Marcia IV. Tong, Andie

17-0297 CDD-813.6

Índice para catálogo sistemático:
1. Ficção norte-americana 813.6

NOVO SÉCULO EDITORA LTDA.
Alameda Araguaia, 2190 – Bloco A – 11º andar – Conjunto 1111
CEP 06455-000 – Alphaville Industrial, Barueri – SP – Brasil
Tel.: (11) 3699-7107 | Fax: (11) 3699-7323
www.novoseculo.com.br | atendimento@novoseculo.com.br

novo século®

DEDICADO A TODOS OS QUE AMAM FANTASIA
E GRANDES AVENTURAS POR MEIO DE HISTÓRIAS QUE
PROVOCAM
E INCITAM A IMAGINAÇÃO. QUANDO SE PARA PRA PENSAR,
ISSO INCLUI TODOS NÓS, NÃO É MESMO?
- S. L.

PARA LIZ
- S. M.

PARA STEPH, ZOE E BUBBA2
- A. T.

PARTE UM: CONVERGÊNCIA 13
PARTE DOIS: OS RECRUTAS 89
PARTE TRÊS: O CERCO 203
PARTE QUATRO: O PORTÃO DO DRAGÃO 309
EPÍLOGO UM 391
EPÍLOGO DOIS 396

LAM WAI'S
SEAFOOD
RESTAURANT
T 2354 6789
PLUS
ARCADE
5F
萍萍
金行
萍萍金行
PING PING GOLDSMITH
侍店
电脑商场
陈书店
ZOE'S HOUSE OF
TAXI

FIK'S
HEAVEN
STEF & ANGE'S
TAILORS
READY IN 24 HOURS
明利眼镜
BRIGHT & CLEAR OPTICAL
STEF & ANGE'S
TAILORS
READY IN 24 HOURS
stephanie's
BAKERY CAFE
面包咖啡店
ENG'S

JOONYA'S BEATBOX
音乐商店
FRAN'S
LEV'S
电脑
大鱼书店
SAMURAI STORE
侍店
JAMIE'S RUNNING SPORT APPAREL
THE EVERYTHING STORE
TEL 26781234
DEPARTMENTAL STORE
嘉花店
CHANGER

PARTE UM
CONVERGÊNCIA

CAPÍTULO UM

HAVIA ALGO DE ESTRANHO NA GUIA TURÍSTICA. Ela era alta, tinha cabelos compridos e parecia saber muito sobre história chinesa – e devia saber mesmo, trabalhando em um museu. Entretanto, enquanto Steven Lee a escutava, não conseguia se livrar da impressão de que ela não era exatamente aquilo que aparentava.

– O Novo Museu do Patrimônio Chinês foi inaugurado há cinco anos – disse a guia. – O espaço foi projetado para lembrar uma casa chinesa tradicional em formato quadrangular, com vários prédios cercando um pátio central.

Steven ergueu a mão. O Sr. Singh, o professor, fez um gesto com a cabeça para ele.

– Ele foi planejado desde o começo para ser um museu? – perguntou Steven.

– Sim – respondeu a guia. Ela parecia distraída; seus olhos dardejaram rapidamente pelo salão. – Digo, não. Talvez. Acho que era para ter sido um hotel...

Steven franziu o cenho. *Um hotel?* Aquilo não parecia fazer sentido. E a guia não parecia ter muita certeza.

O restante do grupo apenas assentiu.

Steven olhou para a sala ao seu redor. As paredes altas eram cobertas de entalhes intrincados em madeira, vitrais e obras de arte estilizadas exibindo camponeses de um tempo antigo conduzindo seus bois. Duas estátuas grandes de Buda se erguiam no centro da sala.

– Os primeiros livros foram produzidos na China – continuou a guia, gesticulando para um estojo de vidro. – Mesmo antes da invenção do papel, a escrita era impressa em materiais como osso, madeira e... – Ela parou de falar.

Harani, amiga de Steven, deu um passo adiante.

– E o quê? – perguntou ela.

– Humm... – A guia havia sacado o telefone e olhava para ele, franzindo a testa. – Humm, plástico...

O Sr. Singh inclinou a cabeça.

– Com licença, senhorita. Você... você disse *plástico*?

– Disse? – Ela sorriu, com ar distante. – Bobagem, é claro. Eu queria dizer, hã... papel alumínio.

Isso definitivamente *não faz sentido*, pensou Steven.

– Essa mulher está se desviando muito do roteiro – cochichou Harani, aproximando-se de Steven. Ela tinha os cabelos escuros presos e usava um suéter alaranjado berrante.

– Está mesmo, não é? – respondeu Steven. – E o que ela está fazendo agora?

A guia estava digitando na tela do telefone, balançando a cabeça.

Harani sorriu.

– Talvez esteja esperando a oferta de um emprego melhor.

Foi quando Steven reparou no crachá da guia: Jumanne. Ele ficou confuso; a mulher tinha sotaque chinês, mas seu nome não era. Por outro lado, Steven parecia chinês, mas seu nome era americano – um fato que surpreendera alguns residentes de Hong Kong nessa mesma viagem.

Ryan, um simpático garoto de cabelos ruivos, se enfiou entre Steven e Harani.

– Ei, Lee – disse Ryan. – Você viu isto?

Ele apontou um estojo que estava exposto. Lá dentro, um livro impresso muito antigo repousava, aberto. Alguns ideogramas chineses desciam pela lateral, mas a página era prioritariamente preenchida por uma gravura de estilo antigo: um desenho estilizado de um homem de túnica disparando um tipo de relâmpago pela mão.

Steven piscou e olhou para Harani, incrédulo.

– Você diz o Mangusto de Aço? – perguntou ele.

Ela deu de ombros.

– Você nunca ouviu falar do Mangusto de Aço? – prosseguiu Steven. – Bob Mugabi, o aventureiro africano que se feriu gravemente e construiu um exoesqueleto de alta tecnologia que lhe dá os poderes de um animal selvagem fofinho, porém mortal?

– Ele, hã, está nos gibis? – perguntou Harani.

– Não. Talvez, não sei. Ele foi apenas o astro de *Mangusto de Aço 3*, o filme mais rentável do ano passado! Estava passando no avião, lembra?

– Eu gosto de poesia – argumentou ela.

Em seguida, Harani olhou para além dele e fez uma careta. Steven se virou e viu o Sr. Singh olhando feio para eles, a alguns metros de distância.

– É melhor a gente ficar quieto – cochichou Harani.

Ryan riu.

– Você e seus heróis, Lee. Eles não são reais, sabia? Harani e Ryan se afastaram. Steven ficou para trás um momento, fitando o livro no estojo. A estranha imagem do homem com os raios pareceu encará-lo de volta, como se estivesse falando com ele através das eras.

– Ei, Lee – chamou Ryan. – Venha dar uma olhada nisto.

Steven foi até a parede. Ryan tinha parado perto de um grande estojo vazio com uma placa que dizia, em inglês e chinês: PEÇA REMOVIDA PARA RESTAURAÇÃO.

– Que coisa, hein? – reclamou Ryan. – Esse negócio deve ter quase cinco metros de altura.

Steven olhou com mais atenção. Dentro do estojo havia um pequeno expositor de papelão com uma imagem da peça que faltava: um grande disco achatado, entalhado com uma série de círculos e linhas concêntricos. As linhas formavam centenas de boxes minúsculos, cada um preenchido com um ou mais ideogramas chineses antigos. Ranhuras cravejavam a parte exterior, marcada com números de 0 a 360. Uma etiqueta dizia: *Shipan* – Compasso Astrológico. C. 200 a.C.

– Meu avô tem um desses – comentou Steven. – Bom, o dele é bem menor. Acho que ele o trouxe da China. – Steven apontou. – As marcas são os nomes das estrelas no céu.

– Gosto do seu avô – disse Ryan. – Ele faz aquelas vagens salgadinhas, uma delícia. Pessoal, é melhor a gente ir andando.

Ryan foi atrás de Harani e do restante do grupo, que havia se reunido ao redor de uma grande estátua de Buda. Steven, porém, hesitou. Ele olhou em volta, para os tapetes e mapas surrados que cobriam as paredes; os estojos de vidro que comportavam antigos pedaços de osso e cerâmica; uma peça de ópera cantonesa exibindo pessoas em fantasias opulentas e coloridas. A vasta história e a cultura da China eram preservadas naquele lugar.

Steven não queria ter vindo a Hong Kong. Ele gostava de sua casa no subúrbio da Filadélfia, a TV grande, o Xbox e sua coleção em Blu-ray de filmes de super-heróis.

– Você deveria visitar a China – dissera-lhe o pai. – Você tem que *estar* em um lugar para compreendê-lo. Você precisa saber de onde veio.

Devia ser importante, Steven sabia, porque seu pai raramente falava tanto. Na verdade, os pais de Steven não passavam muito tempo em casa; desde que ele podia se lembrar, os dois estavam sempre ocupados administrando a empresa da família, sete dias por semana. No entanto, o avô estava sempre por ali, com sua cozinha incrível, seu sorriso afetuoso e suas longas histórias sobre a China antiga.

Eu devia ouvir mais aquelas histórias, pensou Steve.

Ele deu uma olhada no grupo. Harani fez outra pergunta à guia. Steven não conseguiu ouvir a resposta, mas alguns alunos riram. O Sr. Singh franziu a testa, inclinando-se adiante para censurá-los gentilmente.

Separado do grupo, Steven se sentiu de repente muito solitário, extremamente deslocado. *Apenas duas semanas*, pensou ele. *E já estou ansioso para voltar para casa.*

Ele olhou para a camiseta de novo, e observou atentamente a figura determinada e musculosa do Mangusto de Aço, os punhos brilhando com vigoroso poder.

– Sr. Lee!

O Sr. Singh o olhava de cara feia. O grupo estava passando sob um alto arco para um espaço de exibição adjacente. Intrigado, Steven começou a se mover para juntar-se a eles.

E então parou, de súbito.

O grito soou baixo, tão débil que Steven mal conseguiu ouvi-lo. Contudo, pareceu profundo e ressoante, e penetrou diretamente em seu crânio. Soava como alguém – um homem ou uma mulher, ele não sabia dizer – urrando de agonia.

Steven deu meia-volta, tentando localizar a fonte do grito. Parecia vir da parede mais distante. Dois imensos tapetes ornamentados cobriam a maior parte da parede, com uma portinhola entre eles.

Em seguida, o ruído desapareceu.

Steven franziu a testa. *Será que eu ouvi mesmo aquilo?*, perguntou-se. Ele sacudiu a cabeça e partiu para atravessar o arco, mas parou de novo quando o grito voltou a soar.

O grupo tinha seguido para a próxima sala. Entretanto, a guia – aquela mulher estranha chamada Jumanne – ainda estava ali, agora sozinha. Ela fitou a tela do telefone, concentrada, depois olhou para a porta – aquela localizada entre os dois tapetes. A porta de onde tinham vindo os gritos.

Por instinto, Steven se escondeu atrás de uma estátua de Buda, e ficou espiando pela lateral, observando Jumanne. Os olhos dela iam da porta para o telefone, e então para a porta outra vez. Ela parecia estar tentando tomar uma decisão.

Em seguida, jogou o aparelho de lado e caminhou até a porta. O comportamento dela era totalmente diferente agora; não estava de modo algum desajeitada ou distraída. Movimentava-se com rapidez, com propósito, e seus olhos estavam aguçados, demonstravam firmeza.

NO ENTRY
TO UNAUTHORISED PERSONNEL
非行政人员免进

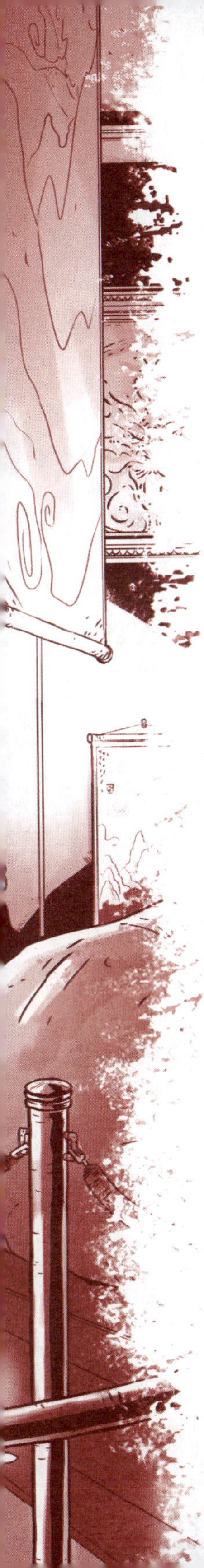

Steven passou de um Buda para o próximo, chegando mais perto. A mulher não o notou.

Jumanne estendeu a mão e abriu a porta; então, lançando um olhar rápido e sinistro para trás, desapareceu na escuridão. A porta se fechou após sua passagem.

Steve tornou a olhar ao redor. Ele estava sozinho no salão de exibições. Até os guardas tinham ido embora, seguindo os estudantes até a outra sala.

Ele correu até a porta pela qual a mulher havia atravessado e leu na placa afixada ali: NÃO ULTRAPASSE. ENTRADA EXCLUSIVA PARA FUNCIONÁRIOS DO MUSEU.

Steven segurou a maçaneta da porta. Então parou e se virou, olhando para a passagem em arco. *Eu deveria voltar para junto do grupo*, pensou ele. *Este é um país estrangeiro, e eu posso me meter em muitas encrencas.*

Mas, em seguida, ouviu novamente o grito. Foi mais alto e estridente dessa vez. *Alguém está com muita dor*, ele se deu conta.

Olhando novamente para a imagem em sua camiseta, ele pensou na mulher, na guia turística. Será que ela estava em dificuldades do outro lado da porta? Ou será que ela tinha ido salvar alguém que estava?

Talvez eu devesse apenas ir ver se alguém precisa de ajuda, pensou ele.

Enquanto abria a porta, percebeu que estava sorrindo.

CAPÍTULO DOIS

STEVEN DEU UM PASSO ADIANTE, entrando na escuridão. Ele piscou, esperando os olhos se ajustarem. Em seguida, parou de súbito.

O piso pendia logo à frente, descendo em uma longa escadaria. Os degraus eram de madeira, com um corrimão velho e barulhento ao lado. As paredes eram de metal surrado, manchado e marcado pelo tempo.

Steven respirou fundo. O ar estava rançoso e viciado. *Independentemente do que este lugar seja*, pensou ele, *é muito mais velho do que o museu.*

Mais uma vez, ele hesitou. Inclinou-se para a frente, mas não conseguia ver mais do que alguns degraus da descida. Não havia como dizer para onde eles conduziam, ou o quanto a escada descia.

De repente, o grito ressoou de novo, profundo e retumbante.

Steven sacou o telefone. Ligando-o como uma lanterna fraca, começou a descer a escadaria. Os degraus cediam sob seus pés, e o corrimão parecia prestes a se quebrar em sua mão. A luz do celular iluminava alguns degraus de cada vez, mas só isso.

Logo ele também já não podia mais ver a porta.

Estou indo para as profundezas do subterrâneo, pensou Steven, *mas também estou me movendo na lateral. Acho que estou indo… para longe do museu?*

O grito elevou-se a um tom agudo, e então voltou a silenciar.

Steven tentou manter uma noção do quanto havia andado. Porém, não tinha pensado em contar os passos desde o começo, e agora era impossível avaliar onde estava.

– Ah! – gritou Steven ao tropeçar, chegando abruptamente ao fim da escadaria. Algo jazia sob seus pés, amontoado em uma pilha amorfa.

Por um momento terrível, ele pensou que era um cadáver.

Fazendo uma careta e temendo olhar, Steve se abaixou e tocou o amontoado à sua frente. Aliviado, percebeu que era apenas uma pilha de roupas – um uniforme, como os usados pelos guias do museu. Algo afiado espetou-lhe o dedo, e ele sentiu um objeto pequeno e rígido afixado ao uniforme.

Com uma careta, ele ergueu o objeto. Era um crachá.

Jumanne.

Um milhão de pensamentos dispararam pelo cérebro de Steven. Será que a guia havia trocado de roupa ali embaixo por algum motivo, jogando apressadamente o velho uniforme de lado? Será que ela havia sido atacada?

A escadaria ainda estava escura, mas ele pôde avistar uma porta de metal no fim da passagem. Jogando as roupas de lado, Steven apalpou ao redor até sua mão se fechar em uma maçaneta.

Por um instante, pensou em se virar e subir correndo as escadas. Depois olhou para o uniforme dispensado, amarrotado no chão. Seu coração palpitou.

Se alguém estiver enrascado…

Ele abriu a porta e deu um passo à frente. Em seguida, ofegou.

Steven estava em uma passarela estreita que dava uma volta completa em torno de uma sala ampla e perfeitamente circular. Estava escuro, e apenas uma luz tênue iluminava escassamente o piso lá embaixo.

Então se deu conta de que a passarela, para seu terror, não possuía um corrimão. Ele pisou adiante com cuidado, olhando por cima da borda. Três metros e alguma coisa abaixo, uma dúzia de círculos arranjados ao redor das beiras da câmara, cada um do tamanho de uma piscina infantil. Observando com mais atenção, notou que eram *de fato* tanques, cheios de um estranho líquido cintilante que irradiava uma pálida e fantasmagórica luz esverdeada.

A sala estava silenciosa. Se alguém estivera gritando por ali, já tinha parado.

Steven olhou para cima. A câmara se estendia longitudinalmente, subindo vários andares. Suas paredes eram feitas de metal e afuniladas, estreitando-se na direção do teto como um cone de sorvete invertido. Isso tornava a sala de certa forma claustrofóbica, apesar do imenso tamanho.

Buracos redondos e velhas vigas de suporte pontilhavam as paredes, como se no passado tivessem existido outras passarelas ali. E no topo estreito da câmara, onde as paredes quase se convergiam em um ponto, um grande disco achatado havia sido montado no teto. Parecia bem velho e, na sua face visível, voltada para baixo, havia marcas com um conjunto muito familiar de números e pequenos quadrados.

Isto é o... como era mesmo o nome?... shipan!, percebeu Steven. *A peça lá de cima, a que tinha sido retirada para restauração.*

A que se parece com o pequeno compasso do vovô.

Steven respirou fundo. O que estaria acontecendo? O que era aquela sala, afinal? O que eram aqueles misteriosos tanques de líquido? Por que uma valiosa peça do museu tinha sido instalada em um lugar tão bizarro?

E como a misteriosa Jumanne se encaixava em tudo isso?

Precisamente no centro da sala, um grupo de luzes tremeluziu e se acendeu. Steven piscou e viu três pessoas de pé em um pequeno tablado elevado, repleto de computadores, monitores e equipamento técnico, todos ligados em um emaranhado de fios e cabos.

As pessoas usavam macacões largos e seguravam pranchetas e tablets. Uma delas, um técnico de aparência séria com óculos de aros finos, olhou para cima, para um ponto distante de onde estava Steven.

– Desculpe, Maxwell – pediu ele. – Foi apenas uma pequena falha de energia.

Steven seguiu o olhar do técnico. Quase do outro lado da sala, uma figura ampla flutuava no ar. Ele estava iluminado por baixo por um dos tanques, de modo que Steven não conseguiu distinguir suas feições; mas seu corpo estava tenso, os punhos fechados. O tanque sob ele parecia cintilar um pouco mais do que os outros, refletindo sombras compridas e imponentes ao longo de seu corpo.

Quando o homem – Maxwell – falou, sua voz era grave e dominadora.

– Está tudo funcionando agora? – perguntou ele.

– Sim, senhor – respondeu o técnico.

Maxwell estendeu a mão e apontou para outro tanque. Agora Steven conseguiu enxergar: Maxwell estava montado em um veículo flutuante de apenas um lugar, uma versão excêntrica e altamente tecnológica de um Segway. E, ao redor do braço estendido de Maxwell – ao redor de todo o seu corpo, na verdade –, irradiava-se um brilho esverdeado, uma versão mais fraca do clarão nos tanques lá embaixo.

– Então prossiga – ordenou Maxwell. – Carlos?

O técnico inclinou a cabeça. Ele parecia agitado, até um pouco temeroso.

– Estou contando com você – concluiu Maxwell.

Carlos assentiu, e olhou nervosamente pela câmara em volta, desde o compasso no teto, descendo pelas laterais e chegando até a passarela. Seus olhos quase encontraram os de Steven, e por um instante Steven ficou com medo de que Carlos o tivesse visto.

Mas Carlos lhe deu as costas, emitindo uma série de ordens para os outros técnicos. Os três funcionários consultaram um banco de monitores, os olhos dardejando rapidamente de uma tela para a outra.

– Os ramos superiores parecem estar bem – informou Carlos. – Quanto aos inferiores... há um leve bloqueio no ramo dois.

– Já estou cuidando disso – disse a técnica. – Descarregando o ramo agora... Os níveis de Chi retornaram ao normal.

Steven pressionou as costas contra a parede da câmara, chacoalhando a cabeça. *Do que eles estão falando?*

– Todos os sistemas nominais. – Carlos se voltou outra vez para a figura flutuante. – Maxwell, estamos prontos para a Posição Três.

– Não – respondeu Maxwell, e sua voz retumbou pela câmara. – Posição Seis.

Carlos franziu a testa.

– Eu já lhe disse – prosseguiu Maxwell. – Quero os poderes mais fortes primeiro.

Quando Carlos hesitou, Maxwell guinou seu veículo de frente para o palco. Os olhos de Maxwell brilhavam em um tom verde feroz e raivoso, e um espasmo de dor pareceu percorrê-lo.

– Carlos – disse Maxwell. – Seu conhecimento da Convergência nos trouxe até aqui. Sou grato por isso, e preferiria que você completasse o procedimento. – A voz dele tornou-se fria. – Porém, caso necessário, posso trazer outra pessoa.

Carlos balançou rapidamente a cabeça e voltou ao trabalho.

Maxwell se virou sem dizer nada e atravessou deslizando o centro da câmara. Ele parou bem em cima de outra piscina, um pouco mais perto de Steven.

– Eu tenho um pequeno déficit de Fogo – disse outro técnico.

– Estou vendo – concordou Carlos. – Maria, desvie um pouco da energia da Madeira para o ramo cinco.

– O quê? – espantou-se a mulher. – Isso vai sobrecarregar o ramo inteiro.

– Certo, hum, foi mal – disse Carlos. – Eu quis dizer ramo quatro. Níveis de Chi compensados; ativando *shipan* agora.

Um ruído de motor dominou a sala. Steven olhou para cima e viu a fonte: o *shipan*, o antigo disco astrológico montado no estreito teto.

Uma grande luz cegante se acendeu, uma das doze lâmpadas montadas ao redor da borda exterior do *shipan*. O refletor cortava o ar até o chão.

As outras onze lâmpadas espalhadas ao redor da beirada do *shipan* estavam escuras.

– Sequência de alinhamento pronta – informou a técnica.

Com um rangido ruidoso, o *shipan* começou a girar lentamente em seu lugar. Conforme se movia, o holofote passeava pelo piso entre as piscinas.

Exceto que, Steven via agora, aquilo não era um piso. Era terra, simples e comum. Isso significava que as piscinas não tinham sido trazidas para dentro do museu depois de sua construção. As piscinas já estavam ali, mergulhadas naquela estranha câmara, embaixo da terra. O museu tinha sido construído *sobre* elas.

Steven respirou fundo mais uma vez. *O que é este lugar?*

O *shipan* parou com um chiado, diretamente acima da figura flutuante de Maxwell. Sua luz brilhou sobre ele, e ao seu redor, focando diretamente no tanque sob seus pés. Maxwell flutuava entre o disco lá no alto e o tanque lá embaixo, preso entre as duas fontes de luminosidade anormal.

Em seguida, Steven notou outra coisa estranha. Algo – alguém – estava rastejando pelo chão na escuridão, perto da orla da sala. Uma figura esguia e ágil, chispando de um tanque para o outro, aproximando-se da posição de Maxwell. Steven não conseguia ver claramente a figura, que se mantinha nas sombras. No entanto, algo no movimento da sombra o fez se lembrar da última vez que vira Jumanne, a guia turística, quando ela atravessou a sala de exibições em direção à porta.

É ela, pensou ele. *Eu sei que é.*

Maxwell olhou para o *shipan* lá em cima, depois para baixo, para o tanque radiante. Seus punhos se abriram e fecharam nas manoplas do veículo. Ele parecia se preparar para alguma coisa.

– Retome a Convergência – disse ele. – Posição Seis.

No palco central, Carlos apontou o dedo para a técnica. Ela digitou um comando em sua tela.

Na parte inferior do *shipan*, o holofote ficou mais brilhante. A energia estalou pela superfície do disco, pulsando e se acumulando. Ao mesmo tempo, diretamente abaixo de Maxwell, o tanque irrompeu em luz. Quando a energia do alto se encontrou com o líquido flamejante que se erguia lá de baixo...

... Maxwell gritou.

Foi um som profundo, de gelar a alma. Steven o reconheceu de imediato como o grito que ouvira lá em cima, no museu, e de novo na escadaria. *Soa como se algo estivesse sendo arrancado do corpo dele*, pensou.

E então entendeu: *Não. É mais como se algo estivesse sendo forçado* para dentro *dele. Algo estrangeiro, alienígena.*

A energia se dilatou, formando uma coluna vertical. O corpo de Maxwell se tornou uma silhueta, uma massa espasmódica ainda agarrada a sua máquina flutuante de alta tecnologia. Outra coisa começou a se formar: uma segunda figura, erguendo-se e se sacudindo na energia resplandecente acima de Maxwell. Uma fera violenta, uma criatura de pura energia, selvagem e indomável.

Enquanto Steven fitava o fulgor, a fera se moldou em um garanhão imenso, feroz. Sua boca se escancarou e a crina se agitou de um lado para o outro em uma exibição silenciosa de selvageria de tirar o fôlego.

Steven olhou para o palco de controle. Carlos e os outros técnicos estavam observando Maxwell com olhos clínicos, científicos. Carlos se encolheu um pouco, instintivamente, quando o grito de Maxwell se elevou a um tom ensurdecedor.

Steven deu uma espiada para o canto da sala novamente, mas a “guia turística” tinha desaparecido. Se ela ainda estava ali, devia estar escondida nas sombras mais escuras.

A energia se dilatou uma vez, duas. Maxwell ergueu a cabeça para o céu e uivou ainda mais alto e barbaramente do que antes.

E então, de uma só vez, a energia se foi. O *shipan* escureceu e o líquido voltou para o tanque, respingando. A luminescência oscilou e se apagou ao redor de Maxwell, levando consigo a visão etérea do garanhão.

No palco, os técnicos corriam, manipulando controles em *touchscreen*. A mulher começou a falar, mas Carlos gesticulou para que ela fizesse silêncio. Todos os três se voltaram para olhar o líder.

Maxwell ainda flutuava no ar, oscilando levemente. Ele brilhava mais do que antes, como um carvão que tivesse sido aquecido em uma fogueira. Energia verde vazava de seus olhos, de sua boca, das pontas dos dedos. Líquido do tanque escorria dele, secando com rapidez.

Vagarosamente, ele olhou para cima, fitando um ponto logo atrás de Steven. Sua cabeça girou de frente para o palco de controle. Em seguida, ele sorriu e disse uma única palavra:

– *Cavalo.*

CAPÍTULO TRÊS

STEVEN FICOU ALI, imóvel por um longo instante, quase paralisado. Ele fez um esforço imenso para controlar os pensamentos, para tentar achar um sentido no que tinha acabado de ver.

Eu poderia fugir, pensou ele. *A porta está bem atrás de mim. Eu poderia disparar escadaria acima, voltar para junto do grupo e inventar uma desculpa qualquer, dizer que me perdi. Seria como se nada tivesse acontecido. Aposto que, depois de algum tempo, eu mesmo acharia que inventei tudo isso na minha mente.*

Mas havia Jumanne, a guia turística – ou seja lá o que ela fosse. E mais do que isso: existia um mistério ali. Algo muito importante, algo que talvez pudesse até afetar o futuro do mundo.

Algo que um herói deveria investigar.

Maxwell ergueu a cabeça devagar, como se pesasse uma tonelada.

– Carlos – disse ele. – Posição Cinco.

– Senhor – hesitou a técnica –, tem certeza?

Maxwell a encarou com a expressão fechada e, quando mostrou os dentes cerrados, um pouco de energia verde vazou. A mulher recuou, assustada.

– Maxwell – disse Carlos. – O poder do Zodíaco não foi feito para ser manipulado por uma única pessoa. Especialmente alguém que não é do signo adequado.

– Você não é Cavalo! – gritou a mulher.

Taí uma coisa esquisita de se dizer, pensou Steven.

Carlos gesticulou com o braço estendido, indicando as piscinas no chão.

– Você absorveu três dos doze signos do Zodíaco – disse ele. – O restante pode até matá-lo.

– Eles poderiam matar uma pessoa como você, mas vão fazer de mim o homem mais poderoso da Terra.

Houve silêncio por um instante. O olhar de Carlos voltou-se brevemente para o chão, abaixo do palco.

– Posição Cinco – repetiu Maxwell.

Carlos assentiu e retornou ao trabalho, emitindo uma série de comandos em voz baixa para os outros técnicos.

Lá no alto, o *shipan* começou a ranger novamente. Uma segunda luz ganhou vida em sua superfície inferior, cintilando na direção de outro tanque.

Maxwell respirou fundo pela boca. Ele deslizou ao redor da sala, movendo-se para um espaço recém-iluminado, à esquerda do tanque. Escorregou então com tranquilidade no holofote vindo do *shipan* – movendo-se, nesse processo, uma posição mais para perto do esconderijo de Steven, na passarela escura junto à borda da sala.

Outra vez, Steven detectou movimento lá embaixo. Ele se inclinou sobre a beira da passarela, consciente da extensão do percurso até o chão. Era a mulher, Jumanne, ainda se escondendo nas sombras. Ela se movia com velocidade e graça, e seus cabelos estavam agora presos num rabo de cavalo.

Jumanne rastejou na direção de Maxwell. Ambos convergiam para a posição de Steven, porém nenhum dos dois parecia ter reparado nele.

Ainda.

Eu deveria fugir, pensou Steven novamente. Mas não conseguia. Algo o segurava imóvel naquele lugar.

Eu tenho que ver até o fim. Seja lá o que for isso.

Maxwell assumiu sua posição acima do tanque recém-iluminado, assim como tinha feito no anterior.

– Comecem – ordenou ele.

Mais uma vez o *shipan* no teto cintilou intensamente. E novamente o tanque irrompeu para cima, encontrando a luz cegante lá do alto em uma ostentação de poder. E mais uma vez Maxwell gritou.

Steven olhou para o canto da sala, lá embaixo. Ele podia ver Jumanne agachada atrás de outro tanque, o vizinho. *Ela está usando o tanque para se esconder de Maxwell,* percebeu Steven. E estava retirando algo de uma mochila, disparando olhares nervosos para cima, para a coluna pulsante de luz.

A cabeça de Maxwell fustigava para a frente e para trás no ar, respingando gotas do estranho fluido verde ao seu redor. Dessa vez, seu uivo de agonia soou mais como um sibilar. A forma encolhida de uma cobra surgiu acima dele, a cabeça escamosa e a língua afiada sibilando freneticamente, simultaneamente aos movimentos de Maxwell.

Steven fitou-a fixamente. O movimento era mesmerizante, como o deslocamento ritmado de um relógio de hipnotizador. A cabeça da cobra pareceu voltar-se para ele, os olhos vermelhos fitando profundamente a mente de Steven.

Em seguida, a energia outra vez se dissipou. Steven balançou fortemente a cabeça, ainda preso ao feitiço hipnótico da serpente. E então, com um pressentimento horrível, ele se deu conta de que Maxwell agora o fitava diretamente.

Muito devagar, Maxwell girou as manoplas do aparelho de flutuação. Ele pairou pela sala, sem pressa, mantendo os olhos fixos em Steven. A radiância verde vazava de seu corpo, emanando-lhe do rosto, das roupas, até mesmo dos poros. Ele parou pouco antes da borda da passarela, flutuando no ar, mantendo os olhos exatamente no mesmo nível dos de Steven.

E então sorriu.

– Vejam só o que a natureza selvagem mandou aqui para dentro – disse Maxwell. – Um jovem Tigre.

Ele soou como se tivesse acabado de capturar algo para o jantar.

De súbito, Steven se lembrou de uma coisa.

Vovô me chamava assim: "Meu pequeno Tigre". Será que isso tem algo a ver com Astrologia? Algo a ver com o ano em que eu nasci?

E então ele compreendeu. O Cavalo, a Serpente. As piscinas – doze delas. Doze signos... Exatamente igual ao compasso de seu avô. Ele olhou para cima, para o disco pesadamente marcado no teto, depois seu olhar foi irresistivelmente atraído para os olhos questionadores de Maxwell.

– O Zodíaco – disse Steven. – Aqueles são os signos.

O sorriso de Maxwell permaneceu fixo. Ele assentiu.

Lá embaixo, Steven podia ver atividade no palco de controle. Carlos apontou, e dois outros técnicos desceram e começaram a atravessar o piso na direção de Steven e Maxwell.

– Você é esperto – disse Maxwell. – Como entrou aqui?

Steven ainda não conseguia se mover.

– Pela porta – respondeu ele, tentando soar confiante.

Maxwell se virou para o palco.

– Eu ordenei que a câmara de Convergência fosse vedada.

– E foi – retrucou Carlos, mas sua voz tremia.

Os dois outros funcionários agora corriam para a passarela, desviando-se das piscinas.

– Eu já tenho um Tigre – disse Maxwell, voltando-se para Steven. – A menos que você ache que é uma opção melhor.

Steven deu de ombros. Ele sentia como se estivesse assistindo a um filme estrangeiro.

Abruptamente, Maxwell se inclinou de lado no ar e afastou-se. Sem olhar para trás, gesticulou para os dois técnicos.

– Maria, Fédor – disse Maxwell –, removam-no daqui. Não podemos permitir que interfira na Convergência. – A seguir, ele parou a alguns metros do palco e indicou Steven com a cabeça. – Mas prendam-no. Eu gostaria de continuar esta conversinha mais tarde.

Os técnicos agora subiam uma escadinha rumo à passarela, a alguns metros de onde Steven se encontrava. Eles o alcançariam em um minuto.

Ele olhou ao redor freneticamente. Maxwell tinha parado logo acima do palco central, abaixando-se para discutir com Carlos. O tom de voz deles era baixo, e Steven não conseguia discernir o que estavam falando. Carlos, no entanto, não parecia feliz.

Lá no alto, o *shipan* brilhava suavemente.

O primeiro dos técnicos – Fédor, o homem – subiu na passarela. Ele parecia meio inseguro. *Provavelmente não está habituado a trabalhar como segurança*, pensou Steven. Contudo, Steven não tinha certeza de que conseguiria enfrentar dois deles em uma luta.

Mas realmente não queria mais "conversar" com Maxwell.

Outro movimento chamou sua atenção lá embaixo. A mulher do museu, Jumanne. Não conseguia vê-la com clareza, mas tinha que ser ela. Ele rapidamente tornou a olhar para os dois técnicos avançando até ele pela passarela...

... e então saltou pela borda.

Ele caiu na escuridão, aterrissando com impacto no chão descoberto. Caiu de joelhos e rolou até ficar de costas.

Quando olhou para cima, viu que a mulher do museu estava a apenas alguns metros dele, quase invisível sob a luz difusa das piscinas. Ela fitava um par de objetos metálicos redondos que tinha na mão. Cada um era do tamanho de uma bola de beisebol, e tinha uma luz vermelha piscando na superfície.

– Vamos – cochichou ela, aparentemente para as esferas de metal. – Vamosvamosvamosvamos*vamos!*

Steven voltou a olhar para a passarela. Os dois técnicos se debruçavam sobre a borda, espiando a escuridão. Parecia que eles não conseguiam enxergar Steven, mas a técnica, Maria, apontou para as luzes vermelhas piscando na mão de Jumanne.

Steven deu um passo na direção da mulher misteriosa.

– Humm, oi – cumprimentou ele. – Você é...

Sem levantar os olhos, Jumanne ergueu a mão livre e a fechou sobre a boca de Steven.

– Fique calado e eu tiro você daqui – disse ela, mantendo a voz baixa. – É só fazer tudo o que eu disser, exatamente quando eu disser. – Ela chacoalhou um dos objetos esféricos, como se fosse um controle remoto quebrado. – *Vamos!*

– O quê... – Steven fitou a figura luminosa acima deles e engoliu em seco, com medo. – O que significa tudo isso?

Uma luz ofuscante pairou sobre eles. Por um momento, Steven pensou ser outra luz de poder do disco *shipan* no teto. Todavia, quando estreitou os olhos, viu lá em cima a forma flutuante de Maxwell, acendendo um pequeno arco de luz montado em seu veículo.

Maxwell lançou a Steven um olhar divertido. Em seguida, voltou-se para Jumanne, e sua expressão ficou sombria.

– Jasmine – disse ele.

Steven se virou ao ouvir um ruído. Os dois técnicos estavam descendo a escada de novo, apontando e se dirigindo diretamente para Steven e Jumanne. *Ou Jasmine*, pensou ele. *Seja lá qual for o nome dela!*

Jasmine tornou a olhar para Maxwell, protegendo os olhos do ofuscante brilho.

– Eu fiquei magoada, Maxwell – reclamou ela, curvando os lábios em um sorriso maldoso. – Não estou mais na sua lista de convidados?

– É uma festa particular, Jasmine – retrucou Maxwell.

– Eu entendo. Barreiras invisíveis. – Ela então se voltou para Steven. – Segure isto para mim, sim?

E, sem olhar, jogou uma das esferas de metal para Steven. Ele se atrapalhou, mas conseguiu apanhá-la.

Quando olhou para cima, Jasmine já estava em movimento. Ela jogou sua esfera bem alto, mal observando enquanto o objeto fazia um arco preguiçoso pelo ar. Em seguida, a moça saltou adiante, acertando um chute violento em Fédor. Conseguiu atingi-lo bem no estômago, e ele se curvou de dor. A técnica, Maria, agitou um taser na direção dela, com eletricidade chispando vigorosamente pela extremidade. Jasmine deu um golpe de lado no pulso de Maria; a técnica gritou de dor e o taser caiu no chão, soltando faíscas.

Jasmine deu sequência com uma cotovelada brutal na nuca da mulher. Maria grunhiu e caiu. Fédor fez grande esforço para se levantar, mas Jasmine o derrubou com dois golpes fortes no plexo solar.

E então ela esticou a mão, bem a tempo de pegar a esfera que havia arremessado no ar. Sua luz, Steven reparou, ainda estava vermelha. Ele olhou para a esfera em suas mãos: ela também piscava uma luz vermelha.

Jasmine então marchou de volta a passos largos até onde estava Steven.

– Nossa – disse ela, balançando a cabeça. – Você está me matando aqui.

Ela nem está arfando, pensou Steven. *Quem é essa mulher?*

No entanto, antes que Jasmine pudesse alcançar Steven, o holofote de Maxwell voltou a brilhar sobre ela.

– Muito impressionante, Jasmine. – disse Maxwell, e uma energia verde se irradiava outra vez de sua silhueta flutuante. – Porém o tempo é curto, e eu não posso deixar que fique por aqui. Carlos, por favor...

Um rangido barulhento o interrompeu. Steven olhou para cima, sabendo o que veria. O *shipan*, o disco no teto, brilhava. Uma terceira luz ganhou vida e o disco começou seu movimento lento, ruidoso e circular mais uma vez.

Maxwell girou no ar.

– Carlos? – chamou ele. – O que você está fazendo?

– Jaz! – gritou Carlos, debruçando-se sobre a borda do palco. – *Agora!*

Jasmine olhou para baixo, no mesmo instante em que a luz ficou verde na esfera de metal em sua mão. Ela sorriu e jogou a esfera no ar.

– Valendo – disse ela.

Maxwell oscilou no ar, desviando-se da esfera. Mas não era ele o alvo. A esfera passou por ele e atingiu o *shipan*, perto de seu centro. Com o impacto, a esfera liberou uma carga elétrica, e muitas faíscas elevaram-se sobre a superfície do compasso gigante. O *shipan* fez mais barulho, e sua luz se reduziu num instante.

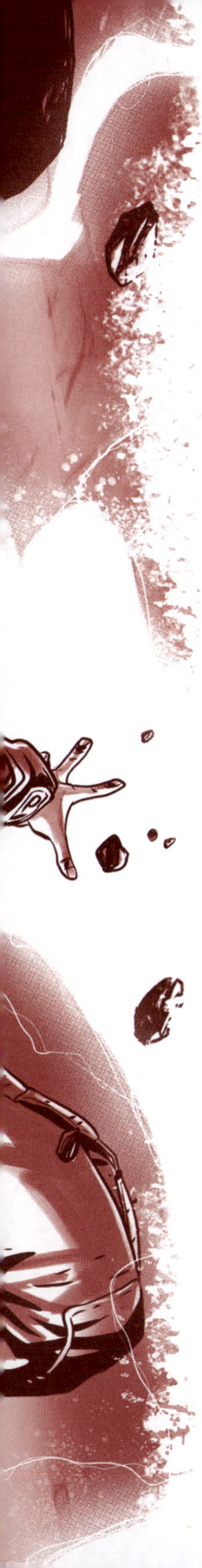

Maxwell se virou para encarar Carlos.

– Então – disse Maxwell. – Um traidor no âmago da minha...

Jasmine saltou no ar, elevando-se surpreendentemente alto, e com destreza atingiu Maxwell com o lado esquerdo do corpo. O veículo flutuador gemeu em protesto, inclinando-se perigosamente para a lateral. Ele conseguiu recuperar o equilíbrio e se virou, atacando-a. Ela, entretanto, abaixou-se e manteve a posição.

Inesperadamente, Maxwell riu.

– Impressionante – disse ele. – E, ainda assim, tão decepcionante.

Os olhos de Jasmine cintilaram com raiva.

– Isso é o que... minha *mãe* dizia – disse ela, esticando a mão para segurar Maxwell pelos ombros. – Você se lembra dela?

– Ah, sim.

Acima deles, o *shipan* parou com um ruído. A luz se encontrava estável de novo, cintilando sobre outro tanque, que parecia fulgurar em resposta.

Tirando vantagem da distração momentânea de Maxwell, Jasmine saltou atrás dele e subiu em suas costas, agredindo-o como uma lutadora profissional. Então, moveu o próprio peso, e o veículo disparou pelo ar. Ela parecia estar guiando Maxwell, forçando o voo de ambos em uma direção específica.

– Por que está fazendo isso, Jasmine? – perguntou Maxwell. – Você é como eu: um Dragão. Somos mais fortes que todos eles.

E então Steven percebeu para onde Jasmine estava guiando Maxwell: para o tanque cintilante sob a luz ofuscante do *shipan*.

– Não nos submetemos a ninguém – acrescentou Maxwell.

– Eu me submeto à minha consciência – retrucou Jasmine. – Já ouviu falar disso?

Jasmine subiu mais para o alto nas costas de Maxwell, e colocou um pé no ombro dele, preparando-se. *Ela vai saltar*, Steven se deu conta. *Ela vai saltar no tanque. Ou na luz.*

Maxwell, entretanto, segurou firme a perna dela.

– Ah, não – advertiu ele, com uma expressão letal no rosto. – Não mesmo, menininha. Jamais.

Maxwell então parou e olhou para cima, e se virou, alarmado, olhando primeiro para Steven e depois para Carlos...

... no mesmo instante em que o maior e mais resplandecente facho de luz recaiu sobre ele, engolfando tanto Jasmine quanto Maxwell em um espesso cilindro de luz. Uma erupção equivalente de líquido subiu do tanque. O veículo flutuante faiscou, deu curto-circuito e caiu no chão com um estrondo.

Mesmo sem o veículo, Jasmine e Maxwell continuaram suspensos no ar. Eles gritaram juntos e se elevaram mais alto, sustentados em um casulo de poder faiscante e sobrenatural.

Steven cobriu os olhos, em um esforço para continuar vendo. Maxwell e Jasmine mal estavam discerníveis como silhuetas, agitando-se de um lado para o outro como marionetes, suspensos no meio do caminho entre o *shipan* e o chão. Enquanto o raio de luz os segurava, uma figura animal começou a se formar acima deles... Exatamente como acontecera pouco antes com Maxwell.

Contudo, dessa vez a figura era diferente. Era uma imagem borrada, dobrada, como se duas formas diferentes estivessem lutando para ocupar o mesmo espaço. Uma delas era esguia e musculosa, como uma cobra, mas com garras afiadas e penetrantes e algo esquisito e semelhante a um bigode acima de suas mandíbulas abertas. A outra também era reptiliana, mas com asas de morcego que se abriam amplamente em um ângulo agudo.

A criatura tremeluziu e mudou, passando rapidamente de uma forma para a outra. Ela abriu as mandíbulas e grunhiu, um som lancinante diferente de tudo o que Steven já ouvira.

O raio de energia segurou Jasmine e Maxwell por um longo instante, inflando os corpos de ambos com seu poder místico desconhecido. E então se apagou abruptamente.

Maxwell agora brilhava muito. A fera de energia se revolveu em sua segunda forma, a alada. Maxwell abriu os braços e, lá em cima, as asas de morcego da criatura se expandiram com eles.

Jasmine caiu como uma pedra, e quando aterrissou pesadamente aos pés de Steven, gemeu baixinho.

Maxwell ainda estava flutuando. Quando falou, sua voz parecia ecoar das paredes de metal, e já não soava mais humana.

– Jovem Tigre – repetiu ele, com o poder brilhando nos olhos, na boca.

Steven olhou para cima, com a garganta seca. O fantasma de asas escuras havia se aninhado em torno de seu hospedeiro. Maxwell brilhava como uma bateria plenamente carregada, sorrindo como se tivesse acabado de ganhar todas as loterias do mundo.

– Eu lhe apresento o Dragão – disse Maxwell.

CAPÍTULO QUATRO

O TEMPO PARECEU PARAR POR UM MOMENTO naquela estranha sala sob o mundo.

Maxwell encarou Steven, com um brilho ofuscante. Seja lá o que o Zodíaco fosse, era claramente poderoso. Maxwell fechava os punhos com força, e a energia se desprendia deles em ondas. Ele claramente não precisava mais de um veículo para voar. A figura do Dragão chiou e cuspiu, erguendo-se orgulhosamente acima de seu mestre.

Steven olhou para Jasmine lá embaixo. A moça jazia no chão entre as piscinas, tonta, tentando com esforço se levantar. Os corpos dos dois técnicos repousavam por ali, imóveis.

Jasmine e Maxwell, pensou Steven. *Os dois podem fazer coisas incríveis. Perto deles, eu sou apenas uma indefesa criança... Sou um...*

... Tigre.

Ele não sabia o que isso significava. Ele não sabia de fato o que estava acontecendo naquela sala, ou o que estava em jogo. Mas assim que lançou outro olhar para Jasmine, de algum modo ele soube que precisava ajudá-la.

Ele fechou os punhos e fitou Maxwell. *Se eu saltar*, pensou ele, *posso interceptá-lo. Interceptar um homem grande e cintilante com poderes místicos malucos? Ah, cara, isso vai doer...*

E então o rangido recomeçou, mais alto e áspero que antes. Parecia penetrar os ouvidos de Steven, e foi preenchendo o salão. Ele e Maxwell olharam para cima ao mesmo tempo – exatamente quando todas as luzes no *shipan* se acenderam simultaneamente, banhando a sala de uma radiância ofuscante.

Steven se encolheu, piscando e cobrindo os ouvidos. Maxwell, porém, já estava em movimento, descendo pelo ar na direção do centro da sala.

– CARLOS! – gritou ele.

Steven deu uma espiada. No palco, Carlos se movia rapidamente, puxando fios e esmagando teclados. Ele bateu com o cotovelo em uma tela de vidro, trincando-a. Faíscas voaram, acendendo pequenas chamas que se espalharam por todo o maquinário.

Em seguida, quando viu Maxwell se aproximando, Carlos arregalou os olhos de medo. Ele jogou um monitor de vídeo quebrado em Maxwell e saiu correndo.

Maxwell levantou uma das mãos fulgurantes, e o monitor soltou faíscas quando foi atingido pela energia do Dragão, fragmentando-se em milhares de pedacinhos em seguida.

Lá no alto, o *shipan* começou a girar, e o ruído foi ficando ainda mais alto; as luzes cegantes começaram a rodopiar, piscando loucamente pela sala.

– Ei, garoto!

Steven se virou, surpreso. Jasmine estava agachada, fitando-o fixamente.

– Jogue! – disse ela.

Ele a encarou, estupefato.

Ela ergueu as duas mãos em um gesto de exasperação.

– *A granada!*

Ele olhou para baixo. Para sua surpresa, ainda segurava a segunda esfera de metal, cuja superfície agora reluzia uma luz verde.

Steven recuou e jogou a esfera para o alto com toda a força. Ela bateu em uma das luzes do *shipan*, disparando uma chuva de faíscas. A luz piscou e se apagou.

E então o *shipan* explodiu com um estalo ensurdecedor. Fumaça emergiu, espessa e negra. Estilhaços de vidro e pedaços de metal e de plástico começaram a cair.

Steven ergueu a mão para proteger o rosto dos destroços.

– Granada – disse Steven.

Jasmine sorriu.

– É.

Maxwell voou até o alto, e sua figura ficou quase invisível através da fumaça.

– Não! – gritou ele. – A Convergência!

Steven olhou para cima, para além de Maxwell. Uma grande rachadura passava pelo centro do *shipan*; e muita fumaça brotava dali em nuvens espessas. Suas luzes piscavam loucamente enquanto o disco continuava a girar.

Lá embaixo, as piscinas começaram a brilhar com mais intensidade.

– Aguente firme – disse Jasmine. – As coisas vão ficar bem loucas.

Steven a encarou.

– Mais loucas *que isso*?

Ela riu.

Um facho de luz cortou o ar. Maxwell desceu às pressas, interceptando o facho quando este encontrou a erupção correspondente subindo de uma das piscinas. Novamente ele gritou, e seu corpo reluzia conforme ia absorvendo o poder.

Na aura acima de Maxwell, Steven pensou ter visto um sinistro Rato de cauda longa.

Carlos subiu correndo, agitando os braços para afastar a fumaça. Ele se agachou para ajudar Jasmine.

– Estou bem – ela o tranquilizou.

– Que bom. Aqui – disse Carlos, enfiando a mão em uma bolsa e tirando de lá mais três granadas. As luzes de todas elas estavam verdes.

Acima deles, outra luz se acendeu. Maxwell voou na direção dela, gritando aguda e constantemente como uma trombeta. Quando o facho o atingiu, um Macaco sorridente e travesso apareceu por entre o brilho da energia acima de sua cabeça.

Steven ofegou.

Uma expressão de suspeita passou pelo rosto de Carlos. Ele gesticulou, indicando Steven.

– Você confia nesse garoto? – ele perguntou a Jasmine.

– Eu não confio em ninguém – respondeu Jasmine, fazendo uma careta quando tentou se levantar. – Mas ele tem um bom braço.

Carlos encarou Steven com o rosto inexpressivo por um momento. Em seguida, entregou uma granada a Steven.

Jasmine arrojou duas granadas para cima simultaneamente. Steven ficou assistindo às duas esferas passarem por Maxwell, atravessando a aparição do Macaco sem dano algum.

Quando as granadas atingiram o *shipan*, o mundo pareceu explodir. O *shipan* estalou e rachou ao meio. Uma metade continuou montada no lugar, enquanto a outra pendia frouxamente do teto, como uma dobradiça. Fachos de luz recaíram de todas as direções. Alguns deles dispararam para baixo, na direção das piscinas, mas erraram os alvos, deixando marcas queimadas de energia no chão. Outros dispararam de lado, abrindo buracos nas paredes de metal.

E acima do caos, quase invisível em meio à fumaça que se elevava, o *shipan* havia se soltado, revelando um fiapo de céu aberto. Alguns dos fachos do disco subiram pela abertura, arqueando como relâmpagos na noite úmida de Hong Kong.

Maxwell pairava no ar, fitando alarmado a destruição. O Dragão de Maxwell se manifestara outra vez, reparou Steven; da mesma forma que o mestre, a criatura olhava estaticamente ao longe, como um animalzinho de estimação aninhado nas costas do dono.

Maxwell se virou para olhar para baixo. Ele fixou em Carlos os olhos assassinos e verde-cintilantes, e apontou-lhe um dedo grosso e faiscante.

– *Você* – disse ele, ameaçadoramente.

Maxwell voou para baixo no instante em que Jasmine saltava diante de Carlos, servindo de escudo. Acima de Maxwell, o Dragão sibilava em antecipação. Houve um alto estrondo vindo do topo.

Metade do *shipan* – um naco imenso de osso e metal – desabou sobre Maxwell. Ele gemeu de dor, sua luminescência se expandindo. E então ele caiu.

– Viu? As coisas ficaram loucas mesmo. – Jasmine fez uma careta. – Não responda, apenas fuja!

Steven seguiu Jasmine e Carlos, contornando as piscinas. Maxwell se abateu na direção deles, a metade do *shipan* forçando-o para baixo com seu peso. Quando chegaram ao solo, a câmara inteira estremeceu.

Lá no alto, a outra metade do *shipan* ainda pendia do teto aberto. Fachos piscavam e se acendiam, cortando o ar em todas as direções. Piscinas entravam em erupção por todo o piso. Algumas delas interceptando os fachos do *shipan* quebrado, outras respingando água no ar de maneira inofensiva.

Steven olhou para Maxwell. Ele estava caído, gemendo de dor, preso sob o pesado volume do *shipan*, que estava, por sua vez, preso ao piso, com uma ponta afiada enterrada profundamente. Apenas uma luz ainda brilhava em sua superfície, elevando-se vários metros acima da figura de Maxwell.

Jasmine indicou uma radiância que se erguia do tanque atrás deles.

– O-oh – fez ela.

Carlos consultou um aparelho portátil de análise.

– O-oh, mesmo – concordou ele.

Steven mal os escutou. Ele se flagrou fitando fixamente a única luz na metade aterrada do *shipan*. Ela parecia pulsar, deixando-o transfixado pela atração exótica.

– Ei, garoto – chamou Jasmine. – Precisamos ir.

Steven a ignorou. A luz do *shipan* pareceu se expandir, preencher seu mundo. Teve a estranha sensação de que estava falando com ele.

Maxwell esforçou-se, entortando o pescoço para olhar para cima, para a luz ofuscante. Seus olhos agora pareciam normais; a energia havia se apagado dele. Lentamente, ele se voltou para Steven.

– Não – disse Maxwell.

De súbito, Carlos levantou os olhos de seu analisador.

– Garoto – disse ele. – Do que Maxwell o chamou agora há pouco?

Enquanto Steven observava, a luz do *shipan* disparou, e então chispou, formando um arco sobre a figura presa de Maxwell, dirigindo-se diretamente para o próprio Steven.

Mais uma vez, o tempo pareceu parar. A energia estava suspensa no ar, soprando para fora enquanto se aproximava. Steven viu formas dentro dela: círculos, triângulos; estrelas, luas e galáxias; dentes afiados e garras aguçadas e cortantes. Uma longa fileira de pessoas se espichando através das eras, ricos proprietários de terras e pobres camponeses chineses, fazendeiros que lidavam com o solo e reis que governavam outros homens de palácios reluzentes no céu. O facho parecia conter todas essas pessoas, todas elas se voltando para saudar Steven enquanto a luz se estendia para tomá-lo em seu interior.

E então a energia bateu. Steven sentiu uma dor fria, como mil agulhas de gelo mergulhando simultaneamente em seu corpo. A luz como que se desdobrou dentro dele, penetrando-lhe os braços e as pernas, passando-lhe pelo cérebro e coração, preenchendo-o, transformando-o em algo novo, diferente. Algo que ele não conseguia imaginar com precisão.

A última coisa que ele viu foi o avô. O rosto bondoso do velhinho exibia um sorriso amplo, sua voz singrando a dor. *Está tudo bem*, disse o avô. *Algo está terminando aqui, mas algo novo está começando. Apenas lembre-se de mim, lembre-se de quem e do que você é. De onde você veio, e o que pode se tornar.*

Meu pequeno Tigre.

E então a energia passou, desvanecendo como uma onda em recuo. O avô desapareceu com tudo o mais: pessoas, estrelas, presas e garras.

Steven sacudiu vigorosamente a cabeça. O ar estava espesso ao seu redor; marcas de chamuscado soltavam fumaça no piso e nas paredes. Ele parecia ver tudo através de uma espessa névoa verde.

Jasmine estava se levantando, trêmula. Parecia que algo a havia derrubado. Ela olhou para ele com os olhos arregalados. Carlos estava

de pé, a alguns metros de distância, também fitando Steven. Ele começou a perguntar para eles o motivo, mas então um rugido ensurdecedor se ergueu, ecoando ao redor deles. O barulho preencheu o interior da sala, a sua mente – todo o seu mundo.

Jasmine ergueu um dedo e apontou para cima.

Steven acompanhou o olhar dela. Acima e ao redor de seu corpo, formando um halo de uma espessa aura verde de energia, uma aparição estranha agitava a cabeça de um lado para o outro. Um Tigre feroz e furioso, com as presas afiadas e olhos penetrantes anunciando sua presença ao mundo.

CAPÍTULO CINCO

– HÃ – DISSE JASMINE, gesticulando para a forma do Tigre se erguendo de Steven. – *Isso* não estava no plano.

Carlos apontou seu analisador para Steven.

– Quase 97% de absorção de Chi – informou ele. – Energia da Linha de Ley estável... Alinhamento do ramo está...

O Tigre rugiu novamente.

– ... Ele é um Tigre, mesmo – terminou Carlos.

Jasmine revirou os olhos.

– Estou muito mais adiantada que você, Doutor Ciência.

Steven mal os escutou. Ele olhou à sua volta, tentando clarear a mente. Uma das piscinas havia se rompido, e o líquido sobrenatural escorria e era absorvido pelo chão. O palco de controle estava uma desolação, esmagado por uma viga caída. Na parede mais distante, curvando-se no alto, um estilhaço de metal pendia solto, ameaçando desabar.

E no teto, a metade restante do disco do *shipan* ainda piscava – mas seus fachos estavam se apagando. A fumaça preenchia o recinto, porém começava a desaparecer, dissipando-se no ar aberto.

Maxwell jazia imóvel, com os olhos fechados e as pernas ainda enterradas sob a outra metade do *shipan*. Fragmentos de energia verde escapavam de sua boca a cada respiração superficial. *Como ele ainda pode estar vivo?*, perguntou-se Steven. *Aquela coisa teria esmagado uma pessoa normal.*

– Ele não vai ficar desmaiado por muito tempo – disse Jasmine, seguindo o olhar de Steven até Maxwell. – É melhor a gente se mexer.

Carlos olhou longamente e com azedume para as ruínas. Em seguida se virou, franzindo o cenho e gesticulando para Steven.

– E ele?

Steven cerrou os punhos.

– Esperem aí. Parem tudo, reiniciem, desde o comecinho. PAREM!

Jasmine arqueou uma sobrancelha.

– O que está havendo aqui? – prosseguiu Steven. – Quem são vocês? O que é o Zodíaco, quem é aquele cara soterrado debaixo do relógio de sol tamanho extragrande, e por que eu tenho uma *aberração de um Tigre dentro de mim*?

Jasmine e Carlos trocaram um olhar surpreso.

– Por onde é que a gente começa? – perguntou Carlos.

Steven só podia encarar os dois. Podia ver e sentir o Tigre começar a se apagar enquanto sua energia desvanecia.

– Com uma pergunta minha, acho... – disse Jasmine. Ela parou para organizar os pensamentos. – O que diabos você está fazendo aqui?

– Eu a segui! Você estava guiando um passeio com os alunos da minha turma, eu a vi passar por aquela porta, ouvi gritos, e aí tinha essa escadaria assustadora, e seu uniforme vazio, e aí, tudo isso!

Jasmine fitou-o por um momento. Então, inesperadamente, ela riu.

– Eu nunca gostei daquele uniforme – disse ela.

Steven a fitou de volta.

– Você vai responder à minha...

Antes que pudesse se conter, Steven estava inesperadamente de pé e saltando. O Tigre rugiu, esticando as patas para cima. Steven elevou-se pelo ar, pousando com elegância a vários metros de distância, no mesmo instante em que uma enorme viga metálica se soltou da parede e caiu no chão, exatamente onde ele estava segundos atrás.

Steven fitou a viga de metal escarpado. A poeira se assentava ao redor dela, ajeitando-se sobre as piscinas mais próximas e o chão. Sua extremidade ainda pendia, trêmula, na parede acidentada e fumarenta.

Eu poderia estar morto agora, pensou ele. *Aquele negócio teria me matado. O Tigre, ou seja lá o que for, acabou de salvar minha vida.*

Jasmine deu um passo adiante e agarrou o braço dele.

– Concentre-se, rapaz – disse ela. – Qual é o seu nome, afinal?

– S... Steven.

– Steven. Eu vou explicar tudo bem rápido porque, como você pode ver, este não é um lugar muito saudável para se estar neste momento. Tudo bem?

Como que para pontuar as palavras dela, a metade do *shipan* ainda no teto emitiu um forte rangido. Uma de suas luzes se soltou e caiu, estilhaçando no chão perto do palco de controle destruído.

Steven assentiu rapidamente.

Jasmine fez um gesto para os arredores.

– Esta câmara aqui é um local antigo no centro de uma porção de... Droga, eu nunca consigo me lembrar de como elas...

– Linhas de Ley – interveio Carlos.

– Isso – continuou ela. – Linhas de Ley, energia Chi e mais uma porção de outras paradas científicas que eu não entendo. *Ninguém entende*, exceto o Carlos aqui.

– E eu só entendo mais ou menos metade de tudo. – Carlos sorriu timidamente. – Talvez dois terços.

– O Zodíaco influencia nossa vida inteira – prosseguiu Jasmine. – E por algum motivo perdido no tempo, seu poder é concentrado nestas piscinas. Agora, de vez em quando, um pouquinho dessa energia vaga de volta para o mundo, e paira pelo ar até alcançar alguém nascido no ano certo, sob o signo correspondente. E então a energia penetra essa pessoa, entrando no corpo dele ou dela.

Steven a encarou.

– E essa pessoa recebe o quê? Superpoderes?

– A energia geralmente está presente em pequenas medidas. Alguém que entre em contato com ela pode acabar ficando um pouco mais forte, mais rápido ou mais esperto do que a média. Porém, não o suficiente para que os outros desconfiem de uma influência exterior.

– Entretanto – explicou Carlos –, a cada doze ciclos do Zodíaco, ou seja, a cada cento e quarenta e quatro anos, as estrelas se alinham em uma configuração específica. E o poder, a energia dos tanques místicos, tem sua força normal ampliada mais de mil vezes. Esse momento é hoje.

– Carlos chama isso de Convergência – explicou Jasmine, com um sorrisinho afetado. – Ele não é muito bom com nomes.

Carlos pareceu magoado.

– Eu sou bom em um monte de outras coisas.

– É, sim. É claro que é.

Steven piscou.

– Então... vocês querem dizer que...

– É muita coisa para absorver, eu sei – disse Jasmine.

– Eu tenho o poder do Tigre. Esse é um signo do Zodíaco. – Steven fez uma pausa. – Você tem... alguma coisa... E o restante dos poderes está...

– ... Comigo.

Todos eles se viraram. Maxwell estava deitado, encarando-os com uma carranca, os dentes cerrados, poder vazando-lhe dos olhos. No entanto, suas pernas ainda estavam presas embaixo do *shipan* quebrado.

Carlos levantou o analisador.

– Acho que não, chefe. Até onde eu vejo, você só absorveu quatro signos do Zodíaco. Talvez cinco.

Os olhos de Maxwell soltaram fagulhas verdes.

– Não apenas isso – disse Jasmine. – Você não pode contê-los por muito tempo, não é? Só uma pessoa nascida no ano do Rato pode manejar o poder do Rato. Você pode ser um Dragão, ou metade de um Dragão, pelo menos, mas terá que passar os outros poderes adiante logo, ou eles vão devorá-lo vivo.

– Você – remoeu Maxwell, encarando Jasmine –, sua menina ingrata. Você fez meu melhor cientista se voltar contra mim.

– Ela não fez eu me voltar contra nada – interferiu Carlos, com um tom de voz diferente. – Eu tomei minha decisão quando descobri sobre Lystria.

Maxwell fechou os olhos com força, e um rosnado escapou de seus lábios. O Dragão com asas de morcego surgiu brevemente acima dele, mas logo desapareceu.

– Oh! – Jasmine sorriu. – Acho que você acertou em cheio, Carlos.

– O que é Lystria? – perguntou Steven.

– Eu lutei em sete guerras – disse Maxwell. – Vi muita coisa, tomei decisões que vocês não poderiam nem imaginar. Este é um mundo cruel, menininha. Você não está preparada para ele.

– Eu não sou uma menininha. Não mais.

Jasmine esticou os braços, franzindo a testa em concentração. Uma agitação de partículas de energia ascendeu da figura presa de Maxwell, flutuando até cercar Jasmine. Steven viu a energia se revolver na forma de um Dragão... Mas não o Dragão alado que ele vira projetado de Maxwell. Este era o outro Dragão, o esguio, com esporas afiadas e mandíbulas mortais.

O Dragão de Jasmine.

Ela sorriu, brilhando intensamente. Enquanto se elevava no ar, o Dragão escancarou a bocarra e guinchou.

E então Jasmine tossiu. O Dragão emitiu um ruído estridente e desapareceu. O brilho recuou e Jasmine desabou no chão, trêmula.

– Ah, Jasmine – disse Maxwell. – Você acha que pode roubar meu poder? Meu direito de nascença, o manto do Dragão?

– Nós dois somos Dragão.

– Sua mãe ficaria muito decepcionada – disse Maxwell, e um sorriso cruel se espalhou em seu rosto.

Jasmine cerrou os punhos, furiosa. A energia do Dragão ascendeu nela outra vez. Contudo, mais fraca desta vez, uma sombra de seu antigo eu.

– Bem – continuou Maxwell. – Acho que já segurei vocês aqui por tempo suficiente.

Lá em cima, na passarela, a porta para a escadaria se abriu com um impacto. Quatro homens colossais vestindo uniformes militares entraram marchando, seguidos por mais quatro. Em seguida, mais seis.

– Droga – disse Jasmine. – A Vanguarda está aqui.

– Você sempre falou demais, Jasmine. – Maxwell sorriu. – Quem imaginaria que essa língua de trapo seria o motivo de sua queda?

Steven observou os soldados com uma sensação ruim no estômago. Eles carregavam armas de energia, grandes e de alta tecnologia, além de volumosas mochilas com equipamentos.

– Quem é a Vanguarda? – ele quis saber.

Jasmine fez uma careta.

– O exército particular de Maxwell.

– O melhor que há – disse Maxwell.

Na passarela, os soldados ficaram parados por um momento, afastando a fumaça. *Eles ainda não nos viram*, percebeu Steven.

Jasmine encarou Maxwell de novo, e novamente a energia do Dragão começou a se avolumar em torno dela. Dessa vez, entretanto, Maxwell levantou a cabeça, e uma expressão selvagem tomou seu rosto. O Dragão com asas de morcego saltou adiante em um ataque, fechando as mandíbulas na frente de Jasmine.

Enquanto ela observava tudo com espanto, a energia ao redor dela começou a tremeluzir, erguendo-se como vaga-lumes no ar. O Dragão de Maxwell voltou a abrir a boca, devorando-os, inalando os vaga-lumes.

Jasmine caiu, mas Carlos adiantou-se e a apanhou antes que ela atingisse o chão.

Steven ouviu o Tigre rugir dentro dele de novo. Ele virou-se para Maxwell e rosnou.

Em seguida, sentiu uma mão pousar em seu ombro. Ele girou, mostrando os dentes ameaçadoramente. Era Carlos, com Jasmine atrás dele, mal se mantendo em pé de tão fraca.

– Não! – disse Carlos. – Você não pode lutar com ele.

Steven olhou de novo para Maxwell, que sorria.

– Ele está preso debaixo daquela coisa – argumentou Steven.

– Você não faz ideia do quanto ele é poderoso. O Dragão é o mais forte de todos os signos do Zodíaco. Apenas a *metade* desse poder seria capaz de esmagar um Tigre como um inseto.

– Venha aqui, garoto – chamou Maxwell, mostrando desafiadoramente os dentes como um animal. – Venha tentar.

– Além do mais – disse Jasmine, gesticulando com o braço para cima.

Steven olhou. Os soldados os haviam visto e agora corriam pela passarela na direção da escadaria que levava até o chão.

Steven olhou rapidamente de Jasmine para Carlos. *Posso confiar neles?*, perguntou-se. *Eu nem sei quem são essas pessoas.*

O ressoar das botas dos soldados ficou mais alto. Steven deu uma última espiada em Maxwell. O líder ainda emitia um forte brilho, sorrindo de orelha a orelha.

Jasmine deu um vigoroso tapa no ombro de Steven e se abaixou sob a viga que havia caído da parede. Sem olhar para trás, ela indicou que Steven e Carlos a seguissem. Carlos saiu chispando e Steven correu atrás deles.

Jasmine os levou para o outro lado da sala, contornando os tanques e passando por vários destroços até o palco central, que ainda estava fumegante e cheirava a metal queimado. Carlos fez um gesto para que eles se abaixassem atrás dele.

– Não podemos nos esconder aqui por muito tempo – disse Jasmine, mantendo a voz baixa. Ela apontou para a entrada da escadaria, lá em cima, na passarela. – E aquela é a única saída, certo?

Carlos assentiu com a expressão sombria.

– Jaz, quanto poder você tem agora? Será que pode... Sei lá... Nos fazer sair daqui *voando?*

– Agora não. Você viu o que aconteceu lá atrás... Maxwell e eu dividimos o poder do Dragão. É diferente, mais poderoso do que os outros. E, neste momento, ele está com a vantagem.

Todos os três olharam para cima ao mesmo tempo. Steven franziu a testa, analisando as paredes da câmara que se voltavam para dentro. Elas agora estavam pontilhadas com metal rasgado, queimado e quebrado.

Dois metros e meio acima, a viga pendente do teto se inclinava sobre a cabeça deles. E depois dela, acima do *shipan* quebrado, o céu noturno aparecia através de um semicírculo no teto.

De súbito, Steven reparou que Jasmine o encarava.

– Está por sua conta – disse ela.

– Minha? – perguntou ele.

Ela indicou Carlos, despreocupada.

– *Ele* não tem nenhum poder.

– Mas... mas... – Steven fez uma pausa. – Eu nem os conheço, pessoal! Por que deveria ir com vocês?

– Tá brincando? – perguntou Jasmine.

Ela apontou para Maxwell lá atrás. Steven podia ver os soldados se amontoando ao redor de Maxwell, começando as escavações para soltá-lo.

Steven cerrou os dentes. *Acho que é isso*, pensou ele. *Você quer mesmo ser um herói?*

Engolindo o medo, ele concordou; então cerrou os dentes, invocando a energia do Tigre dentro de si. Ele se retesou para saltar...

... E então Carlos deu um passo adiante, com a mão erguida.

– Não – ele o impediu.

Jasmine virou abruptamente a cabeça.

– O quê?

– Não podemos. – Carlos balançou a cabeça, indicando Steven de modo decisivo. – Não podemos levá-lo com a gente.

CAPÍTULO SEIS

JASMINE FOI ATÉ CARLOS, mantendo-se abaixada para continuar atrás do palco. Ela o encarou como se nunca o tivesse visto antes.

– Do que você tá falando? – ela sussurrou.

Um martelar mecânico e barulhento surgiu. Steven olhou ao redor, pelo palco danificado. Na lateral da sala, os soldados estavam usando ferramentas de escavação para quebrar a grande metade do *shipan* por cima de Maxwell.

– Ei, garoto – disse Carlos. – Steven. Quantos anos você tem?

– Catorze – respondeu Steven.

– Catorze! Viu? Essa é a questão. – Carlos se voltou para Jasmine. – Ele é apenas um menino. Isso tudo que estamos fazendo é perigoso. Deveríamos mantê-lo a salvo.

Jasmine olhou para ele, atônita.

– Isso é exatamente o que eu pretendo fazer, Carlos. Aquele homem é uma ameaça. Nós tentamos impedir o plano dele e não funcionou, mas não podemos desistir. Esse poder que eu tenho… que nós temos… é algo que precisamos entender – argumentou ela. – Além disso, o que mais podemos fazer? Você quer deixá-lo aqui? Deixá-lo com os seus amiguinhos, para que Maxwell o rastreie e acabe com ele?

– Há um problema maior – Carlos apontou para Jasmine. – Você tomou o poder dele. Aconteça o que acontecer, isso foi uma escolha sua. De Maxwell também, na verdade. Mas o menino não escolheu isso.

– É exatamente por isso que precisamos levá-lo conosco – retrucou Jasmine. – Ele é um de nós agora, um Zodíaco. E precisa de proteção.

– Parem de falar de mim como se eu não estivesse aqui! – gritou Steven.

Jasmine se virou para ele, surpresa.

– Ele ao menos tem que saber no que está se metendo – disse Carlos, que não parecia contente. – A escolha tem que ser dele.

– Steven – disse Jasmine, em tom de voz baixo, mas intenso. – Eis o que está em jogo aqui: Maxwell está determinado a pegar para si todo o poder do Zodíaco. Se ele puser as mãos em você, só há dois resultados possíveis: primeiro, vai tentar alistá-lo no exército pessoal dele. Caso você se recuse, ele vai fazer experiências com você até descobrir como retirar seu poder e transferi-lo para um Tigre da preferência *dele*. Alguém que ele possa controlar.

– Isso... não me parece muito bom – admitiu Steven. – Mas... mas eu fico me perguntando...

Ele hesitou.

Jasmine jogou as mãos para o alto.

– Fale logo!

– ... o que *ele* diria sobre *você*?

Ela pareceu abalada.

– Nada de bom – admitiu.

– Maxwell é um monstro – disse Carlos. Havia certa raiva nele agora, que endurecia e tornava sombrios seus olhos. – Ele acha que é a única pessoa que pode controlar o poder do Zodíaco; que está fazendo do mundo um lugar mais seguro. Ele acha que já viu horrores o suficiente para saber que o bem e o mal não existem, e que ele é o único a quem esse poder deveria ser confiado. Mas, na realidade, ele é um mercenário cruel, um general de aluguel sem nenhuma aliança ou princípios. Ele se cansou de trabalhar para governos e corporações, então começou a Vanguarda. Se ele conseguir o poder do Zodíaco, será invencível – completou ele.

– Estamos lutando contra Maxwell há muito tempo – disse Jasmine. – Ele tem todas as vantagens: todos os brinquedos, toda a mão de obra, todo o dinheiro. Não podemos lhe prometer nada disso. Porém, podemos oferecer um motivo digno para lutar.

De repente, Steven pensou no momento em que viu o estojo de exposição vazio do *shipan*, quando estava com Harani e Ryan. Aquilo devia ter ocorrido havia mais de uma hora, mas já lhe parecia uma vida diferente.

Ele pensou em como todos os residentes de Hong Kong esperavam que ele falasse cantonês. Pensou nos olhares esquisitos que os colegas de classe lhe lançavam quando ele comia os lanches que o avô lhe preparava. Pensou até no Mangusto de Aço e em seu estoque infinito de bravura e engenhosidade, o jeito como ele parecia à vontade em qualquer lugar.

Agora, naquela câmara subterrânea esquisita, constatou que talvez aquela fosse a sua chance. Talvez ali fosse o seu lugar. Steven olhou para cima de novo. A viga rompida do teto subia em um arco quebrado por vários metros. Longe demais para saltar. Longe demais.

Porém o Tigre se agitou dentro dele, chamando-o. *Me deixe sair*, ele parecia dizer. *Eu consigo fazer isso. Me deixe fazer isso.*

Ele se agachou, sentindo a energia do Tigre se elevar ao seu redor. Com um rugido, saltou diretamente para cima, no mínimo dois metros e meio, e agarrou a viga meio caída do teto. Ele balançou o corpo para cima, segurando-se na viga com as duas pernas e deixando os braços penderem para baixo.

Deu uma espiada na passarela. Daquele ângulo, levemente elevado, ele podia ver os soldados da Vanguarda erguendo os pedaços do *shipan* de cima de Maxwell. Ele estaria livre em poucos minutos.

Carlos e Jasmine fitavam Steven fixamente. Ele ofereceu uma mão para cada um deles.

– Vamos lá – disse Steven.

Jasmine segurou uma das mãos de Steven. Carlos hesitou, depois agarrou a outra.

– Será que isso vai *doeeeeeeeeer...*

Antes que Carlos pudesse terminar, Steven jogou ambos para cima.

Jasmine estendeu graciosamente a mão e agarrou-se à viga metálica. Carlos se atrapalhou, e não conseguiu encontrar um bom ponto em que se apoiar. Jasmine o segurou pelo cinto, grunhindo e se desequilibrando com o peso dele. Steven estendeu a mão e segurou o braço de Carlos e, juntos, ele e Jasmine arrastaram Carlos para cima da viga.

Steven se posicionou sobre a viga atrás deles, e pensou vagamente: *Cada uma das coisas que acabei de fazer é impossível.*

– Sim – disse Carlos. – Fator dor: positivo.

Jasmine apontou para baixo.

– Acho que a dor só começou.

Steven fez cara de desespero. Lá embaixo, os soldados haviam notado a movimentação e apontavam as armas para o alto.

– Parados aí! – gritou um deles, apontando diretamente para Steven a arma de choque de cano longo, cuja ponta estalava com a energia.

– Sigam-me – disse Steven.

Como um felino, ele disparou velozmente pela viga inclinada. Jasmine gesticulou para que Carlos os seguisse, e foi na mesma direção de Steven.

Steven ouviu as armas disparando atrás dele. Com um pressentimento horrível, ele se deu conta: *É isso... Estamos mortos. Eu posso escalar como um gato, mas esses caras são soldados treinados.*

E lá se vai a curta carreira do Tigre.

Mas então ele olhou para trás. Jasmine subia vagarosamente de volta pela viga, encarando os atacantes. Quando ela esticou os braços, uma aura poderosa se dispersou e a cercou, e a forma feroz do Dragão, semelhante à de uma cobra, ergueu-se. Faíscas elétricas saltaram das armas dos soldados, como raios em miniatura. *O suficiente para fritar uma pessoa viva,* pensou Steven. Todavia, quando os disparos atingiram o brilho de Dragão de Jasmine, lampejaram e desapareceram.

No chão, outra explosão de energia Dragão surgiu. Maxwell emergiu de seu interior, livrando-se dos últimos fragmentos do *shipan* caído.

Steven subiu mais alto. O teto agora estava a apenas três metros e pouco acima dele. A outra metade do *shipan* ainda pendia solta dali, escura e quieta, uma sentinela silenciosa levando ao campo aberto além dele.

Um pouco longe demais para saltar, pensou Steven. *O Tigre pode conseguir, mas Jasmine e Carlos não conseguiriam.*

– Ali! – gritou ele, apontando para a parede adiante. Uma linha de enormes parafusos se projetava da parede, alguns estorricados pelas emissões do *shipan*. Steven estendeu a mão e saltou da viga, segurando-se nos parafusos.

– Você só pode estar brincando – disse Carlos, incrédulo.

Jasmine, entretanto, riu; então agarrou Carlos pela cintura e pulou. Eles se agitaram contra a parede por um segundo, depois se agarraram à superfície irregular. Quando Steven começou a escalar, eles o seguiram.

– Não olhe para baixo – advertiu Jasmine.

– Não se preocupe – disse Carlos.

Os soldados tinham dado uma trégua, e não estavam atirando. Quando Steven olhou para baixo, viu Maxwell gritando com seus homens, apontando para cima. Steven não conseguiu entender o que ele dizia.

– Maxwell não quer nos matar – disse Jasmine, ainda escalando. – Ele precisa do poder que está dentro de nós!

– Dentro de *vocês* – corrigiu Carlos. – Não tem poder nenhum em mim.

– Só a potência do cérebro – elogiou Jasmine com um sorriso.

– Muito lisonjeira. Você só está tentando me distrair da minha iminente morte AI, MEU DEUS, UM POUCO MAIS DEVAGAR, POR FAVOR!

Steven parou, respirando forte. A parede acabava a alguns metros acima, mas o buraco, a saída, estava fora de alcance. Os escombros do *shipan* bloqueavam o caminho; uma bagunça semicircular de metal fumegante e vidro estilhaçado pendia precariamente por alguns poucos cabos grossos.

Jasmine se aproximou de Steven.

– Você consegue – incentivou ela.

Ele a olhou nos olhos, e assentiu lentamente.

Mais tarde, Steven mal conseguiria se lembrar dos minutos que se seguiram. De alguma maneira, ele se equilibrou na parede, agarrando Jasmine com um dos braços e Carlos com o outro; mas aquilo era impossível. Ele se inclinou adiante e jogou Jasmine no *shipan*, depois se agarrou a ele com a mão livre e se balançou para a frente, segurando um Carlos aterrorizado debaixo do braço; aquilo era *realmente* impossível. Enquanto o *shipan* se tensionava e estalava sob o peso deles, ele jogou Carlos para cima através do buraco, depois esticou a mão para apanhar Jasmine e a jogou atrás de Carlos. Então, exatamente quando o *shipan* se soltou com um estrondo e caiu, ele saltou pelo buraco para a liberdade.

Tudo foi absurdo e inacreditável.

Havia apenas uma coisa de que ele se recordava com clareza a respeito de todo o episódio. Enquanto se ajoelhava no chão do lado de fora, inspirando o denso ar de Hong Kong, deitou um último olhar para baixo, para a câmara agora exposta. Maxwell pairava alguns metros acima do chão, olhando fixamente para cima de cara feia, sua forma de Dragão alado guinchando numa raiva inofensiva.

Jasmine levantou Steven com um puxão.

– Bom trabalho – elogiou ela.

Steven olhou em torno, atordoado. Eles estavam em uma área limpa e gramada; árvores se estendiam ao longe em um dos lados, formando uma floresta fechada. Do outro lado, o colorido vivo dos edifícios de teto de colmo do museu se erguia contra a noite. Luzes de emergência piscavam sobre os carros da polícia local que estava ali, mantendo espectadores curiosos à distância de cinco ou seis metros.

– Parece que fizemos um pouco de barulho – disse Jasmine. – É melhor a gente dar no pé antes que Maxwell se fortaleça. Carlos, vamos...

Mas Carlos estava um pouco afastado, olhando para o céu. Steven seguiu o olhar dele e sentiu a respiração presa na garganta.

Lá no alto, uma energia verde piscava contra as nuvens como um show de fogos de artifício sobrenaturais, zanzando de um lado para o outro e espalhando-se em todas as direções.

– O poder do Zodíaco – disse Carlos. Ele sacou o analisador e o apontou para o céu. – Nem tudo fluiu para Maxwell ou para vocês dois. Quando sabotamos o equipamento, uma parte do poder foi liberada.

Steven o encarou.

– E ainda está lá em cima?

– Acho... que ela ficou presa pela frente de calor que está cobrindo a cidade. Agora, no entanto, essa frente está se movendo.

Enquanto eles observavam, a energia verde pareceu brilhar ainda mais intensamente do que antes. Em seguida, afastou-se em um arco, por cima das árvores, e começou a se apagar.

– Para onde está indo? – perguntou Jasmine.

– Não sei – respondeu Carlos. – Não era para isso ter acontecido. Eu presumi que os outros poderes simplesmente escorreriam de volta para os tanques se não encontrassem um hospedeiro próximo.

– Deixe para descobrir isso mais tarde. Agora, é melhor irmos andando. – Jasmine gesticulou para o buraco que levava à estranha câmara subterrânea. – Maxwell está enfraquecido, mas tem no mínimo dois esquadrões da Vanguarda lá embaixo com ele. Vai estar atrás da gente em minutos.

– Steven!

Steven deu meia-volta e estreitou os olhos na direção dos prédios do museu, para a multidão afastada do local das explosões. Em meio ao aglomerado de pessoas, reconheceu a pequena figura de alguém vestindo um suéter alaranjado.

– Harani! – chamou ele.

– Steven – disse Jasmine. – Temos uma rota de saída. Mas tem que ser agora.

Harani estendeu a mão na direção dele, mas um policial a conteve; ela continuou olhando para Steven, indefesa, ainda com a mão estendida. Reunidos em torno dela, Steven pôde ver Ryan, o Sr. Singh e os outros alunos. Gente que ele conhecera a vida toda.

Sua vida antiga.

Jasmine levantou a mão e projetou um facho estreito de luz de Dragão para a floresta. Uma pequena vereda se tornou visível, passando pelas orquídeas e seringueiras. Quando ela se voltou para Steven, sua expressão era incomumente gentil.

– Diga adeus – disse ela.

Steven levantou os olhos para o céu. A sutil impressão deixada pela energia do Zodíaco estava desaparecendo. Ele olhou de novo para Harani, para sua expressão interrogativa e perplexa.

Adeus, murmurou ele.

E então respirou fundo e se virou para seguir Jasmine e Carlos numa jornada ao desconhecido.

CAPÍTULO SETE

JASMINE OS GUIOU RAPIDAMENTE EM MEIO À FLORESTA, passando por orquídeas, palmeiras e seringueiras. Ela projetou sua energia de Dragão em pequenas explosões para iluminar o caminho – mas Steven percebeu, chocado, que nem precisava da luz. Ele podia ver tudo perfeitamente, mesmo na escuridão.

– Espere até ver nosso quartel-general – disse Jasmine. – Não é nenhum hotel cinco estrelas, mas acho que você vai ficar impressionado.

Steven sorriu. A cada passo ele se sentia mais forte, mais triunfante. *Eu consegui*, pensou ele. *Tirei a gente de lá! Apesar de não saber realmente* de onde *eu tirei a gente...*

Abruptamente, as árvores ficaram mais espaçadas e a trilha se alargou, culminando em uma praia. Um maltratado navio cargueiro repousava ancorado a apenas alguns metros da praia. Estava pesadamente carregado com contêineres de transporte e se inclinava um pouco para um lado.

Franzindo a testa, Steven se virou para Jasmine.

– Seu quartel-general é esse velho *navio cargueiro*?

Ela o encarou, inexpressiva.

– Não gostou?

Carlos apenas sacudiu a cabeça.

Jasmine caiu na risada.

– Desculpe, garoto. Só estou brincando. Essa não é a nossa casa de verdade, apenas o transporte.

– Ah.

Ele ficou observando o navio por um instante, até que Jasmine lhe deu um leve tapa nas costas.

– Ei, vamos – disse ela. – Vamos para o mar aberto.

Jasmine os levou a bordo e entregou ao capitão um maço grosso de dinheiro local. Ele balançou a cabeça em um gesto de concordância e os guiou por uma passarela estreita, alcançada por meio de uma escadinha. Enquanto eles desciam, Steven podia ouvir o capitão emitindo ordens para a partida.

Assim que alcançaram o convés inferior, Carlos ficou agitado. Ele adiantou-se na frente do grupo até uma porta de metal e a abriu, empurrando-a com o ombro.

– Pega leve, cara – disse Jasmine. – Não estamos com pressa agora.

– Eu estou – respondeu Carlos.

Steven olhou ao redor, analisando a sala grande e atulhada. As paredes e o teto baixo eram de metal, com parafusos salientes fixados ao longo das laterais. Em um canto havia uma pilha de caixotes estampados com escrita chinesa. Não havia janelas, e uma das paredes era coberta de imagens impressas e vários recortes de reportagens.

Carlos correu até um canto da sala. Havia uma velha e gasta cadeira giratória diante de um emaranhado de equipamentos de informática: mesas, teclados, monitores de tubo e servidores. Alguns componentes pareciam muito velhos. Carlos se sentou na cadeira e começou a digitar em um teclado sujo.

Steven apontou.

– Aquilo é um Mac antigo?

Jasmine sorriu.

– Se a coisa ainda funciona, Carlos pode encontrar uma utilidade.

– Vocês dois poderiam falar mais baixo? – pediu Carlos sem se voltar, com os olhos saltando de uma tela para a outra. – Eu preciso descobrir um jeito de rastrear aquela energia do Zodíaco que está à solta por aí, antes que a pista enfraqueça, e com este equipamento antiquado, vai ser um pouquinho complicado.

– Desculpe – disse Jasmine, então se aproximou de Carlos e pousou a mão no ombro dele. – Vou levar o garoto para o outro lado da sala, dar a ele um pouco de... O que foi?

Carlos havia girado a cadeira e a encarava com o rosto inexpressivo, como se estivesse tentando desesperadamente processar alguma coisa.

Em seguida, ele se levantou e a abraçou fortemente. Surpresa, Jasmine sobressaltou-se.

– Pensei que você fosse morrer – murmurou Carlos, e enterrou a cabeça no ombro dela.

Jasmine se desvencilhou e o segurou pelos ombros. Então, olhou diretamente nos olhos dele e sorriu.

Steven se sentiu um intruso ali.

– Volte ao trabalho – continuou Jasmine, mas sua voz agora tinha assumido um repentino tom mais suave. – Ninguém gosta de um gênio preguiçoso.

Carlos mostrou um sorriso rápido, inseguro. Então deu as costas a ela e recomeçou a digitar.

Jasmine fez um gesto de cabeça a Steven e começou a atravessar a sala. Ele a seguiu, quase tropeçando quando o navio se moveu na água. O ronco dos motores se elevou em torno deles.

– Esta banheira pode não parecer muita coisa – disse Jasmine –, mas vai nos tirar da China. Como eu disse, não temos os recursos de Maxwell, então precisamos nos virar para conseguir sair daqui sem sermos vistos.

Conforme o navio se movimentava mar adentro, Steven sentiu o estômago começar a se revirar. Ele se virou para Jasmine, intrigado.

– Posso fazer algumas perguntas?

– Por que não? – retrucou Jasmine, sentando-se em um tambor metálico que parecia abrigar algo tóxico. – Eu nem estou exausta, machucada ou algo do tipo. – Ela tirou uma das botas e flexionou no ar o pé dolorido.

– Quem são vocês? – perguntou Steven. – Como sabem tanto sobre esse cara, o Maxwell? E, hã, se vocês sabiam que ele tentaria tomar todo aquele poder, por que não o impediram antes?

– Que bombardeio de perguntas – disse ela. – Mas todas têm a mesma resposta: *timing* ruim.

Steven a observou, esperando.

– Nós mantemos Maxwell sob vigilância – prosseguiu ela. – Mas ele encobre bem os rastros. Eu estava na Índia, seguindo uma pista falsa, quando recebi uma mensagem desesperada de Carlos. Ele pedia que eu viesse ao museu, onde ele tinha arranjado um emprego para mim sob um nome falso. – Ela franziu a testa e se virou para Carlos, do outro lado da sala. – "Jumanne"?

– Foi a primeira coisa que me veio à cabeça – justificou-se Carlos, sem levantar os olhos do trabalho.

– Então eu vim para cá e, durante três dias, nenhuma manifestação de Carlos. Maxwell o tinha escondido no subterrâneo, para preparar a Convergência. Nós já lhe contamos sobre isso.

Steven fez que sim com a cabeça.

– Eu pensei que Carlos estivesse morto. Quando ouvi Maxwell gritando, foi meio que um alívio.

– Eu também escutei o grito – disse Steven. – Foi por isso que a segui até lá embaixo.

Jasmine o encarou e abriu lentamente um amplo sorriso.

– Ouvidos de tigre – disse ela. – Que gracinha.

Ele desviou o olhar, envergonhado. Quando conseguiu encará-la novamente, a expressão de Jasmine estava diferente.

– Na verdade – disse ela –, você ter aparecido foi uma bela coincidência.

Em choque, Steven se deu conta de que ela não confiava plenamente nele – não mais do que ele confiava nela. *Será que ela pensa que eu estou trabalhando para Maxwell?*

Jasmine agitou a mão, parecendo rejeitar a ideia.

– Nós não tivemos tempo para coordenar um plano – continuou ela. Vasculhando o interior da mochila, retirou uma esfera de metal como as que havia jogado no *shipan* no museu. – E eu não consegui dar carga nestas granadas a tempo.

– Não foi culpa sua – disse Carlos. – Eu projetei as granadas. Queria sabotar a Convergência antes, ali do palco, mas os outros técnicos de Maxwell teriam percebido de cara a minha intenção.

Por um momento, Jasmine fitou a granada com tristeza. O dispositivo, que cintilava uma luzinha vermelha bem apagada, escorregou-lhe das mãos e caiu no chão com um ruído.

Nervoso, Steven observou a granada passar rolando por ele, enquanto o navio se inclinava para um lado, parando em um dos cantos do compartimento.

– Essa aí nunca funcionou direito mesmo – comentou Jasmine.

– Eu ainda não entendo... – Steven balançou a cabeça. – Você e eu, nós fomos atingidos por *um* dos fachos de luz do Zodíaco. Então Maxwell foi atingido por quantos? Uns quatro ou cinco deles?

– Seis, acho – disse Jasmine.

– Sete – contrapôs Carlos. – Definitivamente, sete. Contando com o Dragão, que atingiu vocês dois.

Jasmine deu um sorrisinho.

– Algum progresso por aí?

Carlos se aproximou, carregando um aparelho analisador portátil.

– Na verdade, consegui estabelecer um link de dados muito lento com o quartel-general – explicou ele. – Eles estão me ajudando a monitorar a energia do Zodíaco.

– Podemos falar com eles? – perguntou Jasmine.

– No momento, apenas por texto.

– Onde fica o quartel-general? – quis saber Steven.

– Na Groenlândia – disse Jasmine, ficando de frente para ele. – Respondendo à sua pergunta, sim, Maxwell teve contato com sete dos doze poderes do Zodíaco, e os absorveu. Porém, tem um problema. Entre esses poderes, o único que ele pode controlar, o único que lhe *pertence*, é o do Dragão.

– E o restante?

– É para isso que servia todo aquele maquinário – disse Carlos, sentando-se em um caixote, ainda com os olhos fixos no analisador. – Maxwell planejava absorver o poder de todos os doze signos do Zodíaco dentro dele apenas temporariamente. Isso mataria uma pessoa normal, e todos nós o alertamos. Mas ele tinha certeza de que conseguia dar conta.

Neste momento, ele provavelmente está executando a próxima fase de seu plano, que envolve pegar essa energia e transferi-la, tirando-a de seu corpo e passando para seus agentes. Um agente para cada signo: Cavalo, Cão, Macaco, Boi, Rato e Serpente.

Jasmine se levantou de súbito, indo até a mesa de trabalho improvisada de Carlos. Steven a seguiu, olhando várias fotos, notas e linhas presas à parede.

– Vocês realmente têm observado Maxwell por bastante tempo – comentou Steven.

– Ele tem uma rede complexa – explicou Carlos, levantando-se. – Nós nem conhecemos todas as pessoas que fazem parte da Vanguarda.

– Sem querer soar como um disco riscado, mas nós *sabemos* quais poderes ele tem, e quais ainda restam – disse Jasmine. – Maxwell e eu partilhamos o poder do Dragão. – Ela indicou Steven. – E você é o Tigre. Com isso, sobram... Esperem, minha mãe me ensinou isso. Carneiro, Porco, Coelho e Galo. – Ela se virou para Carlos. – Esses poderes... eles são os fachos de luz que se apagaram depois de libertados, certo? Eles vão simplesmente se dissipar?

– Acho que não. – Carlos tamborilou no analisador. – Parece que estão procurando os próprios hospedeiros.

– Pessoas à solta em algum lugar, descobrindo de repente que estão cheias de um poder que não compreendem. – Jasmine debruçou-se adiante, encarando Steven. – Como você. Mas sem nós para guiá-los.

– Não apenas isso – disse Carlos. – Maxwell também vai procurá-los. Ele quer esse poder.

– Essa é uma grande mudança em nossa missão – disse Jasmine, voltando-se para Carlos. – Antes, tudo o que precisávamos fazer era impedir Maxwell. Agora, vai haver mais gente por aí como esse garoto, e nós somos os únicos que podem ajudá-los.

Ela soltou um suspiro longo e deliberado.

– Gostemos disso ou não, estamos prestes a dar início a uma fase de recrutamento.

Steven assentiu, absorvendo a ideia.

– Nós temos que encontrá-los.

Carlos lançou-lhe um olhar levemente irritado.

– Estou trabalhando nisso.

Jasmine inclinou a cabeça para Steven.

– Você disse *nós*. Isso significa que está dentro? Está com a gente?

– Eu... – Ele fez uma pausa. – Acho que sim. Mas... Sei que Maxwell é um mercenário de guerra e tal, mas ele é *tão ruim* assim? Por que vocês se importam tanto com ele, tentando impedi-lo? O que ele vai fazer com esse poder, afinal?

– Qualquer coisa que quiser. Tudo – respondeu Jasmine.

– Isso não soa tão ruim.

Jasmine olhou para Carlos, que se sentou em seu caixote; algo nos olhos dele deixou Steven com uma sensação ruim, e um calafrio lhe percorreu a coluna.

– Foi bem ruim para a cidade de Lystria – disse Jasmine.

– Você já mencionou isso antes – disse Steven. – O que é Lystria? Eu nunca ouvi falar.

– Bem, não tente procurá-la no mapa.

– Por quê? – perguntou Steven. – O que aconteceu?

Jasmine lançou um olhar preocupado para Carlos, que respirou fundo e baixou o analisador. Quando tornou a falar, sua voz era rouca e intensa.

– Maxwell era um mercenário de guerra bem-sucedido – Carlos começou a explicar. – Ele lutou em vários conflitos importantes e também em outros mais discretos, ganhando muito dinheiro com isso. Mas se cansou de receber ordens. Então resolveu começar a própria empresa.

– A Vanguarda – disse Steven.

– A Vanguarda – confirmou Carlos. – O primeiro trabalho grande deles foi em uma cidade chamada Lystria, onde rebeldes tinham invadido alguns prédios do governo. A missão que os caras do Maxwell receberam foi de entrar lá, eliminar os rebeldes e sair.

Mas a empreitada foi um fiasco. A rebelião se transformou em uma guerra, e a guerra ficou bastante caótica. Alguns agentes da Vanguarda foram capturados pelos rebeldes.

– Isso deixou Maxwell numa situação ruim – continuou Carlos. – Em breve, o envolvimento da Vanguarda na Lystria chegaria ao conhecimento do público. Isso significaria o fim da nova companhia de Maxwell, e seus contratantes também ficariam bem descontentes. Ele não estava trabalhando apenas para o governo local, havia também alguns interesses em negócios escusos, pessoas que *não estavam* acostumadas a fracassar em nada.

– Era até possível que o próprio Maxwell fosse acusado de crimes internacionais de guerra – acrescentou Jasmine.

– Na época – prosseguiu Carlos –, eu estava trabalhando para uma empresa americana. Éramos especializados em transportar substâncias químicas e biológicas perigosas. Maxwell entrou em contato conosco: ele queria uma combinação bastante específica de materiais. Meus chefes a entregaram, e quando nos demos conta...

Carlos parou subitamente de falar, dando as costas para eles.

Jasmine o observou com olhar preocupado.

– Quando nos demos conta – retomou ela –, Lystria tinha desaparecido. Maxwell liberou uma biopraga mortal que dizimou

90% da população em menos de um dia. Em seguida, incinerou os prédios e enviou atiradores de elite para acabar com os sobreviventes. Inclusive alguns integrantes de sua própria equipe, que ele considerou baixas de guerra.

Steven ficou boquiaberto.

– Ele matou... centenas de milhares de pessoas...

– A cidade inteira – disse Jasmine. – Sem nem pensar duas vezes.

– Todas essas pessoas – repetiu Steven. – Só para proteger o *negócio dele*?

– Ele não gosta que lhe digam o que fazer.

– Mas, e Lystria? Alguém deve ter reparado que a cidade simplesmente *desapareceu*, não? E todas aquelas pessoas? Não tinham parentes em outro lugar?

– Steven – disse Jasmine –, às vezes, quando um crime é tão imenso, tão monstruoso, muitos não querem sequer admitir que ele tenha acontecido. Maxwell sabia que, depois de ter feito isso, nenhuma corporação ou governo ousaria interferir nos planos dele novamente.

– Eu estive em Lystria – disse Carlos, com a voz sombria como um túmulo. – É um buraco calcinado no deserto. Você não acreditaria.

Jasmine forçou um sorriso.

– Agora você compreende por que estamos fazendo isso? Por que *não podemos* deixar que esse homem controle o poder do Zodíaco?

Lentamente, Steven fez que sim.

– Ainda bem – disse ela.

Steven ergueu os olhos ao ouvi-la dizer aquilo. Havia algo na voz dela, um tom diferente. Enquanto ele a olhava, Jasmine abriu os braços. O poder do Zodíaco começou a tremeluzir e cintilar, erguendo-se acima dela para formar as garras e a silhueta esguia do Dragão.

– Então talvez você compreenda por que tenho que fazer isso – disse ela.

E então saltou para cima dele, com as garras expostas.

CAPÍTULO OITO

STEVEN RECUOU POR INSTINTO. Os reflexos do Tigre assumiram o controle, e o tempo pareceu arrastar-se. Ele observou, com todos os instintos despertos, Jasmine voando em sua direção, a silhueta de Dragão sibilando e rosnando no ar acima dela.

O que ela está fazendo?, perguntou-se ele. *Será que ela... Será que eu estava errado sobre Jasmine? Será que ela quer me matar?*

Um rosnado se ergueu das profundezas dele, vindo do próprio Tigre. Ele guinou e saltou de lado como um gato, sentindo o próprio poder cercá-lo como um traje de proteção. Em seguida, voltou a se endireitar.

Jasmine fez uma pirueta graciosa no ar e virou-se de frente para ele. Quando o agarrou pelos ombros, ele estremeceu. As mãos dela eram como garras de Dragão, queimando como fogo gelado na pele dele.

Ele rosnou e arranhou o ombro dela com as garras de Tigre, abrindo um rasgo superficial sobre seu braço. Jasmine gritou, enquanto uma linha fina de sangue escorria-lhe pelo braço.

Carlos olhou para os dois, balançou a cabeça e recuou.

Jasmine se afastou de Steven enquanto seu poder se expandia por toda a sala. Quando ela abriu a boca, as mandíbulas do Dragão expeliram chamas. Steven se abaixou, escapando do fogo por um triz.

É isso mesmo, pensou ele. *Ela está tentando me matar.*

– Jasmine – disse ele. – Por quê...

Ela fixou os olhos nele, e a silhueta do Dragão se voltou para o mesmo ponto. Contudo, ela não parecia a mulher com quem Steven estivera conversando até poucos momentos antes. Essa era uma força mais carregada, mais elementar. Por um instante, ele sentiu aquela força fazendo-lhe cócegas no cérebro, como um inseto se remexendo na base de sua coluna. Tentando entrar.

O que ela havia dito, ainda na sala da Convergência? *O poder do Dragão é diferente.*

E então Jasmine estava se movendo de novo. Ela voou em sua direção, abrindo a boca para cuspir fogo outra vez. *Não é justo*, pensou Steven. *Eu não posso voar!* Ele saltou de lado e se achatou contra uma parede, e ficou parado alguns segundos, vendo-a passar por ele. A chama do Dragão era quente contra sua pele.

Steven, ou melhor, o Tigre, viu sua oportunidade. Na fração de segundo antes que Jasmine pudesse se virar de frente para ele de novo, Steven atacou. Ele se abaixou o quanto pôde, ignorando a aguilhoada fria de energia do Dragão, e saiu por entre as pernas dela, então a levantou e a arremessou para trás, por cima de seu ombro.

Jasmine soltou um ganido de surpresa e despencou no meio de um movimento. O poder do Dragão desapareceu. Ela aterrissou com uma pancada surda, longe das vistas de Steven, atrás de uma pilha de caixotes de suprimentos.

Steven se aproximou dela, com os sentidos ainda hiperalertas. Ele espiou rapidamente ao redor, procurando Carlos. O Tigre rugiu dentro dele: *outro inimigo?* Carlos, porém, foi para trás de seu equipamento.

Steven olhou para as próprias mãos. A energia do Tigre fulgurava, brilhante, impregnando-o de poder. Ele podia sentir cada corrente de ar na sala, cada leve odor de mofo e óleo de máquinas. Nenhum intruso, nenhum inimigo poderia pegá-lo de surpresa agora.

Ele estava preso, a milhares de quilômetros de casa. E ainda assim, de alguma forma, sentia-se vivo.

A despeito de si mesmo, Steven Lee riu.

Jasmine rastejou para fora de um dos caixotes. Tinha o braço sangrando um pouco, mas ela sorria.

– Belo arremesso – elogiou.

Ela estendeu a mão. Com cautela, Steven a pegou, ajudando-a a se levantar.

Ela tocou o corte superficial no braço.

– O Tigre tem garras – comentou ela.

– Mas o que foi isso? – perguntou ele. – Está tentando me matar?

– Não, estava apenas o *testando*. – Ela se virou para falar com Carlos. – O que você acha?

– Acho que ele é um Tigre – respondeu distraidamente Carlos.

– Já sabíamos disso.

– Acho que rastrear esses poderes é mais importante neste momento.

Jasmine se sentou em uma caixa e fez um gesto para que Steven se sentasse a seu lado. Ele a seguiu, ainda cauteloso.

– Eu não mordo – garantiu ela.

– Eu acho que você acabou de morder.

– É verdade. – Ela olhou de novo para o braço machucado. – Você se vira muito bem, considerando que nunca recebeu qualquer treino de combate.

– E você? Teve algum treino?

– Ah, sim. – Jasmine desviou o olhar. – Na vizinhança em que cresci... Todo mundo tinha que aprender a se cuidar. E eu aprendi... bem, também tenho experiência militar.

Com Maxwell, pensou Steven. Havia alguma conexão entre Jasmine e Maxwell, algo além do fato de eles agora compartilharem o poder do Dragão. No entanto, ela parecia não querer falar sobre isso.

– Você tem talento – continuou ela. – Tem força e reflexos ampliados. Mas, se quiser sobreviver, vai precisar de mais do que isso. Os agentes de Maxwell têm tudo isso e muito mais.

De repente, como se um interruptor tivesse se desligado, a energia do Tigre retrocedeu, e Steven teve a sensação de que a fera se encolheu de volta para dentro dele. Seus sentidos foram ficando mais embaçados, esmorecendo até voltarem ao normal.

Exceto pelo fato de que isso não é mais o normal, percebeu ele. *Não para mim.*

Foi quando a amplitude da situação o invadiu. Ele se sentiu atemorizado, esmagado. Tudo – todo o caos e a luta daquele dia – pareceu atingi-lo ao mesmo tempo. Ele se virou de costas, combatendo um instinto terrível de desabar em lágrimas.

Jasmine o observou com atenção.

Carlos se aproximou, segurando o analisador.

– O QG rastreou os fachos – disse ele. – Parece que dois deles foram parar na Europa, um na África e um foi até a América. Eu devo receber as localizações exatas em...

Jasmine fez um gesto, pedindo silêncio. Ela pousou a mão no ombro de Steven e, quando falou, sua voz estava mais suave do que o usual.

– Ei – disse Jasmine. – Quer ligar para os seus pais?

Ele se virou.

– Eu posso?

– Jaz – Carlos tentou adverti-la. – Não é uma boa ideia.

– É melhor do que deixar que eles disparem uma caçada mundial atrás do garoto – argumentou Jasmine.

Carlos apenas franziu a testa.

– Você não pode contar nada a eles – ela instruiu Steven. – Nada sobre o Zodíaco, Maxwell ou a Vanguarda. Se o fizer, vai colocá-los em sério perigo. Entendeu?

Steven assentiu.

Jasmine apontou para um antigo telefone de disco fixado na parede.

– Aquele aparelho está ligado a um satélite... Você deve conseguir uma linha. Diga apenas que está bem, e que não vai voltar para casa por algum tempo. Diga a eles... bom, diga-lhes como você se sente.

Com isso, Jasmine apanhou suas botas e foi na direção da porta.

– Venha, Carlos – disse ela. – Vamos dar ao menino um pouco de privacidade.

– Temos mesmo que ir ao convés superior? – perguntou Carlos. – Você sabe que eu fico mareado.

Jasmine engatou o braço no dele, sorrindo.

– Meu bravo homem da Ciência – disse ela.

– Hã – fez Steven.

Jasmine parou e olhou para trás.

– Obrigado – agradeceu ele.

Ela deu um sorriso estranho, triste.

– Você tinha me perguntado por que eu faço tudo isso para impedir Maxwell – disse ela.

– Você já disse. Por causa daquela cidade, Lystria...

– É por causa dos *meus pais*. Ele os matou.

A voz de Jasmine estava muito estável. *Seu tom é quase como o de alguém que treinou para não sentir nada*, pensou Steven.

Antes que ele pudesse responder, Jasmine e Carlos já tinham saído do compartimento. Steven estava sozinho na sala, sentindo o navio balançar suavemente, encarando o telefone vermelho na parede.

Tremendo, fechou os olhos e se sentou num caixote. Em sua mente, novamente visualizou o *shipan* rangendo e rodando – o compasso chinês –, com os raios do Zodíaco disparando em todas as direções. E então sentiu outra vez o toque do facho de luz do Zodíaco, seu poder gelado penetrando-lhe o corpo.

Com dedos trêmulos, Steven esticou o braço e começou a discar o número do celular do pai. Mas logo mudou de ideia, então desligou e discou para a mãe.

A linha emitiu imediatamente um sinal de ocupado, antes mesmo de a ligação ser completada.

Qual é o código internacional dos Estados Unidos?

Cinco minutos depois, a ligação foi completada e Steven ouviu o sinal de toque do outro lado. Ele engoliu em seco, nervoso. De repente, já não fazia ideia do que poderia dizer aos pais.

易碎

– *Alô?* – A voz da mãe soava muito distante. – *Quem está falando?*

Steven pigarreou.

– Oi, mamãe – disse ele.

– *Ah* – disse ela. – *Steven.*

Ela não parece muito feliz em ter notícias minhas, pensou ele.

– Escute – disse ele. – Eu só queria avisar… que não vou voltar para casa por um tempo. – Fez-se silêncio do outro lado da linha. – Mamãe, você está me ouvindo?

– *Sim* – respondeu ela. – *Estou.*

– Eu estou bem. Mas ainda estou em… hã, tem algumas coisas que eu preciso resolver. Eu sei que isso deve parecer estranho.

– *Tudo bem.*

Será que ela está me escutando mesmo?, pensou ele.

– Mamãe, eu… – Ele percebeu que estava com a voz entrecortada, e se odiou por isso. – Você ao menos quer saber onde estou?

– *Nós ouvimos falar do incêndio, mas você já é quase adulto, Steven. Pode se cuidar.*

– Ah.

– *Steven* – continuou ela, com um tom estranho se insinuando em sua voz. – *Tem uma coisa que eu preciso lhe contar.*

– O que foi?

– *Meu pai… o seu avô. Ele faleceu hoje cedo.*

Steven sentiu um poço frio se abrindo sob ele. O navio deu uma guinada, e o estômago de Steven se revirou junto. Ele fechou os olhos e vislumbrou novamente a visão que tinha tido do avô. Aquela que tivera quando o facho do Zodíaco se esticou para envolvê-lo em seu abraço gelado.

Algo está terminando aqui, a visão de seu avô dissera. *Mas algo novo está começando.*

– *Ele não sofreu* – prosseguiu a mãe. – *Morreu durante o sono. Desculpe, Steven, mas estou um pouco atarefada agora com os arranjos para o funeral.*

A garganta dele estava seca. Falar foi um esforço.

– Claro – disse ele. – Eu compreendo.

– *Faça o que precisa fazer* – continuou ela. – *Eu aviso ao seu pai que você ligou.*

– Está bem.

– *Adeus, Steven.*

– Mamãe. – Ele fez uma pausa. – Sinto muito por não poder estar aí e...

Um ruído na linha o interrompeu. A ligação tinha caído.

Desde que Steven nascera, seus pais tinham estado ocupados com o trabalho na loja. Eles começaram a empresa do zero, viajando pelo mundo para conquistar contratos. Os pais sempre o trataram bem, mas nunca estiveram por perto durante muito tempo. Esse dever, esse papel, tinha sido desempenhado por seu avô.

E agora ele tinha ido embora.

Quando Jasmine e Carlos voltaram para o compartimento, encontraram Steven inerte, com os olhos fixos no nada. O receptor do telefone estava esmagado, despedaçado em sua mão. Ele nem tinha se dado conta de que o tinha quebrado, e que estava com pequenos cortes na palma da mão.

Jasmine o tocou no ombro enquanto Carlos abria os dedos de Steven e limpava delicadamente o sangue. Steven se virou, enxugando as lágrimas na manga da blusa.

Jasmine começou a falar, mas Steven a interrompeu. Ele não queria a compaixão dela, não naquele momento. Queria apenas seguir em frente com sua vida.

Com a missão.

– Então – disse ele, tentando manter um tom leve. – Groenlândia?

– Ah, não – retrucou ela. – Mudança de planos.

Steven olhou para ela, surpreso.

– A energia do Zodíaco já fez contato com os novos hospedeiros – explicou Carlos. – Temos que encontrá-los o mais rápido possível.

– Você terá que esperar um pouco para conhecer a nossa casa – acrescentou Jasmine.

– Tudo bem – concordou Steven. – Então, para onde estamos indo?

Carlos apontou algo no analisador. Na tela, sobre o fundo preto cintilava em verde uma mensagem do quartel-general, que consistia de uma única palavra:

FRANÇA

EXCELSIOR

PARTE DOIS
OS RECRUTAS

CAPÍTULO NOVE

– DÓ, RÉ, MI, FÁ, SOL, LÁ, SI, DÓ... – Roxanne se debruçou sobre o balcão do pequeno banheiro, cantando escalas para soltar a voz. Ela se trancara ali por alguns minutos para fazer o aquecimento. Não havia camarins particulares naquela turnê.

Talvez algum dia.

– Dó, ré, mi, fá, sol, lá, si...

Ela ajustou a camiseta rasgada para revelar um ombro, depois o outro. Então sacudiu a cabeça e pegou um moletom cinza com a estampa de um rinoceronte preto na frente. Ela o vestiu, abafando brevemente o som da própria voz.

– Mo, mé, mi, fá, fol, la, si, dó...

Roxanne estava nervosa. Aquele era o maior show que sua banda, *Les Poules*, havia feito até então. O local, um castelo reformado a cem quilômetros de Paris, era particularmente bacana. Até o banheiro tinha grossas paredes de pedra.

– Dó, ré, mi, fá...

Porém não era apenas a importância e quantidade de público do show que deixara Roxanne agitada. Enquanto sua voz elevava-se algumas oitavas, uma sensação de angústia começou a se formar em sua garganta. Ela a afastou e tentou pensar em outra coisa.

– *... sol, lá, si, dó...*

É melhor aquele novo baixista entrar nos eixos, pensou ela. *Ele ainda não decorou a nova leva de covers.*

– *Dó, ré, mi...*

Roxanne se debruçou adiante, inclinando a cabeça enquanto se olhava no espelho. Sua pele escura e lisa brilhava sob a luz fluorescente. Ela passou a mão nos cabelos curtos, estreitando os olhos. *Rímel demais? Difícil dizer. Tudo é uma exibição*, pensou ela.

– *... fá, sol, lá, si...*

A letra de sua música nova favorita começou a lhe passar pela mente: *Mães não ligam. Pais não ligam. Bebês não...*

– *... DÓ...*

Quando atingiu a nota alta, Roxanne ouviu um estrépito. Algo a jogou para trás, muito rapidamente. Ela tropeçou e caiu desajeitadamente em uma cadeira dobrável, olhando atordoada ao redor.

Roxanne reparou no espelho. Estava rachado e estilhaçado, os pedaços caindo um de cada vez na pia.

Não, pensou ela, olhando horrorizada enquanto uma imagem distorcida de si mesma refletia em um fragmento de vidro pendurado. *Não. De novo, não.*

Alguém bateu à porta. Ela se virou rapidamente.

– Roxy? Meu bem?

Roxanne suspirou, então se levantou e abriu a porta.

A mãe de Roxanne irrompeu sala adentro vacilando sobre os saltos.

– Eu ouvi alguma coisa! – exclamou ela. – Você está bem?

– Relaxe, Maman. – Roxanne fez uma careta, tentando se soltar do aperto firme da mãe. – Estou bem.

– É que você está prestes a subir ao palco, e este é o seu maior show até agora, e...

– Maman, não me deixe *nervosa* ou coisa assim. – Ela revirou os olhos.

– ... e eu só queria ter certeza de que está tudo bem. – A mulher mais velha avaliou Roxanne por um momento, retorcendo os lábios em uma expressão de desagrado. – Você vai vestir *isso*?

Roxanne apontou para a imagem em seu moletom.

– Esta blusa dramatiza a luta do rinoceronte negro!

A mãe de Roxanne recuou, balançando a cabeça.

Os outros integrantes da banda apareceram atrás dela.

– Rox – disse Paolo, o baterista. – Acabou o aluguel do banheiro?

Jaiden, o novo baixista, apontou para além dela, para o espelho quebrado na parede.

– Alguém hoje está dando uma de estrela do rock temperamental.

Pierre, o segundo guitarrista, fungou, rindo.

– Cale a boca. – Roxanne se voltou para a mãe. – Maman, eu estou bem. De verdade.

Mas a mãe olhava agora para o espelho.

– Você fez isso? – perguntou ela, observando Roxanne com preocupação. – Está machucada?

– Não, Maman. Foi um acidente. – Ela ergueu as mãos. – Viu? Nenhum corte, nenhum hematoma.

– Então... como... – A mãe balançou a cabeça, confusa. – Eu me preocupo com você, querida. Desde que o seu pai foi embora...

– Maman...

– Quero dizer, você *sabe* que eu a apoio. Nunca questionei suas decisões. Não importa o quanto você adie sua educação para fazer isso, para tocar nesses lugares, com essas pessoas...

A mãe de Roxanne agitou os braços, indicando vagamente a banda. Paolo, Pierre e Jaiden trocaram olhares, depois deram de ombros.

– ... não importa como você escolha se vestir, a maquiagem que você usa...

– Maman. Eu estou *bem*!

A mulher não disse nada, apenas analisou a filha por um momento, e uma lágrima se formou em seu olho. Em seguida, inclinou-se outra

vez. Roxanne sentiu o abraço chegando. Seus colegas de banda assistiam à cena peculiar, divertidos.

E logo os braços da mãe estavam ao redor dela e, a despeito de si mesma, Roxanne se sentiu subitamente mais segura. Ela fechou os olhos e enterrou a cabeça no ombro da mãe. Era verdade: sua mãe *sempre* estivera presente. Sempre apoiara seu trabalho, sua música, seus sonhos.

Pela primeira vez, Roxanne se deu conta: ela tinha sorte.

Foi quando ouviu uma risadinha. Ela se afastou e olhou feio para um ponto atrás de sua mãe.

– Você está prestes a perder a capacidade de dedilhar, Jaiden. – Roxanne esticou o braço para dentro do banheiro e segurou sua guitarra. – Vamos lá, perdedores. Vamos agitar essa tumba.

A banda assentiu e se virou, trocando *high fives*. Roxanne pousou a mão no ombro da mãe.

– Obrigada – agradeceu Roxanne. – Eu... eu não poderia fazer isso sem...

A mãe a interrompeu.

– Vá lá salvar o leão-marinho negro, querida.

– Rinoceronte.

– Que seja. – Ela sorriu e se virou para sair.

Roxanne chacoalhou a cabeça, sorrindo também. No entanto, seu sorriso congelou quando ela olhou para trás e viu novamente o espelho quebrado. Pedaços de seu rosto a encaravam de volta dos fragmentos desiguais.

– De novo, não – ela murmurou para si mesma. – Por favor, não esta noite.

E então se virou e correu para o palco.

Steven abriu os olhos e piscou. Uma planície achatada e seca se estendia ao redor dele, árida sob o céu noturno. Uma neblina sobrenatural elevava-se em todas em direções.

Olá!, chamou ele.

Como se em resposta, uma figura baixa surgiu, e sua silhueta movendo-se agachada era visível na névoa. Conforme se aproximava, começou a brilhar. Seus olhos piscaram, tremeluzindo de energia, enquanto ela raspava impacientemente o chão poeirento com a pata.

O Tigre.

Ele o encarou, e aquele olhar parecia desafiar Steven. De repente, Steven foi assaltado por uma dúvida. *Eu consigo lidar com esse poder?*, perguntou-se ele.

Foi quando notou outra coisa. Montada nas costas do Tigre, estava a forma encurvada do avô. O avô que tinha acabado de falecer, enquanto Steven estava por aí, do outro lado do mundo, bancando o herói.

O avô abriu seu sorriso familiar e bondoso. Steven apertou os olhos e viu um objeto brilhante na palma da mão do velhinho. Era o seu compasso... um *luopan*, como o avô o chamava. Um antigo artefato chinês, uma versão menor do disco giratório gigante que dera a Steven seu poder do Zodíaco.

Impaciente, o avô ofereceu o *luopan* a Steven. *Pegue-o*, disse o idoso. *É a sua herança. Ele vai lhe mostrar o caminho.*

Vovô soltou o compasso na mão de Steven. Estava frio como um osso antigo.

Quando Steven levantou os olhos, a névoa parecia estar se fechando em torno dele por todos os lados. O rosto do velhinho estava borrado, e da mesma forma também era difícil de enxergar o Tigre, com seu rugido grave se elevando da bruma.

Eu não conheço o caminho, disse Steven. *Não sei para onde ir em seguida.*

O avô gesticulou, impaciente. Ele ergueu a mão e apontou para o céu. Enquanto Steven observava, o céu se iluminou em um lampejo de energia verde.

Energia do Zodíaco.

Um avião, percebeu ele. *Está... perseguindo a energia.*

Steven voltou a olhar para baixo. O avô tinha desaparecido. Apenas o Tigre estava ali, ofegando audivelmente sua respiração pesada na noite.

Steven apontou para o céu.

– É lá que eu preciso estar?

Devagar, a cabeça do Tigre foi de um lado para o outro.

Não, compreendeu Steven. *Eu não preciso ir até o avião. Já estou nele.*

– Ei, Tigre. Ainda está com a gente?

Steven acordou com um susto. Jasmine o fitava com aquele já conhecido sorrisinho nos lábios.

Steven se sentou rigidamente. Estava sozinho em uma fileira curta de um avião comercial, encolhido sobre dois assentos. O zumbido contínuo dos motores a jato pulsava ao fundo.

– Desculpe acordá-lo – disse Jasmine, debruçando-se sobre ele no corredor. – É que você estava se revirando muito no assento.

– Estava agitando braços e pernas em movimentos curtos e frenéticos – disse a voz de Carlos. – Feito um gato tendo um pesadelo.

Steven olhou para além de Jasmine. Carlos estava sentado no banco do corredor, de frente para ele, cortando laboriosamente algo com uma tesoura.

– Onde... – Steven esfregou os olhos. – Onde estamos?

– A mais ou menos quarenta e cinco minutos de aterrissar – respondeu Jasmine. – Daí temos que dirigir mais algum tempo, saindo de Paris. – Ela suspirou. – Nós *temos* que conseguir nosso próprio transporte.

– É só você me arrumar algum dinheiro – disse Carlos –, e eu consigo transporte para nós.

– Detalhes. – Jasmine sorriu e fez um gesto floreado com a mão. – Sou mais o tipo de pessoa que vê o panorama geral.

Steven convidou-a a se sentar ao seu lado.

– E você tem certeza de que a garota que estamos procurando vai estar lá?

Jasmine sacou o telefone e procurou uma foto, exibindo-a na tela. Era uma jovem alta e bonita de pele escura, com as mãos enfiadas rigidamente nos bolsos de um moletom. A mulher olhava para a câmera com os olhos estreitados e expressão desafiadora.

– Carlos rastreou a energia do Zodíaco com muita precisão – explicou Jasmine. – Este é o recipiente: Roxanne LaFleur, fundadora e vocalista da banda de hip-hop europeu Les Poules, em plena ascensão. Ela mora em Paris, mas, infelizmente para nós, está atualmente em turnê. Então isso vai demorar um pouco mais do que esperávamos.

– E temos que alcançá-la antes que Maxwell o faça – disse Steven.

– Isso mesmo. Primeiro Roxanne, depois os outros três. O mais rápido que pudermos.

Uma imagem surgiu na mente de Steven: o Tigre, com o avô sobre ele. Ele se virou, subitamente preocupado.

– Ei. – Jasmine tocou-lhe o ombro. – O que foi?

– Eu... – Steven calou-se, então fechou os olhos e cerrou os punhos, e um lampejo de energia do Zodíaco desprendeu-se de seu corpo, elevando-se. – Eu não estou acostumado com esse poder – continuou ele.

– Temos muitos equipamentos de treino no quartel-general, na Groenlândia. Conversei com nosso pessoal no QG, e eles já começaram a adaptar as coisas para... bem, para nós. – Ela sorriu. – Mas isso será mais tarde. Agora, tudo o que você precisa fazer é ser você mesmo.

– Mas... Mas... – Steven se concentrou, então a energia rodopiou e se aglutinou, formando a silhueta furiosa do Tigre rugindo, o mesmo Tigre que vira apenas alguns momentos antes, em seu sonho. – E se eu não conseguir controlar a energia?

– Eu acho que você deveria controlar a energia *agora* – censurou Jasmine. – Tem gente olhando.

Steven abriu os olhos. Algumas pessoas nas fileiras adjacentes estavam apontando para eles e cochichando entre si. Ele balançou a cabeça, forçando a energia do Tigre a se acalmar.

– Viu? – disse Jasmine. – Fácil como cair de um *shipan*, não é, Carlos?

Rip. Rip. Rip.

– Carlos, *o que você está fazendo?* – ela exigiu saber.

Steven se esticou para ver. A bandeja de Carlos estava coberta de guloseimas – amendoins, M&Ms, balas de goma –, e de pedacinhos de papel e papelão, que tinham sido suas caixas e embalagens. Carlos nunca viajava sem o notebook; no entanto, agora a máquina repousava, esquecida, na poltrona vazia ao lado dele.

– Eu estava com dificuldades para resolver um problema – disse Carlos –, então resolvi tentar uma abordagem antiquada, mais física.

Jasmine inclinou a cabeça.

– E que problema era esse?

– Bem… – Carlos se virou para ela com relutância. – Lembra-se de que você ficava me dizendo que nós deveríamos ter um nome?

Jasmine gemeu.

– *Uma vez* eu disse que o nosso grupo deveria ter um nome – corrigiu ela. – E desde então Carlos continua inventando acrônimos ridículos, do tipo SOCOHO – Sistema Operacional de Conhecimento e Organização do Horóscopo Oriental…

Steven franziu o cenho.

– Isso não parece mesmo nada bom.

– É. Não é exatamente Missão Impossível.

Jasmine estava debruçada sobre Carlos.

– O que é isso? – perguntou ela. – Uma prancheta?

Jasmine tirou a prancheta de madeira das mãos de Carlos e a levantou para que Steven pudesse ver. Em uma folha de papel, Carlos havia colado as primeiras letras de uma coluna vertical, e cada uma daquelas iniciais tinha sido recortada de embalagens de doces: B (das balas de goma), A (amêndoas), um P (pipoca), outro A (amendoins) e um Z (de um negócio chamado Zappers). Ao lado de cada letra, ele escreveu as palavras:

Bando
Aventura
Perigo
Zodíaco

Jasmine riu.

– "Perigo Ação"?

– BAPAZ? – indagou Steven. – Nosso nome deveria ser BAPAZ?

– Soa como um efeito sonoro – concordou Jasmine. – De flatulência.

– É por isso que eu prefiro computadores – disse Carlos, agarrando a prancheta. – Eles são protegidos por senhas.

– Ah, não fique emburrado. Nós vamos pensar em um nome. – Jasmine passou por Carlos e voltou para seu lugar. – Quem sabe? Talvez nossa nova recruta sugira algum.

Nova recruta, pensou Steven. Ele pensou na garota de moletom e se perguntou como ela seria. Na foto, pareceu confiante, até desafiadora. Será que ela compreenderia o que eles tinham a lhe dizer e concordaria em se juntar a eles?

Ou ela vai nos mandar cair fora?

A luz alertando os passageiros para que colocassem os cintos se acendeu. Steven se recostou e sentiu o avião se inclinar adiante, começando a descida.

Acho que saberemos em breve.

CAPÍTULO DEZ

O SHOW SERIA em um castelo reformado no interior da França, aninhado contra as árvores, junto a uma tranquila estrada. Steven, Jasmine e Carlos se aproximaram de uma espessa porta de madeira, com molduras de pedra escura. Acima dela, no exterior do prédio, uma tenda moderna exibia letras plásticas gastas: CE SOIR – LES POULES. – "Ce Soir" – Steven leu. – É o show de abertura?

– Acho que isso significa "esta noite" – respondeu Jasmine.

– Ah – fez Steven, vagamente envergonhado.

Eles apresentaram os ingressos na entrada, que Carlos tinha comprado pela internet durante o voo, e passaram por uma área de bar até a sala principal de show. A sala estava escura, com lustres antigos pendentes de um teto alto demais para que pudessem ser vistos. Alguns pequenos camarotes pontilhavam as paredes, separados por luzes de palco e algumas imensas janelas cobertas. A maioria dos cerca de duzentos lugares estava tomada, e algumas pessoas dançavam nos corredores.

No palco, um trio de homens asiáticos dançava, batendo os pés no ritmo da coreografia. Steven indicou o vocalista com o polegar.

– Aquele ali não parece a Roxanne! – ele disse, elevando a voz, para ser ouvido por cima da música.

Jasmine conteve uma risada. Carlos apenas balançou a cabeça, tocando a tela *touchscreen* do analisador.

– Ela está aqui, em algum lugar!

A música foi aumentando de intensidade e então parou. O vocalista ergueu a mão e esbravejou várias palavras em um francês polido. O público ficou de pé e aplaudiu.

Steven olhou para Jasmine.

– Ele disse "obrigado!" – traduziu ela. – E então informou que o evento principal vai ser...

Steven, no entanto, já não mais ouvia. No palco, uma jovem estava se posicionando. Ela era alta, com expressão confiante, quase arrogante, e vestia um moletom com a imagem de um rinoceronte. Trazia uma guitarra presa a uma correia em seu ombro e a carregava casualmente, como se tivesse nascido com o instrumento.

Os outros membros da banda subiram ao palco atrás dela, assumindo suas posições: o guitarrista e o baixista ao lado dela, o baterista sentando-se atrás de seu instrumento. Aplausos irromperam e elevaram-se enquanto a mulher pousava o olhar na plateia, com um sorriso malicioso insinuando-se nos cantos dos lábios.

– *Merci!* – gritou ela.

Os olhos dela encontraram os de Steven... e algo aconteceu. O Tigre se avultava, e Steven sentiu sua energia emergindo dentro dele. Uma aura, leve, mas intensa, surgiu ao redor da mulher de moletom, e por apenas um segundo Steven pensou ter identificado medo nos olhos dela.

E então o outro guitarrista tocou uma nota inicial estridente – e o momento se foi. A energia desapareceu da jovem como se jamais tivesse existido. Ela balançou a cabeça, virou-se para o colega de banda e fez um movimento rápido de corte. Ele parou de tocar, intrigado. Ela se inclinou e ansiosamente falou algo no ouvido dele.

Após uma discussão breve entre cochichos, a banda começou uma música muito mais suave e calma. A mulher assentiu em aprovação, mas os colegas de banda pareciam inseguros. Ela deitou novamente o olhar em Steven, e depois desviou rapidamente os olhos e desatou a cantar uma música melodiosa.

– *Jussss-tice* – cantou ela. – *There must be jusss-tice in the world...*[1]

– Você sentiu isso? – A voz de Jasmine em seu ouvido fez Steven dar um pulo. Ele tinha se esquecido de que ela estava ali.

– Eu não... O quê?

– Ela. – Jasmine indicou o palco com o queixo.

A cantora andava de um lado para o outro agora, cantando um rap em tom baixo e uniforme.

– *Stop the slaugh-terrrr* – cantou ela, apontando os dois polegares para o animal em sua blusa. – *Stop the ex-ploi-taaaaaa-tion...*[2]

Carlos se enfiou entre Steven e Jasmine, levantando o analisador e assentindo bruscamente.

Steven se lembrou do lampejo de energia, da aura circundando a vocalista. Ele sabia o que Jasmine diria antes mesmo de ela falar.

– Ela é uma Zodíaco, sim.

– *Ex-ploi-taaaaa-tion...*[3] Roxanne fez um esforço para se concentrar apenas na letra. Interiormente, porém, estava aterrorizada. *Não demonstre*, ela disse a si mesma. *Você está no palco agora. Continue o show. Nada importa agora a não ser o show.*

Ela sabia que a banda estava perplexa com suas atitudes. Pierre estava prestes a começar "Maman", a nova música. A canção tinha uma batida áspera, dinâmica e vocais gritados, por isso eles concordaram em abrir com ela, pois sabiam que levantaria a multidão.

Mas isso tinha sido antes de Roxanne ver os três estranhos entrarem: o sujeito de casaco e óculos, a mulher de olhar duro e... o menino. Quando seus olhares se cruzaram, uma sensação estranha a

1 "Justiça, deve haver justiça no mundo..."
2 "Parem com o massacre... Parem com a exploração..."
3 "Exploração..."

percorreu. A mesma sensação que tivera quando estilhaçara o espelho do banheiro.

– *Stop the killing. Stop the in-sani-teeeee...*[4]

E isso já havia acontecido antes – três vezes nos últimos dois dias. Sempre que Roxanne ficava agitada e elevava o tom de voz, uma onda de poder a tomava inteiramente. E então coisas... bem, coisas se quebravam.

Por isso que, no último minuto, ela resolveu iniciar o show com uma música mais suave, uma balada. Ela percebeu dali de cima que o público também ficou confuso – era algo bem incomum de se fazer. Agora, entretanto, a plateia estava com ela, batendo palmas e movendo o corpo ao ritmo da música, acompanhando o som de pé.

– *My people... are your people. Your people are miiiiiiine...*[5]

A música, "The Killing", tinha um vocal bastante comedido, homogêneo. Roxanne estava cantando havia dois minutos pelo menos, e nada ainda tinha acontecido. Nenhum surto, nenhuma energia. Nenhum vidro se partindo.

Ela olhou para a multidão. O sujeito de óculos conferia algo em uma máquina que tinha em mãos. O menino ainda estava com os olhos grudados nela, observando cada movimento seu.

Pierre iniciou o refrão final e Paolo, o baterista, o acompanhou. Roxanne terminou o último verso e baixou o microfone, sorrindo enquanto os aplausos irrompiam.

Pierre estava olhando para ela, com a sobrancelha erguida e uma expressão interrogativa. Ela sabia o que isso significava: agora?

Deixe para lá, pensou ela. *Não fique sobressaltada com sombras, esqueça o medo de coisas que não consegue entender. Somos jovens e estamos no palco.*

Vamos detonar.

Ela rodopiou, encarando cada membro da banda, e sussurrou: "Maman".

Pierre tocou a nota de abertura, ainda mais alto do que da primeira vez. Paolo martelou o ritmo na bateria e Jaiden imediatamente os

---

4 "Parem com a matança. Parem com a insanidade..."

5 "Meu povo... é o seu povo. Seu povo é meu..."

acompanhou, estabelecendo a dura e esmagadora linha de baixo. O público uivou, enlouquecido de júbilo e alívio.

Roxanne sorriu e inclinou-se para bem perto do microfone. Pela primeira vez naquela noite, ela se sentiu plenamente viva.

– *Mothers don't care* – cantou ela, vociferando cada sílaba como se fosse sua última. – *FATHERS DON'T CARE...*[6]

A sala irrompeu em caos.

Quando Roxanne, a mulher no palco, gritou a palavra "care", sua cabeça se virou para o lado, súbita e involuntariamente. Uma onda de som, algo como uma distorção no ar, pareceu explodir para o alto a partir dela, dirigindo-se para o teto. Ao mesmo tempo, um halo de energia começou a se formar ao redor de seu corpo, contorcendo-se e se expandindo.

– Cuidado! – gritou Jasmine.

Steven assistiu imóvel a onda de som atingir um dos lustres, estilhaçando-o. Vidro explodia em todas as direções, caindo sobre a multidão.

As pessoas começaram a correr, gritando desesperadas. Steven cobriu a cabeça, protegendo os olhos com as mãos.

No palco, a banda parara de tocar. Roxanne tinha agora os olhos delirantes, ela estava apavorada. Mas o som pulsante continuava a emergir dela, em gritos curtos e cortantes, como água jorrando de uma mangueira pressurizada.

– *CHILDREN! DON'T! KNOW...*[7]

A cada palavra, uma nova explosão acústica atingia algum ponto da sala. Uma delas abriu uma rachadura na parede; outra partiu uma janela. Uma acertou um homem no corredor, arremessando-o para trás, sobre um grupo de espectadores em fuga.

6 "Mães não ligam, pais não ligam..."
7 "Crianças! Não! Sabem!"

– Galo – informou Carlos, analisando o que mostrava o analisador. Ele puxou o casaco mais apertado no corpo, para se proteger do vidro que caía. – Definitivamente, ela é o Galo.

Outra erupção de som derrubou um escombro do teto. Em pânico, pessoas da plateia se abaixaram e fugiram.

Steven sentiu o Tigre se erguendo dentro dele. *Deixe-me sair*, ele parecia dizer. *É para isso que estou aqui. É por isso que o escolhi!*

Ele relaxou, permitindo que a energia fluísse para fora dele e a seu redor, e virou-se para Jasmine – e então paralisou.

Jasmine flutuava a alguns metros acima do corredor, alheia ao vidro caindo e aos destroços em seu entorno. Seus olhos estavam vazios e todo seu corpo reluzia com um poder incrível. A figura etérea do Dragão a cercava, sibilando e cuspindo, com as garras afiadas rasgando o ar em fúria.

Ela abriu os braços, estendendo o poder. Quando se virou para Steven, seus olhos pareceram se focar nele pela primeira vez.

– Eu protejo o pessoal – disse ela. – E você vai buscar nosso Galo!

Steven arregalou os olhos.

– Eu?

– Você é um de nós – disse Jasmine. – *Vá!*

Steven cerrou os dentes, sentindo a própria energia do Zodíaco subindo e o envolvendo. A boca de energia do Tigre rosnou, mostrando as presas. Ele se virou de novo para o palco.

Outro lustre se estilhaçou. Steven se abaixou, mas não foi necessário. Jasmine estendeu seu poder do Dragão sobre ele, protegendo-o junto com os outros.

No palco, Roxanne ainda cantava, mas Steven já não conseguia mais discernir as palavras. O poder dela, a energia descontrolada do Zodíaco, parecia tê-la dominado. Todo o seu ser parecia afunilado naquelas explosões sônicas, e choques mortais e cortantes disparavam de sua boca.

Steven correu na direção dela, e depois de alguns passos saltou sobre uma mulher caída, detendo-se apenas o tempo suficiente para ter certeza de que ela não estava com nenhum ferimento sério. Ele se desviou quando uma luz de palco tombou no corredor.

Roxanne agora havia desenvolvido o próprio halo de energia. Suas asas amplas, cobertas de penas, abriam-se a partir de seu corpo, expandindo-se para cobrir toda a extensão do palco. Acima da cabeça da vocalista, um Galo de crista empinada agitava o bico para a frente e para trás, movendo-se simultaneamente às explosões sônicas de Roxanne.

Steven saltou até o palco. A banda não estava mais ali, tinha sido arrastada para trás por aquelas vastas asas de energia. O último membro, o baixista, fez uma breve pausa na cortina, depois disparou para os bastidores.

– Ei! – chamou Steven. – Ei, hã... Roxanne? Galo?

Ele se sentiu meio bobo chamando-a daquela forma.

Roxanne virou-se para ele. Ela parecia em choque, incapaz de parar o ataque sônico. Agora que ela estava de frente, um disparo de som atingiu Steven no peito, arremessando-o longe.

Steven ofegou, fazendo um esforço imenso para respirar. Todavia, o Tigre já estava no controle. Ele girou em pleno ar, rodopiando várias vezes até aterrissar de pé na beira do palco.

Ele olhou rapidamente para os assentos. A maior parte da plateia já tinha ido embora. Jasmine estreitou seu escudo de Dragão, protegendo os últimos espectadores do vidro e dos fragmentos que ainda caíam das paredes e do teto. Carlos se encolhia perto dela, ainda examinando o analisador.

Outra emissão sônica passou por Steven, bagunçando seus cabelos. Ele se voltou para Roxanne e rugiu, preenchendo o ar em torno deles com aquele grito vigoroso e primitivo.

Roxanne parou, balançando a cabeça. A energia ao redor dela tremulou e enfraqueceu.

– Por favor, escute – grasnou Steven. – Pare apenas um minuto e me ouça, está bem?

Roxanne piscou, claramente desorientada. Em seguida, abriu a boca e clarinou novamente. Uma golfada violenta de som elevou-se, e quando atingiu o teto, um pesado varão de cortina rachou no meio e desabou entre eles.

– Pare com isso! Você tem que parar – pediu Steven.

Ela apertou as duas mãos sobre a boca, fazendo um esforço imenso para ficar calada. Então voltou os olhos apavorados para Steven e sacudiu a cabeça com vigor.

Steven deu um passo até ela – um passo normal, humano, curto e manso. Ele forçou o Tigre a retroceder, empurrando a energia de volta para dentro. Acalmando o Tigre.

Roxanne precisa me ver como uma pessoa normal agora, pensou ele. *Como alguém em quem ela pode confiar.*

– Eu mesmo tenho esse poder há apenas pouco tempo – contou ele. – Às vezes, eu me pergunto se consigo lidar com isso. Eu preciso de ajuda... E acho que você também.

Roxanne baixou as mãos, e um gritinho sônico lhe escapou, agudo e frenético. A onda sonora acertou o palco, lascando o piso de madeira. Ela cruzou as mãos sobre a boca novamente, assentindo para ele.

Não havia mais ninguém da plateia, e Jasmine flutuava na beira do palco, esperando. O brilho de Dragão pulsava bem perto dela, feroz e potente. Carlos estava de pé atrás dela, observando.

– Deixe-nos ajudá-la – disse Jasmine.

Roxanne encarou Jasmine, depois olhou para Steven. A energia do Tigre havia desaparecido dele.

– Sim, eu preciso de ajuda – sussurrou Roxanne, pronunciando cada sílaba cuidadosa e calmamente. – Preciso.

Steven sorriu e estendeu-lhe a mão.

CAPÍTULO ONZE

A MÃE DE ROXANNE ANDAVA agitadamente de um lado para o outro no pequeno quarto de hotel.

– Posso pegar alguma coisa para vocês comerem? Alguma bebida? Este quarto tem frigobar. Vocês querem um refrigerante? Ou biscoitinhos? Pães, talvez?

– Estamos bem, senhora – disse Steven.

Ele se sentou no sofazinho ao lado de Jasmine. Carlos, espremido do outro lado dela, apontava o analisador para Roxanne, que estava sentada em uma poltrona, encolhida e cabisbaixa. Desde que Steven a ajudara a sair do palco, ela havia se recolhido, tornando-se quieta e acabrunhada.

– Eu agradeço imensamente a vocês por terem salvado Roxy – prosseguiu a mãe. – Eu *sabia* que aquele lugar não era seguro. Aquilo tem quinhentos anos! Eu *sabia* que ela não deveria tocar lá. E eu também disse a ela que não usasse aquela blusa de moletom ridícula. Mas Roxy sabe que eu a apoio. – A mulher fez uma pausa, agachando-se perto do frigobar. – Vocês querem que eu peça alguns hambúrgueres? Americanos gostam de hambúrguer, não é?

– Maman – disse Roxanne, sem mover a cabeça para olhar para cima. – Sente-se, ou eu vou ter um ataque epilético.

Jasmine sorriu.

– Obrigada pela hospitalidade, Sra. LaFleur.

– É senhorita. – Uma expressão de desconforto transpassou o rosto da mulher mais velha. – *Senhorita* LaFleur.

– Eu uso o sobrenome da minha mãe – esclareceu Roxanne com a voz inexpressiva. – E não o do meu pai.

Steven sentiu um súbito impulso de deixar aquele assunto para trás.

– Srta. LaFleur – disse ele. – O castelo, o salão de shows, na verdade, não desabou sozinho. Roxanne teve algo a ver com isso.

– O quê? Isso é um absurdo. – A Srta. LaFleur franziu a testa, e todo o seu comportamento mudou. Ela foi até Carlos pisando firme e disse: – O que é essa coisa que você fica agitando na cara da minha filha?

Carlos levantou os olhos.

– É um analisador portátil de Chi – respondeu ele. – Estamos muito perto de uma Linha de Ley aqui, então está havendo uma interferência absurda, mas o aparelho foi projetado para detectar energia do Zodíaco, classificá-la em um dos cinco elementos que a compõem e medir a força relativa de cada ramo.

A mãe de Roxanne apenas o encarou.

– Eu aprendi a não perguntar – disse Jasmine.

– Às vezes, eu também uso o analisador para jogar *Plants vs. Zombies* – admitiu Carlos.

– Vocês querem dizer... – disse a Srta. LaFleur calmamente – que essa energia mágica do Zodíaco está *dentro* da minha filha?

– Está dentro de todo mundo, em graus variados. – Carlos desligou o analisador. – Mas não é mágica. Ela se baseia em forças elementais, na relação entre posições estelares e no campo eletromagnético da Terra. E, sim, não há dúvida, sua filha possui uma concentração enorme de poder do Zodíaco.

– Ela nasceu no ano do Galo, não foi? – perguntou Jasmine.

A Srta. LaFleur deu de ombros e olhou para a filha.

Roxanne suspirou.

– Nasci, sim. Nós fizemos esse negócio de Zodíaco chinês na escola. – Ela se virou para Jasmine com um olhar desafiador. – Eu odiava a escola.

– Você provavelmente também não vai gostar do que vou dizer – retrucou Jasmine. – Mas...

– Não. Espere. Um minuto, por favor. – A Srta. LaFleur se postou diante de Roxanne. – Isso é absurdo. Minha filha não é uma pessoa com superpoderes, como naqueles filmes do Suricate de Aço...

– Mangusto – resmungou Steven. – Mangusto de Aço.

– ... Ela é *normal* – prosseguiu a Srta. LaFleur. – Por que vocês estão aqui, afinal? O que querem com a gente?

Jasmine inclinou-se para a frente.

– Nós queremos ajudar a sua filha, Srta. LaFleur. O que aconteceu esta noite pode ocorrer de novo, a qualquer momento. No nosso quartel-general, na Groenlândia, podemos treiná-la para que aprenda a usar esse poder em segurança.

– E – acrescentou Steven – podemos mantê-la a salvo de um cara chamado Maxwell. Ele quer capturar todos nós e nos treinar para sermos supersoldados ou algo do tipo.

– Não. Absolutamente não. – A Srta. LaFleur encarou todos eles. – Eu posso não aprovar as roupas de Roxanne, ou seu estilo de música, ou o fato de que ela trancou o curso na faculdade no segundo semestre. Ou a maquiagem com a qual ela reboca o rosto, ou as causas às quais ela se agarra diariamente, ou a carreira que ela parece obstinada a seguir, desprezando toda racionalidade e sanidade...

– *Maman* – disse Roxanne. – Onde você quer chegar?

– *Mas* – prosseguiu a Srta. LaFleur – eu apoio seu direito de fazer essas coisas. De encontrar o próprio caminho na vida, de seguir seus sonhos. E nenhum conto de fadas sobre poderes mágicos do Zodíaco vai impedi-la de fazer isso.

Houve um silêncio constrangedor. Em seguida, uma luz repentina chamou a atenção de Steven. Jasmine se levantou, brilhando outra vez.

A energia do Dragão a envolvia, enrolando-se em torno de seu corpo como uma serpente com as mandíbulas escancaradas. Quando ela falou, sua voz era algo parecido a um sibilo amplificado.

– O poder do Zodíaco é real.

Os olhos de Roxanne se arregalaram. A mãe dela ficou estática de terror.

– Jasmine – disse Steven, levantando-se alarmado.

Mas Jasmine apenas estendeu a mão para ele, resplandecendo com o fogo do Zodíaco. Antes que Steven pudesse ao menos formular um pensamento, o Tigre em seu interior reagiu. Ele ficou de pé em um salto e deu um passo largo, juntando-se a ela.

Em seguida, virou-se de frente para Roxanne e a mãe. A energia do Tigre reluzia ao redor dele agora. Com a boca feroz agitando-se de um lado para o outro, o rugido estrondoso se ergueu, tomando o pequeno cômodo.

– O que... O que é *isso?* – perguntou a Srta. LaFleur.

Carlos continuou sentado no sofá, com uma expressão preocupada no rosto.

– Chega de danos ao patrimônio – ele pediu brandamente. – Por favor.

Juntos, Steven e Jasmine – o Tigre e o Dragão – fitaram a nova recruta, e então começaram a caminhar devagar, rugindo e rosnando, na direção de Roxanne, suas formas de energia ricocheteando pelo quarto.

Steven se sentia refém de algo imenso, que mal conseguia controlar. A energia do Zodíaco ainda era nova para ele, ainda era esmagadora. Jasmine estava usando apenas uma fração de seu poder de Dragão, ele sabia; já a vira se iluminar muito mais do que aquilo. No entanto, ainda era o suficiente para inundar o quarto de luz.

Roxanne se encolheu na poltrona, observando Jasmine e Steven com olhos aterrorizados.

– *Mães não ligam* – Roxanne cantarolou quase num sussurro. – *Mães não ligam...*

Steven reconheceu a letra de uma das músicas da banda, e se postou diante de Jasmine.

– Isso é real – disse ele. – Eu sei que você não quer isso. Também não tenho certeza se eu quero. Mas... – Ele estendeu a mão para Roxanne.

– *Pais não ligam* – continuou ela. – *Crianças não SABEM*!

A descarga sônica atingiu Steven como um canhão, jogando-o para trás, de encontro a Jasmine. Ele ricocheteou na energia poderosa do Dragão e bateu de lado em uma mesinha. Acertou um abajur com o cotovelo, despedaçando-o em uma chuva de faíscas. Então ele caiu no chão com um baque.

O Tigre rugiu.

Roxanne ficou de pé em um salto, com os punhos cerrados, derrubando a poltrona. A energia do Zodíaco a envolveu, erguendo-se para formar a silhueta singular do Galo, alado e feroz. O bico do animal se fechava e se abria, bicando o ar.

– Ah, não – lastimou ela. – Maman, me ajude...

Roxanne se virou para a mãe, que permaneceu imóvel, encarando a filha com uma expressão de terror total. Em seguida, a mulher recuou e topou com uma mesa. O móvel caiu de lado.

– Afaste-se – disse ela. – Fique longe de mim!

– Maman?

A Srta. LaFleur estava em pânico, com os olhos arregalados.

– Sua música – disse ela. – Suas roupas, a maquiagem, as causas... Posso conviver com todas essas coisas. Mas com isso, não. – Ela chacoalhou a cabeça, desesperada. – *Isso*, não.

– Não – reclamou Roxanne. – Você não pode desistir de mim. Não pode. Eu sempre tive o seu apoio. Eu... eu sou tão *SORTUDA*!

A emissão sonora atingiu a parede logo acima de onde estava a Srta. LaFleur, abrindo um buraco no gesso. Ela olhou para o alto, depois, com a expressão apavorada, olhou de relance para a filha, então se virou e se precipitou porta afora.

Roxanne ficou simplesmente assistindo à mãe partir, sem se mover, mas a energia do Galo ergueu a cabeça e emitiu um canto longo e lamentoso.

Em seguida, a energia esvaneceu-se e Roxanne caiu de joelhos. Steven correu para segurá-la. Por um momento, o Galo era simplesmente uma pessoa normal de novo. Uma garota confusa, semiconsciente.

– Eu era sortuda – sussurrou Roxanne.

– A música é a minha vida – disse Roxanne tristemente. – Mas essa parte da minha vida acabou.

– Não acabou, não – retrucou Jasmine. – Talvez você precise dar um tempo por enquanto.

Eles estavam sentados em um café próximo ao hotel, tomando bebidas quentes. Carlos sugeriu que saíssem do hotel antes que alguém viesse verificar o que era todo aquele barulho.

Steven se virou para observar Roxanne. Ela mexia o café com uma colherinha, inquieta, adicionando leite na xícara.

– Eu não posso mais cantar – lamentou-se ela. – Não sem ferir pessoas.

– Podemos ajudá-la com isso. – Jasmine segurou a mão da garota. – Podemos treiná-la para que consiga controlar seu poder.

Roxanne apertou a mão de Jasmine. A moça fechou os olhos com força e emitiu um som parecido com um soluço.

– Maman – disse ela. – Ela sempre esteve ao meu lado. E então... O jeito como ela me olhou quando...

– Você estava certa – disse Steven. – Você tem sorte por ter uma mãe como ela. Nem todos têm.

Roxanne olhou para Steven, estreitando os olhos como se o estivesse vendo pela primeira vez.

– Ela vai mudar de ideia – acrescentou ele. Algo estranho se insinuou nos olhos de Roxanne.

– Eles também o estão treinando? – perguntou ela.

– Estão – disse Steven.

– Eles vão treiná-lo para se vestir melhor também? Não que você não esteja mandando bem nesse visual de calças cargo.

Steven a encarou por um momento, chocado. Então Jasmine deu uma gargalhada. Roxanne desatou a rir – era a primeira vez que ela fazia isso. Até Carlos riu.

Steven sorriu de volta.

Cara, pensou ele. *Será que todos os recrutas vão ser assim?*

CAPÍTULO DOZE

– EU SEI QUE PODE SER ALGO DIFÍCIL DE ACEITAR – disse Steven. – Mas existe esse negócio chamado Zodíaco chinês...

– É, claro, eu entendo – interrompeu o novato. – Energia louca, poder antigo, que por algum motivo me escolheu. Tudo bem até aí.

– Bem – disse Jasmine, sorrindo. – Ao menos *alguém* não está surtando com isso.

O novato, Liam, não era nem um pouco como Steven imaginara. Alguns anos mais velho que Steven, mas quase da mesma altura, com óculos grossos e físico arredondado. Não parecia alguém permeado com o poder do Zodíaco, nem com qualquer outro poder, na verdade. E aparentava estar totalmente despreocupado com a situação toda.

Mas Carlos confirmara: Liam era a pessoa que eles tinham vindo procurar. Assim, enquanto Roxanne viajava até o esconderijo de Carlos e Jasmine, eles foram tentar encontrar o Carneiro.

Jasmine se virou para Carlos quando ele fez um ruído ao suspirar.

– O que foi? – perguntou ela.

– Não sei. – Carlos examinou atentamente o analisador portátil. – Estou recebendo um tipo de nova leitura. Pode não ser nada.

Liam acenou para uma mulher que fechava a sua loja. Já era fim de tarde.

– Oi, Millie – cumprimentou ele. – Como vão as vendas?

Millie fez uma cara azeda, depois abriu um breve sorriso e virou-se de costas.

Eles estavam descendo pela sinuosa rua principal do vilarejo de Liam, na Irlanda do Norte. As casas ali eram baixas, com um ou dois andares, e muitas lojas pareciam estar falindo. O sol havia acabado de se pôr, e uma leve névoa surgia.

Steven se deu conta de que a maioria dos carros estacionados pela estrada era de modelo compacto. *Na América*, pensou ele, *haveria muito mais utilitários*.

– Este lugar me parece pacífico – comentou ele.

– Pacífico? – Liam se voltou para ele. – É, pode ser uma maneira de descrever. Ei, Angus. Como vai a plantação?

– Pelo jeito, você conhece todo mundo aqui – comentou Jasmine.

– Eu morei aqui minha vida toda.

– Então – disse Steven –, como íamos dizendo. O Zodíaco...

– Cara! – Liam sorriu. – Eu *acredito em você*. Eu já sabia que algo havia me acontecido, você só descreveu o que foi. Aqui, vou lhes mostrar.

Ele se virou para um homem gigantesco e musculoso, de camiseta e jaqueta, que passava por ali.

– Ei, Mal. Quero que me dê um soco no estômago. Com toda a força, está bem? O gigante, Mal, sorriu e fez que sim. Aproximando-se, ele aplicou um forte golpe em Liam, acertando-o na barriga com o punho fechado. Liam foi arremessado vários metros pelo ar, sem emitir um único som ou gemido de dor. Por apenas um momento, uma forma de energia do Zodíaco apareceu no ar ao redor de seu corpo: um Carneiro feroz, atacando com os chifres afiados e curvos.

Espantado, Steven arfou.

Liam se chocou contra a lateral de uma vitrine fechada com tábuas, lascando diversos tijolos da fachada. Enquanto ele escorregava até o chão, a energia do Zodíaco se apagou.

Antes que Steven fizesse qualquer menção de movimento, Liam já estava de pé, esfregando a barriga. Ele voltou até o gigantesco rapaz, sorrindo.

– Belo soco, Mal! – elogiou Liam. – Você andou malhando, hein?

Mal assentiu, sorrindo timidamente.

– Sempre que não está passando *Downton* – disse ele.

Jasmine, Carlos e Steven rodearam Liam. Carlos passou o analisador pelo corpo dele, empolgado.

– Nenhum dano – disse Carlos. – E uma descarga considerável de energia do Zodíaco.

– Nos vemos por aí, Mal! – despediu-se Liam.

O imenso rapaz acenou e foi embora.

Steven sentiu uma súbita tristeza, um tipo de inveja da vida que Liam levava. Esse cara sabia quem era e onde era o seu lugar. Ele tinha amigos, rotinas e provavelmente uma família que se importava com ele. Desde a horrível conversa que tivera com a mãe, desde a descoberta de que o avô havia falecido, Steven se sentia sem raízes, inseguro quanto ao seu lugar no mundo.

Com certeza ele não se sentia tão confortável com o poder do Zodíaco quanto Liam.

Steven olhou para o rosto gentil e sorridente de Liam. *Seria certo o tirarmos daqui?*, ele ficou pensando.

Como se tivesse lido os pensamentos de Steven, Jasmine começou a falar.

– Liam – disse ela. – Estávamos preocupados, imaginando que nossos recrutas do Zodíaco precisassem de treinamento, mas percebo que isso não é um problema para você, que obviamente sabe como usar seu poder.

Liam deu de ombros.

– Eu me meto em brigas desde que tinha seis anos. Agora só ficou mais fácil me levantar.

– Mas esse não é o único motivo para estarmos aqui. – Ela franziu a testa. – Você está em perigo. Existe um sujeito chamado Maxwell, que não vai parar até conseguir capturar o poder que está em você. É provável que ele, ou seus agentes, esteja a caminho agora mesmo.

– Sim, é o que você diz. Mas nada pode me deter, certo? Eu sou indestrutível. Então, por que deveria ir com... – Liam se virou quando um homem passou por ali, trôpego. – Oi, Glenn – cumprimentou Liam. – Tudo bem aí?

– Tudo belezinha, Liam.

Liam observou, com uma expressão estranha nos olhos, Glenn sair cambaleando para casa, para viver mais um dia de sua vida feliz.

– "Tudo belezinha" – repetiu Liam. – Vocês acreditam que eu tive essa mesma conversa com aquele sujeito todas as noites, nos últimos dez anos? – Liam então se virou de súbito para Steven.

– Vou lhe dizer uma coisa, cara – disse Liam. – Se você conseguir me vencer em uma briga, eu vou com vocês.

Steven piscou.

– Como é?

– Uma briga. Briga justa, Zodíaco contra Zodíaco. – Liam sorriu. – O que você me diz?

Steven se virou para Jasmine e Carlos, procurando ajuda. Carlos, porém, estava hipnotizado pelo analisador outra vez, digitando algo na tela.

Jasmine apenas encolheu os ombros, mas pelo sorriso singular que trazia nos lábios, Steven tinha a sensação de que ela estava ansiosa para vê-los lutar.

– Isso me parece... um jeito estranho de decidir algo importante – argumentou Steven.

– Como eu disse, venho brigando por toda a minha vida. – O sorriso de Liam assumiu um aspecto desagradável. – A menos que você esteja com medo...

Steven cerrou os punhos. Dentro dele, o Tigre rugiu. Como sempre, o animal não conseguia resistir a um desafio.

– Onde? – indagou Steven.

Liam parou e indicou um prédio azul com a tinta descascando e uma placa de neon piscando na janela.

Liam adiantou-se, abriu a porta com um empurrão e desapareceu lá dentro. Steven hesitou apenas por um momento.

– Ei – disse Jasmine. – Olhe só isso.

Ele seguiu a direção que ela indicava com o dedo e viu a placa pendurada na entrada do pub. Em letras apagadas e lascadas, lia-se: O CORVO E O TIGRE.

Jasmine deu de ombros.

– É o destino.

Ela abriu a porta. Steven fez uma careta e entrou.

O interior do pub era tão decadente quanto seu exterior. Retratos de anciãos pendiam das paredes, acima de mesas com pernas faltando. Dois homens de aparência entediada e um casal de idosos estavam sentados no bar. Lá em cima, uma sacada no segundo andar parecia prestes a desabar.

– Não é exatamente o Four Seasons – comentou ironicamente Jasmine.

Steven franziu a testa.

– Onde está o Carlos?

– Ele disse que vinha logo. Queria fazer mais algumas avaliações.

Liam já estava tirando algumas mesas da grande área central. O barman, um homem magro de meia-idade, observava com ar divertido.

– Liam – disse ele. – Eu deveria estar vendendo ingressos?

– Não sei – disse Liam, indicando Steven. – Acha que este rapaz vai aguentar uma briga?

O homem bufou em sinal de escárnio e lhes deu as costas, voltando para o bar.

– Acho que você vai devorá-lo no café da manhã – disse ele. – Com xarope de bordo.

Mais uma vez, Steven sentiu o Tigre rosnar. Ele o conteve e se aproximou de Liam.

– Liam, eu realmente não acho que isso vá...

– Qual é o seu signo no Zodíaco mesmo? Tigre? – O sorrisinho de Liam era de deboche. – Está mais para um gatinho filhote.

Steven rangeu os dentes.

O barman agora estava de pé junto à porta, recepcionando as pessoas. Moradores locais começaram a entrar, observando o confronto com grande expectativa.

Liam ainda mantinha o sorrisinho no rosto, encarando Steven.

– Na verdade – continuou o irlandês –, eu quase sinto pena de você. Um menino delicado como você não duraria dez minutos se tivesse crescido por aqui...

Steven inclinou-se adiante, levantou os punhos e deu dois socos no rosto de Liam, tão rápido que o pegou de surpresa. A cabeça de Liam foi para trás como a de um boneco. Ele então chacoalhou a cabeça, como se estivesse respingando água ao redor.

– Uau, isso foi bem delicado, cara – desdenhou Liam. – Como um beijinho da vovó.

Steven cerrou os punhos de novo. A energia do Tigre se ergueu ao seu redor, formando a familiar silhueta de energia no ar. Quando viu o rosto sorridente de Liam, o Tigre rugiu.

Steven atacou. Ele esticou os braços e agarrou Liam pelos ombros, jogando o irlandês contra a parede. A moldura de um retrato se quebrou e um peixe empalhado se desprendeu do gancho e caiu no chão.

– Aí, sim! – provocou Liam.

Ambos lutaram por um momento. Pelo canto do olho, Steven viu que Jasmine assistia à batalha. Mais gente se amontoava no pub agora, reunindo-se atrás dela para ver a luta.

Liam libertou um braço do aperto de Steven e o socou no estômago. Steven ofegou e se dobrou enquanto o irlandês dava um passo para trás.

– Podemos começar logo a luta? – escarneceu Liam.

Steven rugiu outra vez, um som grave, primitivo. Enfurecido, ele correu impetuosamente até Liam, mas o ataque foi desastrado, sem coordenação. Porém, quando atingiu a barriga de Liam com a cabeça, os dois tombaram no chão.

Liam arfou e rolou por cima de Steven. O garoto bateu a cabeça no chão e gritou quando sentiu que tinha cortado a orelha nos cacos de vidro. Quando olhou para cima, Liam estava sentado sobre ele. O irlandês não estava arranhado, nem ferido, nem respirando forte.

– Estou tentando lhe mostrar – disse Liam – que de jeito nenhum você pode me vencer. Aconselho que desista. – A voz dele era quase gentil agora. – Nada pode vencer o Carneiro.

A visão de Steven estava borrada. Ele olhou para o alto, para além do rosto de Liam, procurando Jasmine. Não conseguia vê-la em meio às outras pessoas que estavam ali assistindo. Dúzias de residentes locais, tentando ver se ele era durão o bastante para derrotar o campeão.

– Desistir? – Steven cuspiu sangue. – Nunca.

Enquanto dizia isso, sabia que soava como um tolo. Steven – o Tigre – era forte, rápido e sobrenaturalmente ágil, e ainda não conhecia a extensão de seu poder. Aquela era a primeira vez que ele entrava em uma briga, mas sabia que poderia dar conta de qualquer inimigo normal.

Mas não Liam. O irlandês tinha razão: o Carneiro era invencível. Essa era a própria essência de seu poder.

Liam deu de ombros.

– Tudo bem, então – ele disse, e depois recuou.

Steven pôde se preparar para receber a cabeçada, mas mesmo assim doeu. Bastante.

CAPÍTULO TREZE

AS RUAS SINUOSAS DA CIDADE IRLANDESA deixaram Josie tonta. Ela desceu pela rua principal, contornando curvas acentuadas e parando de vez em quando para checar a localização de algo no computador holográfico de pulso. Ela tinha que colocar uma camada sobreposta com um mapa das ruas da cidade para poder encontrar o caminho.

Em um momento, um homem veio cambaleante em sua direção e quase tropeçou nela. Ele se apresentou como Glenn e resmungou algo ininteligível, mas Josie fechou a cara e o empurrou para longe. Ele oscilou para trás, assumiu uma expressão de desprezo e agitou o punho cerrado para ela.

Mas não a ameaçou por muito tempo, pois em seguida congelou, olhando fixamente para determinado ponto acima dela. Uma cabeça feroz de cavalo, com o dobro do tamanho da de um animal normal, o encarava com olhos mortais e desafiadores. Quando ela se empinou, Glenn emitiu um gemido abafado e fugiu.

Josie observou, com a sobrancelha arqueada, Glenn fazendo uma curva e sumindo esquina afora. *O primeiro teste do meu poder*, pensou ela. *O próximo não será tão fácil.*

Alguns quarteirões adiante, ela viu a placa no pub de parede azul desbotada: O CORVO E O TIGRE. Ela parou, e ficou observando por um instante. *Tigre.* Seria aquilo coincidência ou sorte? (*yun*, nas palavras de Maxwell)

Em seguida, notou o homem recostado contra a parede, ao lado da porta: Carlos, o técnico renegado da Vanguarda sobre o qual Maxwell tinha esbravejado tanto. O homem que supervisionou o processo de Convergência do Zodíaco, e depois deliberadamente sabotou.

Josie respirou fundo e recuou, escondendo-se atrás de uma parede de tijolos. Carlos ainda não a vira, pois estava completamente hipnotizado na operação de um pequeno e rústico aparelho analisador portátil.

Ele está me rastreando, ela se deu conta. Maxwell a tinha alertado de que todos os operadores Zodíaco emitiam uma assinatura singular de poder. Em um instante, Carlos detectaria a presença dela.

Carlos não tinha poderes especiais; Josie podia derrotá-lo com apenas um golpe, mesmo sem usar seus novos poderes. No entanto, Carlos era aliado de Jasmine, e se *ela* estivesse por ali, isso resultaria em problemas. Era melhor analisar o local um pouco mais.

Inclinando-se discretamente para fora de seu esconderijo, Josie apontou o braço na direção do pub. Com a outra mão, digitou furiosamente no computador de pulso. O visor de raios-X entrou em ação, fornecendo uma imagem que atravessava a parede de pedra e tijolos do pub, penetrando em seu interior.

Josie ofegou.

Uma cena de caos total se abriu diante dela. Steven Lee, o jovem Tigre, lutava furiosamente com outro homem cujo rosto era um borrão de movimento. Eles caíram no chão e rolaram contra a parede, então o rosto redondo do homem entrou em um foco claro.

– O Carneiro – sussurrou Josie.

Os dois lutadores rolaram de um lado para o outro, ficaram de pé, depois se derrubaram de novo. Uma multidão de espectadores se aglomerava ao redor deles, seguindo-os pelo salão a uma distância constante da batalha.

Josie fitou a imagem tridimensional projetada diante dela. Parecia que Steven e o Carneiro não estavam se dando bem, o que poderia ser uma boa notícia para a Vanguarda. Porém, por outro lado, aquilo era exatamente o que Maxwell queria evitar: um espetáculo público. *Se eu entrar ali agora*, pensou ela, *as coisas podem ficar caóticas.*

Josie franziu o cenho quando Liam deu uma cabeçada no rosto de Steven. *Mais caóticas*, ela se corrigiu.

Ela movimentou o braço de um lado para o outro, variando o ângulo da imagem, então analisou a plateia no interior do pub, assistindo-os aplaudirem os golpes dos dois combatentes. *Onde ela está?*, perguntou-se Josie. *Onde...*

– Josie – disse uma voz feminina. – Andou malhando?

Josie ergueu os olhos da imagem projetada. Jasmine estava do lado de fora do pub, com as mãos nos quadris.

Josie baixou rapidamente o braço, desligando o holograma, e então saiu para a rua, sentindo-se de certa forma um pistoleiro do Velho Oeste.

– Jasmine – disse ela. – Engraçado encontrá-la por aqui.

– Não consegui ver graça alguma.

Carlos tinha sumido. *Foi buscar reforços*, pensou Josie.

Algumas pessoas passavam por elas, entrando apressadamente no pub. O bêbado, Glenn, lançou um rápido olhar para Josie, depois para Jasmine, antes de correr para dentro com os outros.

– Você sabe por que eu estou aqui – disse Josie.

– E você sabe que eu não posso deixar que o leve – retrucou Jasmine.

Josie ficou taciturna; apesar de tudo, ela *gostava* de Jasmine.

– Você já foi uma de nós – lamentou Josie. – Já trabalhava para a Vanguarda antes de completar dezoito anos.

– Eu pedi demissão, Josie, no mesmo dia que vi o tipo de monstro que Maxwell é.

– Ele é durão, mas é um bom homem – defendeu Josie. – O mundo é um lugar bagunçado, e precisamos de uma pessoa como ele. Você vai ver. Os poderes do Zodíaco são um caminho para a paz, Jasmine.

– Ele é um assassino.

– Se você está falando daquela cidade no Oriente Médio...

– Você *não faz ideia* do que eu estou falando.

Um lampejo de raiva transpassou a expressão de Jasmine, e um fulgor da energia do Zodíaco surgiu ao redor dela, mas se apagou rapidamente.

Josie fez uma careta. Jasmine partilhava do poder do Dragão com Maxwell, e o Dragão era o mais poderoso dos signos do Zodíaco. Aquilo tornava Jasmine muito, muito perigosa.

E Josie ainda não estava treinada em seu novo poder. Ainda que o Cavalo pudesse resistir ao Dragão – o que era de se duvidar –, Jasmine tivera preciosos dias extras para praticar as novas habilidades.

Eu só tenho uma vantagem, pensou Josie. *Sei que ela tem poder do Zodíaco, mas não sabe que eu também tenho.*

Josie cerrou os punhos, invocando o poder do Cavalo. Ele tremeluziu, surgindo no ar acima dela, com os cascos cintilando e a longa e nobre cabeça procurando no ar em todas as direções.

– Entregue-o para mim, Jasmine – disse ela.

Jasmine recuou por um momento, atônita.

Minha única chance é tomá-la de surpresa, pensou Josie, e deu um passo à frente, encarando Jasmine com toda a ameaça que conseguiu impor.

Entretanto, Jasmine a fitava agora, balançando a cabeça.

– Ah, Josie – disse ela. – Sinto muito.

– Por quê?

– Sinto muito por Maxwell tê-la envolvido nisso.

E então, como uma explosão de fogo, a energia da forma de Jasmine se iluminou.

A respiração de Josie ficou presa na garganta. O Dragão de Jasmine tinha uma forma diferente do de Maxwell: garras afiadas, ágil e sinuoso, uma massa esguia de músculos retesados, ondulantes. O Dragão de Maxwell parecia pronto para esmagar o mundo entre suas asas de morcego, mas o de Jasmine era como um chicote, sinuoso e mortal. Quando a cabeça da fera veio adiante, sibilando, Josie se encolheu a despeito de si mesma.

Jasmine a encarou.

– Você realmente não quer fazer isso, Josie.

Josie considerou a situação. Jasmine tinha um poder maior do que o dela, e Josie ainda não havia usado seu novo poder em uma situação de combate. *E ainda que eu, de alguma forma, consiga derrotar Jasmine...*

Um estrondo ressoou de dentro do pub.

... ainda que eu consiga derrotar o Dragão, há mais duas pessoas com o poder do Zodíaco para enfrentar.

Josie fez um esforço para relaxar, deixando a energia do Cavalo se esvair.

– Em outro momento, Jasmine – disse ela. – E *haverá* outra oportunidade.

Jasmine apenas continuou a encará-la.

– Espero que sim.

Acima de sua pequena silhueta, o Dragão emitiu outro forte chiado.

Josie se virou e correu, sem olhar para trás.

Maxwell não vai ficar nada feliz, pensou ela, correndo pela rua agora escura. *Eu fracassei. Mas realmente não havia escolha. Simplesmente chegamos aqui tarde demais.*

Ele vai compreender. Maxwell vai compreender.

CAPÍTULO CATORZE

STEVEN ESTICOU OS DOIS BRAÇOS, empurrando Liam para longe. Liam recuou cambaleando até a parede e Steven caiu no chão, afastando-se dele.

Talvez isso tenha sido uma má ideia, pensou Steven.

A multidão emitiu um ruído de decepção.

– Pegue ele, Liam! – gritou uma mulher. – Prenda-o!

Liam se virou para eles e ergueu os braços como um lutador profissional. O público aplaudiu loucamente.

Em seguida, ele se virou e correu até Steven, golpeando-o sem piedade. Porém, aquele momento de distração em que Liam brincou com a plateia era tudo de que Steven precisava para se recuperar. Ele saltou e se desviou com facilidade, pois o Tigre lhe emprestava agilidade e precisão. Liam passou por ele, tropeçando.

Steven saltou bem alto e deu um chute, acertando Liam na garganta. A cabeça do irlandês ricocheteou para trás.

Por um momento, Steven entrou em pânico. *Será que eu quebrei o pescoço dele?* Mas Liam apenas chacoalhou a cabeça, quase casualmente, como se estivesse secando uma toalha na brisa.

Não posso deixar que ele se recupere, pensou Steven. *Tenho que vencê-lo. Isso significa deixar o Tigre solto, totalmente.*

Antes que Liam pudesse se virar, Steven o agarrou pelo ombro, pulando sobre ele. Liam o segurou também e, juntos, eles caíram no chão de novo. Com um rugido, Steven fustigou com os dois punhos. Suas mãos pareciam patas de Tigre, armas grossas e carnudas feitas para socar a presa até conseguir sua submissão.

Liam apenas sorriu, ergueu os braços e estapeou simultaneamente os ouvidos de Steven, depressa e com força. O golpe foi tão ensurdecedor que Steven urrou de dor, afastando-se de Liam, então rodopiou na parte baixa das costas e esticou as duas pernas como um lutador...

... e agarrou a cabeça de Liam entre as pernas.

Liam gritou, surpreso, enquanto Steven inclinava-se, alçando-o no ar. Liam se retorceu, mas não conseguiu desvencilhar-se do aperto do Tigre. Por apenas um momento os olhos deles se encontraram, e Liam pareceu assentir de leve.

E então Liam se afrouxou. Steven continuou o movimento com as pernas, lançando o irlandês pelo ar. Liam passou voando por uma mesa e se chocou contra a parede.

O povo emitiu um "Oh!" sonoro.

Steven ofegou, respirando forte. Liam, contudo, já estava de pé outra vez.

Nada machuca esse cara, percebeu Steven. *Eu não posso vencê-lo, o que significa que eu jamais poderei convencê-lo a vir com a gente.*

Em seguida, a figura indestrutível já se aproximava dele novamente. A forma de energia do Carneiro se iluminou ao redor e acima de Liam, acendendo o pub escuro. Os chifres se agitaram no ar de um lado para o outro.

Recrutamento *o caramba*, pensou Steven. *Será que vou conseguir sobreviver a esta luta?*

Liam socou Steven no peito. Steven recuou, arfando. Ele girou e chutou, acertando a barriga de Liam, que respondeu com um soco giratório. Steven se esquivou, mas Liam conseguiu atingir-lhe de raspão o flanco.

O tempo pareceu parar por um instante. Liam fitou Steven nos olhos, julgando o rapaz.

– Nada mau – disse Liam.

E então ele segurou Steven, lutando outra vez com o rapaz. Dessa vez, porém, quando caíram no chão, Liam se contorceu para que a maior parte do impacto atingisse o adversário. Steven rolou, tentando se soltar, e seu ombro bateu contra a perna de uma mesa. Ele gritou.

Liam sorriu. Mantendo Steven preso, rolou com ele para o fundo do salão. Eles rodopiaram várias vezes, cada vez mais depressa, ganhando velocidade e ímpeto. Pessoas saltavam e se desviavam do caminho deles.

Steven viu a porta dos fundos na trajetória de ambos. Liam, porém, a esmagou primeiro, despedaçando-a com seu corpo indestrutível. Enquanto ambos rolavam no escuro, uma lasca de madeira raspou contra o braço de Steven, arrancando sangue. Ele tentou novamente se afastar, mas Liam o segurou.

– Siga o fluxo, cara – disse Liam.

Eles rolaram por uma cozinha escura, repicando contra um fogão antigo e em desuso. Passaram pela porta externa, escancarando-a nas dobradiças, e rolaram por três degraus de pedra. Em seguida, pararam com grande impacto contra um beco de cimento, repleto de latas metálicas de lixo.

Steven rugiu outra vez, então se afastou, tentando romper o controle de Liam. Ao redor deles, a energia do Tigre brigava com a do Carneiro, garras afiadas atacando e raspando chifres ferozes e enrolados.

Liam, porém, manteve a aderência.

– Você não vai desistir, não é? – perguntou Liam.

Steven podia ouvir as pessoas saindo do pub e se aproximando.

– Nunca – disse ele.

– Nem eu.

Por apenas um segundo, Liam sorriu. E então soltou Steven e se jogou simultaneamente de costas no chão.

– AI! – gritou ele, rolando pelo concreto. – AH, EU DESISTO! VOCÊ ME PEGOU!

Confuso, Steven se ajoelhou.

– Como é? – perguntou ele.

– VOCÊ ME PEGOU! É, É VERDADE! – Liam segurava o próprio braço. – AI, MEU BRAÇO! ELE ME PEGOU PRA VALER!

Os primeiros habitantes locais irromperam pela porta externa, olhando perplexos ao redor, estreitando os olhos para conseguir enxergar em meio à luz fraca.

– MEU BRAÇO! MINHA PERNA! MINHA BUNDA! AH, GAROTO, VOCÊ ME PEGOU!

Mal, o grandalhão que eles tinham encontrado na rua, deu um passo adiante. Ele encarou Liam por um longo momento, depois se voltou para Steven com uma expressão dura no rosto. *O-oh*, pensou Steven.

– Boa, cara.

A multidão se moveu para ficar mais perto, murmurando em concordância. Steven estava exausto e um pouco tonto. Ele escutou frases como "garoto durão", "demorou pro Liam levar uma surra" e "a melhor briga que eu vejo em anos".

Jasmine apareceu na porta, alarmada. Ela olhou de Steven para Liam, ainda se retorcendo no chão, então assentiu, impressionada.

Steven estendeu a mão para ela.

– Mas eu não...

Os olhos dela se arregalaram. Rapidamente, ela murmurou as palavras: *siga o fluxo.*

Steven chacoalhou a cabeça. Olhou de Jasmine para Mal e então para os locais, depois para Liam. Ele ofereceu a mão para ajudar Liam a se levantar.

– Boa luta – cumprimentou Steven.

– Sim – concordou Liam, e se inclinou, dando uma piscadinha furtiva para Steven. – Foi, sim.

– Pode tirar esses pezões daqui, Liam? – pediu o barman. – Preciso limpar a bagunça que você fez.

Steven e Liam estavam sentados em bancos, recostados no bar. Jasmine e Carlos estavam em algum outro lugar, arranjando o transporte de volta para o quartel-general. Todos os moradores locais tinham se dispersado, exceto alguns poucos bêbados que dormiam em cadeiras e no chão.

– Então – disse Steven, voltando-se para Liam. – Por que você fez aquilo?

Liam sorriu. Ele parecia tão descansado quanto no momento em que passara pela porta de entrada. *Ao contrário de mim*, pensou Steven, cutucando um corte no braço. *Eu poderia dormir durante uma semana inteira.*

– Porque resolvi ir com vocês... – Liam deu de ombros. – Eu tenho meus motivos.

– Não é isso que estou perguntando – retrucou Steven. – Eu queria saber por que você disse a todos que eu venci a luta?

– Você parece um bom rapaz. E eu já tinha dito a todo mundo que só iria embora se perdesse a luta.

– É a coisa certa a se fazer – concordou Steven. – Jasmine e Carlos, eles podem te explicar sobre o...

– Cara, cara. – Liam levantou a mão. – Não precisa entrar em detalhes. Eu disse que vou com vocês.

– Mas... – Steven o fitou. – Simples assim? Você não quer saber mais sobre o Zodíaco? Sobre Maxwell e a empresa Vanguarda? Sobre como o seu poder funciona, e o que isso pode significar para o futuro do mundo?

– Eu sei tudo o que preciso saber, cara. – Liam o fitou de volta com olhar firme. – Sei que você é um lutador.

Eles olharam em torno, vendo as banquetas caídas, os bêbados adormecidos, o aparelho rachado de TV em cima do bar. Liam suspirou.

– Eu amo esta cidade. É o meu lar, sabe?

Steven fez que sim.

O barman cutucou com a vassoura um homem inconsciente. Steven reconheceu o sujeito: Glenn, o bêbado que eles tinham encontrado na rua. Ainda meio dormindo, Glenn resmungou: "Tudo belezinha." A seguir, desabou, caindo novamente no sono.

– Mas talvez esteja na hora de uma mudança – disse Liam.

– Com licença – disse Steven. – Acho que minha TV estragou de novo.

A comissária de bordo o fitou com a expressão fechada.

– Pela última vez, menino. Nenhuma dessas telas funciona. Nós lhes dissemos isso quando levantamos voo. Não há nada que possamos fazer, por favor, compreenda.

– Pode me trazer umas balas de goma?

Ela revirou os olhos.

– Não temos nenhuma bala de goma.

– Ah. – Ele pensou por um momento. – Tem cereja maraschino?

– Não.

– Nachos?

– Garoto... – A comissária se debruçou, fitando-o fixamente. – Isto aqui não é um restaurante nem uma sala de cinema. Se eu trouxer mais alguns pacotes de castanhas de caju, você fica quietinho o restante do voo?

Steven assentiu. A comissária se afastou, balançando a cabeça.

Quando ela se foi, Jasmine cutucou-lhe o ombro. Steven se moveu, virando o pescoço para conversar com ela e com Carlos, na fileira atrás da sua. Carlos desligava naquele momento o aparelho celular.

– Odeio castanha de caju – reclamou Steven. – E isso foi humilhante.

Jasmine sorriu.

– Isso se chama trabalho em equipe! Você distraiu a comissária enquanto Carlos ligava para o quartel-general.

Steven franziu a testa.

– Isso não é perigoso? Fazer uma ligação enquanto estamos no ar?

– Não com o meu telefone – garantiu Carlos. – Ele funciona em uma frequência especial, mas eles não sabem disso.

– Fale logo, homem – pediu Jasmine. – O que eles disseram?

– Bem – começou Carlos –, estão rastreando os outros dois hospedeiros Zodíaco com equipamento mais sofisticado do que este aqui, e detectaram uma elevação no nível de energia do Zodíaco nos dois locais.

Jasmine praguejou baixinho.

– Só pode ser Maxwell. Ele já tem agentes presentes nos dois locais. Nosso tempo está se esgotando.

A mente de Steven ficou um turbilhão durante um momento. Ele tentava encontrar uma solução.

– E se nos separarmos?

Jasmine olhou para ele.

– O quê?

– Envie duas equipes. Uma para a América e outra para a África do Sul.

Ela franziu a testa.

– É uma boa ideia... Podemos todos trocar de avião em Londres. Mas não podemos fazer isso sozinhos. Precisaríamos da ajuda de Roxanne e de Liam, e eles ainda não foram treinados. – Ela fez uma pausa. – Você acha que eles dão conta?

Steven olhou adiante. Duas fileiras à frente, Liam batia repetidamente na própria cabeça com um livro grosso de capa dura, e dois menininhos que estavam na mesma fileira de poltronas assistiam à cena embasbacados.

– Viram? – disse Liam, sorrindo de orelha a orelha. – Nada me machuca!

Ele bateu o livro contra a cabeça de novo, com ainda mais força. Os meninos soltaram gritinhos de espanto.

Steven se voltou para Jasmine.

– Eu, hã, espero que sim – disse ele.

A comissária de bordo retornou, jogou uma dúzia de pacotes de castanhas de caju na bandeja de Steven e lhe lançou um olhar fuzilante, então foi embora sem dizer nenhuma palavra.

Steven fez uma careta para as castanhas.

Jasmine riu e esticou a mão para apanhar um pacote.

– Coma – sugeriu ela. – Você vai precisar de energia.

Sombrio, ele abriu um pacote.

– Ei – disse Jasmine, apontando para Liam. – Você nunca nos contou: como foi que ganhou dele, afinal?

Um sorriso se abriu lentamente no rosto de Steven.

– Eu sou o Tigre – disse simplesmente.

Ele sabia que não deveria apreciar a expressão de frustração no rosto dela. Mas apreciou.

CAPÍTULO QUINZE

UMA LUZ INTENSA BRILHAVA, ofuscando os olhos de Duane. Ele se encolheu, estreitou os olhos e se remexeu na cadeira, então fez menção de falar, mas somente conseguiu balbuciar:

– Lu-l-lu... A mulher de terno listrado, sentada diante dele do outro lado da mesa, ergueu os olhos.

– Luz? Ah, está incomodando? – perguntou ela, parecendo quase achar graça.

Ela esticou o braço e ajustou a lâmpada, flexionando-a um pouco para os lados. Entretanto, quando terminou, a luz ainda estava nos olhos dele.

– O-obrigado – gaguejou ele.

Duane olhou nervosamente ao redor da sala pequena e escura. Dois homens trajando uniformes policiais estavam de pé atrás da mulher, ambos segurando armas estranhas. Mas, exceto pelas armas assustadoras, toda a situação lhe parecia vagamente familiar. Os colegas de classe de Duane passavam bastante tempo jogando luzes brilhantes sobre ele. Não literalmente, claro, mas era assim que ele se sentia muitas vezes.

Em seguida entrou ali um homem enorme, vestindo um terno igual ao da mulher, e foi até onde ela estava.

– Desculpe – pediu ele. – Eu estava no banheiro.

A mulher revirou os olhos sutilmente, mas mesmo assim Duane percebeu seu aborrecimento.

O sujeito se sentou ao lado da mulher e fez um estardalhaço para se acomodar e abrir desajeitadamente um enorme notebook. Em seguida, inclinou-se para a frente e encarou Duane com um olhar frio e penetrante.

– Então, rapaz – começou ele. – Você está numa bela enrascada.

Duane desviou os olhos.

– Eu não tive a intenção de fazer nada – justificou-se ele.

– Não teve a intenção de fazer nada... – repetiu a mulher enquanto arrumava alguns papéis. Ela então pegou o tablet. – Vejamos. Sua turma estava fazendo uma excursão no prédio do governo da província quando o professor notou que você não estava no grupo. Ao mesmo tempo, os computadores registraram um massivo ataque hacker.

– Não foi um ataque – disse timidamente Duane.

– Logo depois disso – continuou a mulher, ignorando-o –, todos os computadores enlouqueceram. Você foi encontrado no terminal que fica em uma área segura do prédio, e quando os guardas tentaram prendê-lo, você entrou em pânico. E então a energia do prédio inteiro caiu.

– Você está numa encrenca danada, garoto – acrescentou o homenzarrão.

– Você já falou isso – disse a mulher, parecendo impaciente.

– Eu só estava curioso – defendeu-se Duane. – Eu queria ver os computadores.

O homem se inclinou mais um pouco, colocando as mãos carnudas sobre a mesa.

– E o que você fez quando os viu?

Duane não disse nada.

– Duane. – A mulher pôs o tablet na mesa. – Estamos aqui para ajudá-lo, mas não podemos fazer nada se você não for sincero.

Duane franziu a testa.

– Q-Quem são vocês mesmo?

– Pode chamá-lo de Alfa – disse a mulher. – E eu sou Beta.

– Bem... Srta. Betty...

– Beta.

– Srta. Beta! Desculpe! O que acontece é que... – Duane fez uma pausa, procurando a melhor forma de explicar. – Eu sempre fui bom com computadores. Consigo programá-los para fazer coisas. – Ele lançou um olhar nervoso para os policiais armados. – Eu vou para a cadeia?

O homem e a mulher – Alfa e Beta – trocaram um olhar. A seguir, a mulher estendeu o braço para ajustar a luz outra vez, só que desta vez ela apagou a lâmpada.

Duane piscou, aliviado.

Alfa inclinou-se para ele.

– Duane, nós não trabalhamos para a polícia, e sim para a empresa Vanguarda.

Beta deu um tapa na própria testa.

– Não era para você usar o nome real! – ela reclamou para o companheiro.

O imenso homem deu de ombros.

– E daí? Ele com certeza nunca ouviu falar disso. Não é, rapazinho?

Duane balançou a cabeça.

– Rapaz. Duane. – Beta debruçou-se de novo, e sua expressão dizia: *está na hora de eu arrumar essa bagunça.* – Você já ouviu falar de grandes empresas que contratam hackers porque preferem tê-los trabalhando *para elas* em vez de *contra elas*, haja vista os danos que podem causar aos computadores?

Duane assentiu.

– Meu amigo Alex arranjou um emprego assim. Na verdade, ele não é bem meu amigo, é um cretino.

– Ok, isso não me interessa – disse Beta. – Bem, é mais ou menos isso.

Duane apontou para os policiais.

– Por que uma empresa tem policiais como esses?

– Eles estão aqui para protegê-lo.

– O-os policiais ou as armas?

Alfa encolheu os ombros.

Duane estava acostumado com coisas que não faziam sentido, mas aquilo *realmente* não fazia sentido algum.

– Você não é um prisioneiro – Beta lhe assegurou. – Pode ir embora a qualquer momento.

Duane olhou novamente para os sujeitos armados, franzindo o cenho.

– Bem – disse Alfa, abrindo um sorriso desagradável. – Talvez não exatamente *a qualquer* momento.

– Vocês... vocês querem me contratar? – perguntou Duane.

– Mais ou menos isso. – A mulher o fitou. – Nós sabemos que você já teve problemas antes, Duane. Você foi preso mais de uma vez por ter invadido sistemas computacionais.

Duane fez que sim, encabulado.

– Mas isso não é tudo – prosseguiu Beta. – Você não nos contou tudo, não é mesmo?

Ele deu de ombros.

Beta consultou novamente o tablet.

– Alguns dias atrás... você foi atingido por, vejamos, uma luz forte?

Com medo, Duane arregalou os olhos.

– Do nada? – continuou ela. – Um clarão ofuscante vindo do céu?

Duane assentiu enquanto ela falava.

– E agora você consegue fazer coisas, não é? Coisas esquisitas?

O homem, Alfa, fungou.

– Essa é a parte em que eu não acredito – disse ele rindo.

– Não me interessa em que você acredita! – interrompeu Beta. – Se não vai ajudar, fique quieto aí no seu canto.

Conforme ela se voltava para Duane, Alfa fez uma careta para ela.

– Duane – retomou a mulher. – O que aconteceu depois? Depois que a luz o atingiu?

– Eu conseguia alterar a programação dos computadores, para eles fazerem coisas. – Duane suspirou alto. – Coisas que as outras pessoas n-não conseguem.

– Isso é ridículo. – Alfa baixou o notebook e fixou desafiadoramente o olhar em Duane. – Você pode fazer o quê? Fazer computadores saírem dançando? Prove.

Beta pareceu alarmada.

– Não acho que seja uma boa…

– Ele diz que consegue manipular as máquinas para que façam coisas. Então, vamos ver. – Alfa indicou a porta. – Quando *ela* chegar aqui, vai querer provas.

Duane olhou para os rostos que o encaravam. O de Alfa era hostil e desafiador; o de Beta, frio e um pouco ansioso. Atrás deles, os policiais armados apertaram ainda mais as armas.

Duane percebeu que estava tremendo, então jogou nervosamente os *dreadlocks* para trás. A vida inteira ele teve que lidar com um sentimento de inadequação, sempre tentando se encaixar e escondendo o quanto era esperto para que ninguém ficasse zombando. Agora, de algum jeito, ele tinha recebido algo além de sua inteligência, e precisava *muito* esconder isso. Uma coisa que Duane aprendera ao longo de seus dezessete anos era que as pessoas não se mostravam muito gentis com quem tinha a habilidade de fazer coisas excepcionais.

No entanto, a pressão era imensa. Ele podia senti-la crescendo dentro de si. E, deu-se conta, se essas pessoas esquisitas que estavam em sua frente *realmente* queriam contratá-lo, e não feri-lo, não o deixariam em paz até que vissem o que ele podia fazer.

Duane estendeu os braços e liberou um pouco do poder que se avolumava dentro dele.

O tablet de Beta faiscou e pegou fogo. Ela deu um gritinho e levantou-se de um salto, jogando o computador para cima. O aparelho caiu na mesa com um impacto, e a tela trincou.

O notebook de Alfa piscava enlouquecidamente, soltando fumaça. O sujeito tentou fechá-lo, mas o aparelho se abriu de volta com um intenso estalido elétrico.

As armas dos policiais emitiram um zumbido discreto, e os homens as ergueram e apontaram diretamente para Duane. O rapaz sentiu outra pontada de pânico, fazendo um esforço imenso para controlar seu poder, e então notou algo estranho. Alfa e Beta haviam se levantado e tinham se colocado bem diante dos policiais. Ambos agora também seguravam pistolas, pequenas e de alta tecnologia.

– Vocês... – Duane apontou para as pistolas. – Vocês realmente são dessa tal empresa "Vanguarda"?

– São, sim – uma voz feminina grave respondeu atrás dele. – Mas não é o tipo de empresa que você está pensando.

Duane olhou para a porta e arfou ante àquela visão. Uma mulher musculosa em trajes de combate entrava na sala, cercada por uma forte luminescência de energia que cintilava verticalmente, formando a silhueta de um cavalo feroz, relinchando.

É a mesma energia que me atingiu, percebeu Duane. *A energia que aparece sempre que eu faço... as coisas que consigo fazer.*

Alfa parecia aturdido pela presença da mulher.

– Uau. – Ele não se conteve, e recuou para lhe dar passagem. Beta também encarava a mulher, mas com cautela.

Ignorando os dois, a recém-chegada colocou os poderosos braços na mesa e debruçou-se, analisando Duane minuciosamente. Ela parecia estar preocupada exclusivamente com ele, alheia a todos os outros na sala.

– Q-q-quem... – Duane fez uma pausa, odiando mais do que nunca sua gagueira. – Quem é você?

O rosto da mulher suavizou-se um pouco.

– Meu nome é Josie – apresentou-se ela. – E meu signo do Zodíaco é o Cavalo. E você...

Ela parou para pressionar alguns botões em um pequeno computador que trazia preso ao pulso e em seguida estendeu o braço. Enquanto Duane observava, estupefato, uma imagem tridimensional se ergueu do computador de pulso, mostrando um javali selvagem e furioso com um par de presas imensas, e vapor escapando-lhe das narinas enormes.

– ... você é Porco – revelou ela.

CAPÍTULO DEZESSEIS

ROXANNE OLHOU AO REDOR, para o píer na orla Victoria e Alfred, na Cidade do Cabo, África do Sul. Iates ancorados balançavam contra a doca em frente a um mercado grande e uma área de barraquinhas da feira gastronômica sob tendas brancas. Apesar de já estar tarde, muitos turistas ainda passeavam por ali. Um saxofonista, liderando uma bandinha, emitia um solo lamuriento na noite.

Nada mau, pensou Roxanne, sentindo falta de sua banda, não pela primeira vez desde que deixara a França.

Ao lado dela, Carlos estava debruçado sobre a mesa de piquenique, estudando um aparelho analisador portátil.

– Estou lendo duas assinaturas Zodíaco lá dentro – informou ele, indicando um prédio vermelho ornamentado pertinho do píer, encimado por uma torre de relógio muito elaborada. – Deveria haver apenas uma. Isso me preocupa.

Roxanne, com os olhos fixos no saxofonista, mal o escutou.

– Maxwell deve ter enviado um de seus novos operativos com poder do Zodíaco – continuou Carlos. – Outro Cavalo, ou talvez um que ainda não conhecemos. Eu estava torcendo para que chegássemos aqui antes deles.

Roxanne fechou os olhos.

– Ainda assim, parece que ele enviou apenas um agente. E, além de Duane, há um de vocês, quem sabe consigamos trazê-lo para o nosso lado logo de cara.

Carlos ergueu o analisador. Roxanne deu uma espiada no aparelho e estudou a imagem na tela: um jovem com *dreadlocks* e grandes fones de ouvido cobrindo-lhe as orelhas.

– Este aqui é ele, Duane – disse Carlos. – O Porco, signo dele, não é muito orientado para o lado físico, portanto ele não deve representar uma ameaça. É por isso que Jasmine nos enviou. – Ele sorriu, coisa que raramente fazia, e continuou: – A novata e o gênio.

Roxanne analisou a imagem. Os olhos de Duane pareciam apavorados, como se ele não soubesse por que as pessoas estavam tirando uma foto dele.

– Ele não tem família imediata – prosseguiu Carlos. – Vive com o tio, mas não são muito próximos. Enfim, ele definitivamente está dentro da Torre do Relógio, e definitivamente é o jovem com o poder do Zodíaco a quem viemos procurar. Neste momento, é muito provável que ele esteja...

– ... aterrorizado? – disse Roxanne. – Cheio de um poder que ele não entende, sem nenhuma pista de como utilizá-lo?

Carlos baixou o analisador e olhou para ela pela primeira vez.

– Você continua pensando sobre isso, não é? – perguntou ele.

A expressão dela se tornou sombria.

– Jasmine também faz isso – disse ele. – Ela fica tendo lampejos daquele momento.

Ela deu de ombros.

– Eu aceitei, cara. Mas não tenho que amar fazer isso.

Carlos franziu a testa.

– Vamos nos esgueirar pela entrada lateral – propôs ele. – Sem usar os poderes, a menos que seja absolutamente necessário, está bem?

– Sem problemas. Eu ficaria feliz se *nunca mais* precisasse usar meu poder.

– Espero que não precise, mas duvido muito. – Ele fez um gesto para que ela o seguisse. – Vamos.

Eles deixaram a mesa de piquenique, escapulindo para a lateral do prédio. Carlos tentou girar a maçaneta de uma portinha encravada na pedra, mas sem sucesso. Ele então vasculhou a mochila e tirou de lá uma gazua eletrônica.

Roxanne suspirou.

– Vamos detonar.

– Pronto – disse a mulher chamada Josie. – Agora somos só você e eu. Melhor?

Duane olhou para ela. Josie tinha mandado embora o pessoal de terno, juntamente com os policiais, que Duane achava que nem eram policiais de verdade. Ela também comprara um *latte* para ele, como se soubesse que aquela era sua bebida favorita.

No entanto, Duane ainda não estava muito certo sobre tudo aquilo.

– O negócio é o seguinte... – retomou Josie. – Nós *queremos, sim*, recrutá-lo, mas talvez não exatamente do jeito que você foi levado a acreditar.

Ele tomou um gole do *latte* sem olhar para ela.

– Você é um rapazinho incomum, não é, Duane? – Josie se levantou e começou a andar de um lado para o outro na salinha. – Estamos reunindo um *grupo* de jovens excepcionais. Jovens que foram atingidos pelos fachos de luz do Zodíaco, saturados com esse poder imenso antes que estivessem preparados para lidar com ele.

– Um g-grupo de jovens – repetiu Duane. – Você quer dizer, como uma escola?

– Sim. – Ela se voltou para ele, sorrindo. – Tipo uma escola. Um lugar onde você pode…

Josie subitamente ficou estática. Indicando a Duane que também ficasse em silêncio, ela foi rapidamente até a porta. O poder se avultou ao redor dela – a aura que Duane começava a reconhecer como energia do Zodíaco –, transformando-se vagamente na silhueta do Cavalo que ele vira antes, mas dessa vez mais fraca, formada de modo menos completo.

Com um único e rápido movimento, Josie atravessou as paredes com os braços, agarrou duas pessoas e as puxou para dentro da sala, ignorando seus gritos de susto enquanto eram arrastadas pelo chão.

Duane ficou de pé em um salto, derrubando o *latte*. Ele olhou para as duas figuras no chão: um homem de óculos e uma jovem de cabelos curtos, usando uma blusa de moletom com capuz.

– Carlos – disse Josie, fitando o sujeito com uma carranca.

O homem, Carlos, esfregou o pescoço.

– Josie – disse ele. – Acostumando-se com seus poderes, pelo que vejo.

– Não graças a você. – Josie se voltou para Duane. – Carlos é o gênio que tentou sabotar a Convergência do Zodíaco.

– Você quer dizer que eu sou o gênio que a fez funcionar – Carlos a corrigiu. – Você deveria me agradecer por essa sua força extra.

Duane, contudo, não estava ouvindo. Ele encarava a mulher de moletom, e ela sustentava o olhar dele. Lentamente, um leve halo de energia se levantou ao redor deles.

– Você é como eu – disse Duane, mas aquilo soou quase como uma pergunta.

– Meu nome é Roxanne. E, sim, acho que sou. – A mulher sorriu, ficando de pé. – Mas meu estilo é melhor.

Duane não sabia se considerava o comentário um elogio ou crítica.

Carlos tentou se levantar, mas Josie apontou o dedo para ele.

– Fique deitado, Carlos. Você sabe que eu poderia aleijá-lo em um segundo – ameaçou ela, e então, quando olhou para Roxanne, um sorriso foi se formando em seu rosto. – Você tem razão, eu *deveria* agradecê-la. Você me trouxe o Galo, não foi?

– O que está havendo aqui?

Beta, a mulher de terno, irrompeu na sala com a arma em punho. Alfa vinha logo atrás, com os dois seguranças.

Alfa passou na frente e analisou rapidamente a cena. Em seguida, se virou para os guardas.

– Mantenham-nos na mira – ordenou ele.

Josie adiantou-se.

– Vocês podem ir – disse ela. – Todos vocês. Estou no controle da situação.

– Esta decisão não é sua, senhora. – Alfa a olhou de cima a baixo. – Você pode ser uma importante agente do Zodíaco recém-contratada, mas temos ordens de prender essa aberração.

Ao ouvir a palavra *aberração*, Duane deu um pulo.

Alfa se aproximou um pouco mais, parando a centímetros do rosto de Josie.

– E não aceitamos ordens suas.

Um vislumbre de ira passou pelo rosto de Josie.

Duane se encolheu. Ele nunca foi muito bom em situações de fúria, muito menos em lidar com pessoas, ainda mais se estivessem empunhando armas e tivessem poderes sobre-humanos.

Roxanne parecia alarmada. Os olhos dela dardejaram de um canto a outro da sala, a energia do Zodíaco lampejando e sumindo ao seu redor repetidas vezes. Instintivamente, Duane deu um passo na direção dela.

– Eu vou ligar para Maxwell – Josie disse entredentes. – Assim confirmamos as ordens dele.

– Não – replicou Beta –, *eu* vou ligar para Maxwell.

– Se alguém se mexer – Alfa disse para os guardas –, atirem.

Foi demais. Duane sentiu a pressão sanguínea subindo, o pânico crescendo dentro dele como algo vivo.

– V-v-v-VÃO EMBORA! – gritou ele.

Alguém atirou.

CAPÍTULO DEZESSETE

ROXANNE NÃO TINHA CERTEZA de onde viera o primeiro disparo. Ela viu um raio de energia passar voando, e de repente todos estavam se movendo e gritando ao mesmo tempo. Os agentes da Vanguarda começaram a discutir entre si, e então Josie gritou:

– *Larguem as armas!*

Carlos se levantou com esforço e foi na direção de Roxanne, dizendo alguma coisa, mas ela não conseguiu ouvi-lo em meio ao estrondo dos disparos das armas.

Então Roxanne se deu conta de que Carlos não estava falando com ela, e sim com alguém atrás dela. Virando-se, viu Duane, o rapaz que eles tinham vindo recrutar, parado estarrecido, em pânico, com os olhos enlouquecidos. Uma aura brilhante de energia Zodíaco o envolvia.

Duane pegou Roxanne pelo braço e gritou. Ele emitia poder para todas as direções, formando a silhueta de um gigantesco Porco selvagem.

Roxanne sentiu uma ardência em determinado ponto do quadril e deu um grito, tentando se afastar de Duane, mas não conseguiu se soltar.

Com uma careta, ela enfiou a mão livre no bolso e sacou de lá os restos incandescentes e faiscantes do telefone celular e os atirou no chão.

E então se lembrou: Carlos explicara que o poder de Duane podia ler dados diretamente de aparelhos eletrônicos. Porém, o processo frequentemente os destruía.

Roxanne fez um esforço imenso para se manter calma. *Carlos tinha me alertado sobre isso*, pensou ela. *Ele me contou sobre a Vanguarda e falou sobre Maxwell, o mandachuva. Mas uma coisa é ouvir a respeito, outra, bem diferente, é estar na mira de caras que querem me* matar*!*

– Parem com isso! – gritou Josie. – Vocês querem matar o menino?

– Não venha nos dizer como devemos fazer nosso trabalho, sua aberração! – retrucou o enorme agente de terno.

– Todos vocês! – disse a agente. – Parem já...

– Duane – disse Carlos, exasperado –, me escute. Você tem que...

Duane, porém, arregalou os olhos. A energia lampejou novamente, e dois computadores na mesa faiscaram e pegaram fogo. Os agentes da Vanguarda apontaram as armas gritando.

Roxanne olhou para o braço, ainda preso nas mãos apavoradas de Duane. *Mantenha a calma*, ela disse a si mesma. É como estar no palco. Apenas continue tocando. Continue...

Com um estalo forte, uma das armas de energia dos guardas explodiu.

Roxanne gritou assustada, e o potente brado sônico derrubou os dois agentes de terno. A energia bateu na parede, abrindo um buraco por ela até o corredor lá fora.

Duane aliviou a pressão em seu braço, então Roxanne se soltou e virou-se para o garoto, que a encarava em choque. Os olhos deles se encontraram.

– Você é *realmente* como eu – disse ele.

Por um momento, tudo ficou quieto.

– Certo – disse Carlos. – Agora nós temos que...

Outro disparo preencheu o ar, cegando Roxanne momentaneamente. Sentindo uma ardência na lateral do corpo, ela olhou para baixo e viu sua roupa e carne queimadas.

Minha nossa, pensou ela. *Fui atingida!*

Aos gritos, ela se voltou e atacou os guardas. Bradando incisiva e impetuosamente, derrubou tudo e todos em seu caminho, e então uma silhueta feroz de Galo se avultou acima e ao redor dela, cintilando com o poder do Zodíaco.

Vagamente, ela percebeu que Carlos estava logo atrás, gritando algo. Roxanne, porém, mal registrava a presença dele. Tudo o que importava naquele momento era fugir.

– Peguem-na! – gritou a agente.

Roxanne disparou adiante, abrindo buracos nas paredes e esticando-se para afastar escombros de gesso e cimento. Ela alcançou um corredor largo com uma parede de pedra, inclinou a cabeça para trás e gritou. A parede tremeu, oscilou e se desintegrou.

Em seguida, ela se precipitou para fora, quase se chocando com um turista desavisado usando uma camisa havaiana. O homem a fitou boquiaberto, observando por um instante o sangue no flanco da garota. Em seguida, virou-se e fugiu.

Tonta, Roxanne parou, apertando a lateral do corpo. Mais turistas assustados fugiam, correndo loucamente pelo píer. Outros haviam parado para olhar o imenso buraco arredondado na parede da Torre do Relógio.

– Roxanne! – gritou Carlos, correndo atrás dela pelo buraco.

Carlos tocou-lhe o ombro e olhou para o ferimento.

– Superficial – disse ele. – Foi só de raspão.

Ela assentiu, aliviada, saindo aos poucos de seu estado de pânico. Carlos puxou um pedaço de fita da mochila e começou a fazer uma atadura no machucado.

– Temos que ir andando – disse ele. – Eles estão vindo.

Eles correram alguns metros pelo píer, empurrando um jovem casal para fora do caminho.

– Desculpem – disse Carlos.

Os agentes da Vanguarda irromperam do prédio da Torre do Relógio e olharam em torno por um instante. Um deles atirou para o

alto, disparando um raio de energia no ar. As pessoas se dispersaram gritando.

Carlos apontou para um pequeno iate, amarrado ao píer por uma corda, que parecia vazio. Ele saltou até o convés e estendeu a mão para Roxanne.

– Você é bem ligeiro para um gênio – disse ela.

Ele a puxou para o convés.

– Quando a água bate no peito, a gente aprende a nadar – disse ele.

– Isso é Bob Dylan?

Ele a levou até o fundo do barco, onde uma lona tinha sido amarrada sobre uma pilha de geladeiras portáteis. Eles empurraram os isopores para fora do caminho e puxaram a lona sobre si.

Daquele ângulo, conseguiam apenas enxergar o píer. Os agentes da Vanguarda estavam correndo e trombando-se por ali. Um deles disparou outro tiro e, mais uma vez, as pessoas começaram a gritar.

– Acho que eles não nos viram – disse Carlos.

– É.

Subitamente, Roxanne se sentiu péssima.

– Eu estraguei tudo – lamentou ela. – Entrei em pânico, e meu poder tornou as coisas ainda piores.

– Bem – Carlos tentou consolá-la –, as coisas já estavam bem ruins. E você não foi a primeira a entrar em pânico.

Roxanne se virou de costas para ele, tentando não chorar.

– Se alguém estragou tudo – prosseguiu ele –, fui eu. Eu não esperava que o poder de nosso alvo fosse tão destrutivo. E certamente não imaginava tantos agentes da Vanguarda. Eles não estão mais brincando em serviço.

No cais, a maioria das pessoas havia fugido. Roxanne podia ver o grupinho de agentes da Vanguarda andando por ali, à procura deles.

– E agora? – perguntou ela. – Damos o fora daqui?

– Não podemos. Ainda não.

Carlos apontou para trás, para a arruinada Torre do Relógio. Diante dela, logo atrás dos agentes da Vanguarda, um lampejo brilhante de energia do Zodíaco acendeu a noite. Roxanne não conseguiu ver os detalhes, mas sabia quem era.

– Duane – disse ela.

CAPÍTULO DEZOITO

QUANDO O TIROTEIO COMEÇOU, Duane sentiu que perdia o controle. *Não*, pensou ele. *Não deixe que aconteça outra vez!* Ele olhou ao redor enlouquecidamente e, por instinto, agarrou a garota de moletom. Roxanne.

Mas era tarde demais. Seu poder já estava se distendendo, estendendo-se pela sala como uma onda. Fones faiscaram, luzes se apagaram. Em torno dele, um casulo de energia se irradiou, formando a silhueta rosnante e furiosa de um javali gigante.

Pessoas gritavam, principalmente com ele, percebeu Duane. E então uma arma explodiu e Roxanne gritou. Mas não foi apenas som o que saiu de sua boca. A voz dela fez um rombo na parede, espalhando os agentes e os policiais.

Só que aqueles homens não eram policiais. Seja lá qual fosse a confusão em que Duane havia se metido, era muito maior do que simples problemas com a lei. E ele não fazia a menor ideia de em quem poderia confiar.

E então Roxanne se foi, junto com Carlos, o homem com quem ela havia chegado. Beta, a mulher de terno, apontou para os dois e foi em seu encalço. Os falsos policiais a seguiram, pegando outras armas para substituir as que o poder de Duane havia danificado.

– Duane – ele ouviu alguém chamá-lo, e então deu meia-volta.

Josie saiu das sombras, indo se postar junto à mesa. Uma das pernas tinha sido arrancada, e o móvel oscilava em ângulo. Josie ergueu as duas mãos, em um gesto de rendição.

– Ainda posso ajudá-lo, Duane – ela disse. – Mas você precisa se acalmar. – Ela gesticulou para o próprio braço, do qual algumas faíscas eram liberadas de um aparelhinho que trazia no pulso. – Pare de usar seu poder, está bem?

Duane a fitou por um momento. Sentia o próprio corpo se contraindo nervosamente, o imenso Porco de energia agitando a cabeça ao seu redor a cada movimento. *Quem são os mocinhos aqui?*, pensou ele, *os caras vestidos como policiais? A garota de moletom? Essa mulher que parece saber tudo a meu respeito?*

– Eu sei pelo que você está passando, Duane – Josie continuou. A energia do Zodíaco se ergueu em torno dela outra vez, formando a silhueta furiosa de um belo garanhão. – Sou exatamente como você. Sou do Zodíaco.

De súbito, Duane se sentiu exausto. A energia desvaneceu e ele oscilou sobre os próprios pés. Josie deu um passo à frente e o segurou.

– Calma – disse ela. – Está tudo bem. O poder do Zodíaco... exige muito, até que se aprenda a usá-lo. – Ela sorriu, parecendo subitamente exausta. – Eu mesma ainda estou aprendendo.

Ela o levou para fora, passando com cuidado pelo buraco na parede.

– Eu tenho um navio secreto ancorado perto do cais. Podemos evitar tudo isso – ela disse, abrindo amplamente o braço, para indicar os destroços da batalha. Duane deu-lhe as costas, envergonhado. No pulso dela, o aparelhinho tinha parado de soltar fumaça, mas agora a tela piscava com estática.

Josie sorriu.

– Nossos eletrônicos são protegidos contra o poder do Zodíaco, mas o seu poder é um pouco mais forte do que esperávamos.

Duane encarou a tela, tentando se concentrar. Conforme passavam para o corredor externo, ele esticou um dedo. Um pequeno lampejo de energia Zodíaco arqueou-se da ponta de seu dedo para o aparelho no pulso de Josie.

Um display holográfico piscou, mostrando a imagem de quatro pessoas. Duane reconheceu a si mesmo e Roxanne, a garota de moletom. Havia dois outros com eles, duas pessoas que ele não conhecia: um jovem baixinho de óculos e outra figura que entrava e saía de foco.

Josie franziu a testa.

– Isso é, hã, você não precisa ver isso ainda. – Ela desligou o display, e em seguida o guiou com firmeza por outro buraco, aberto em uma parede exterior de pedra, até o píer vibrante lá fora.

Havia pessoas correndo por ali, apontando e gritando sob a luz esparsa. Alfa e Beta, os agentes de terno, orientavam os sujeitos armados, instruindo-os a vasculhar entre os prédios e no interior dos barcos.

Duane se encolheu quando um disparo soou.

– Por aqui – instruiu Josie, conduzindo-o pela lateral do prédio, em direção ao cais.

Duane continuava pensando no display holográfico. Às vezes, sua mente funcionava de forma estranha, e acontecia de, apesar de ter visto determinada imagem apenas por um momento, ele não conseguir tirá-la da cabeça. Enquanto Josie olhava pela lateral do prédio, Duane apontou o dedo para o aparelho em seu pulso e disparou outro raio.

Novamente, a imagem das quatro pessoas piscou no ar, só que dessa vez surgiram letras sobre as quatro figuras. Duane estava marcado como PORCO, sobre Roxanne havia GALO em letras grandes, e o homem de óculos era CARNEIRO.

A última figura estava totalmente visível agora. Era uma jovem loira de olhos grandes. A palavra sobre ela indicava COELHO.

Duane olhou para Josie. Ela estava se esgueirando cuidadosamente pela lateral do prédio, e não havia reparado na holoimagem se elevando em seu braço, oscilando e girando no ar conforme ela se movia.

Duane podia *sentir* a informação fluindo para ele. Era mais intenso do que apenas hackear ou ler códigos. Ele disparou outro raio para o aparelho no pulso de Josie, e mais palavras surgiram. Acima de sua própria imagem, a legenda informava: CONTATO ESTABELECIDO. Na de Roxanne e do Carneiro: COM O INIMIGO. E a do Coelho dizia: À SOLTA.

Mas a legenda de letras maiores agora flutuava sobre a imagem inteira, indicando: ALVOS.

– Alvos? – perguntou Duane.

Josie virou a cabeça de repente, fitando-o com olhar feroz.

Duane sentiu uma pontada de medo, e novamente um pouco de energia projetou-se dele, só que um raio maior dessa vez. O aparelho holográfico faiscou, piscou e se incendiou. Sua imagem projetada passou para estática e então sumiu.

Josie gritou enquanto tentava arrancar o aparelho do pulso, soltando-o desajeitadamente e atirando-o, ainda flamejante, no chão. Com a expressão retorcida de dor, ela segurou o braço.

– Não. Se. Mexa – disse ela, a voz dura como aço.

Duane se afastou. O medo cresceu dentro dele ao se dar conta de que Josie não queria ajudá-lo; para ela, ele era apenas um *alvo*. Não podia confiar neles – nem nos agentes da Vanguarda, nem em ninguém. Ele estava sozinho, como sempre estivera.

Sentiu seu último resquício de controle lhe escapando. O Porco se ergueu e assumiu o controle, irrompendo para cima e para fora. No cais escuro, ele brilhava como o sol.

Josie o encarou. O poder do Cavalo lampejou para envolvê-la, mas ele mal notou.

As pessoas fugiam, aterrorizadas. As luzes do píer piscaram e se apagaram. Músicos passaram correndo, apressando-se em deixar a área. Um deles segurava um teclado eletrônico, que explodiu em suas mãos. O rapaz o largou e correu.

Os guardas chegaram, apontando as armas para Duane.

Beta, a mulher de terno, abriu caminho pela multidão em pânico.

– Contingência Ômega – disse ela, apontando para Duane. – Acabe com ele!

– Não! – gritou Josie. – Maxwell o quer vivo.

Beta a encarou aturdida.

– Não nos diga o que fazer, monstro horrível!

O poder estava muito forte agora, e o Porco estava à solta. O brilho da energia de Duane se expandia cada vez mais, e todas as luzes do píer se apagaram. Em seguida, o quarteirão mais próximo do continente ficou escuro. E então o seguinte.

Lá no alto, o mecanismo da Torre do Relógio parou com um rangido áspero. Houve um barulho de arranhão pesado, como pedra em metal. Duane viu um movimento rápido acima de sua cabeça...

... e então o imenso mostrador do relógio desabou no chão, abalando o cais quando aterrissou com a força de um terremoto. Muita poeira se levantou e estilhaços do píer voaram pelo ar. Mais pessoas correram em pânico, gritando.

Duane tossiu e chacoalhou a cabeça. Depois de abanar o rosto para afastar a poeira, olhou para cima. Por um momento terrível, ele pensou que Josie estivesse morta, enterrada sob um escombro enorme da Torre do Relógio caída.

Morta pelo meu poder, pensou ele.

Então de repente Josie vinha em disparada em meio à poeira. Suas roupas estavam rasgadas e cobertas de pó, mas ela parecia incólume.

– Duane! – chamou ela.

Alfa, o agente grandalhão, aproximou-se correndo, com a arma em punho. Ele pousou os olhos em Duane e Josie, depois abriu um sorriso de escárnio.

– O grande e poderoso Zodíaco – disse ele, balançando a cabeça.

Beta o empurrou e passou à frente, seguida pelos guardas armados. Ela apontou para Duane e Josie.

– Prendam os dois. Custe o que custar.

– Não sei o que Maxwell está querendo com vocês, aberrações – disse Alfa. – Mas não está funcionando. Nossa missão é levar o rapazinho, e vamos fazer isso. Sem você. – Eles apontaram as armas para Josie.

Josie saltou adiante, jogando Alfa pelo rombo na parede da Torre do Relógio, e quase simultaneamente chutou violentamente o braço com que Beta segurava a pistola, derrubando a arma no chão.

– Se vocês, palhaços, estivessem no comando, teríamos nas mãos outra tragédia como a que houve em Lystria.

Josie se virou, encarando os outros agentes.

– Sou eu que estou no comando aqui – disse ela, fitando-os com olhar furioso. – Ou vocês seguem as minhas ordens, ou vão acabar como esses dois idiotas.

Um dos agentes engatilhou a arma, e ela sorriu.

– Bem, esse é um jeito de fazer as coisas...

Duane fez a curva correndo quando os integrantes da Vanguarda começaram a lutar entre si. De repente, mãos firmes o agarraram, puxando-o para a lateral do prédio. Chocado, Duane olhou para cima, e viu que era Roxanne.

– Temos uma chance de tirar você daqui – ela disse.

Atrás dela, Carlos concordava, com a expressão sombria.

– E-está bem – disse Duane.

Com um enorme esforço, ele compeliu a energia do Zodíaco a retroceder. Em seguida, afastou-se do píer e foi na direção da cidade. Todavia, Roxanne segurou-lhe o braço. Quando ele a olhou, viu que a garota sorria.

– Eu tenho um plano melhor – disse ela.

E, de repente, Duane soube em quem confiar.

– Ela tinha um holograma, uma imagem tridimensional de você. E de mim também. E de duas outras pessoas que estavam marcadas como "alvos". – Duane olhou para Roxanne, nervoso. – É isso o que nós somos?

Ela esticou o braço e deu um soco de leve no ombro de Duane.

– Eu não sou um alvo – disse ela. – Nem você.

Duane sorriu timidamente.

Eles se agacharam sobre a borda do telhado da Torre do Relógio, com as costas contra a destruída estrutura de madeira e pedra que restara quando o mostrador do relógio se soltou. Lá embaixo, veículos da polícia e ambulâncias aglomeravam-se pelo cais, as luzes de emergência das viaturas refletindo para todos os lados. A polícia fizera buscas por toda a Torre do Relógio, mas Roxanne tinha razão: eles não pensaram em checar *o topo*.

– Q-quando poderemos ir embora daqui? – perguntou Duane.

– Carlos é o chefe. – Roxanne apontou o polegar para trás, na direção de Carlos, que estava empoleirado um pouco mais alto no teto, conversando em tom ansioso pelo celular. – Mas acho melhor esperarmos as coisas se acalmarem lá embaixo.

Duane correu os olhos pelo píer. Josie e os agentes da Vanguarda tinham fugido, e o relógio estava tombado de lado, com os ponteiros travados às 12h48min.

– Está pensando no seu poder? – perguntou Roxanne.

Ele fez que sim.

– Eles vão me treinar – prosseguiu ela –, assim vou conseguir controlar o meu poder... Pelo menos é o que dizem. Acho que eles podem treiná-lo também.

Carlos se arrastou até onde eles estavam, desligando o telefone.

– Jasmine disse que ela e Steven acabaram de chegar aos Estados Unidos – informou ele. – Com sorte, vão encontrar o último recruta lá.

– Coelho – disse Duane. – A menina loira.

– Isso mesmo. Ela é uma garota loira. – Carlos franziu a testa. – Como você sabia disso?

Duane apenas sorriu, um risinho tímido e convencido. Roxanne olhou-o nos olhos e sorriu também.

– É melhor nos ajeitarmos para ficarmos mais confortáveis – continuou Carlos. – Teremos que pegar um voo comercial para sair da África do Sul. Isso significa que teremos que esperar até o amanhecer.

Duane fez menção de dizer algo.

– Eu, eu, eu...

– Fale logo, homem – impacientou-se Roxanne.

– Acho que eu não posso ir com vocês – disse Duane, de uma vez só. – Aqui é a minha casa.

Roxanne lançou um olhar amplo pela cidade, à direita do píer. Um quarteirão escuro voltou à vida quando a energia foi religada, mas logo depois se apagou novamente.

– Eu odeio ter que lhe dizer isso, cara – disse Roxanne –, mas não acho que você ainda tenha uma casa. Não agora, depois de tudo o que houve aqui.

– O que é Lystria? – perguntou Duane.

– Seu pensamento pula de um lado para o outro feito um sapo, não é?

– Lystria – Carlos começou a explicar – é uma cidade que Maxwell, o líder da empresa Vanguarda, destruiu. A população inteira foi morta só porque estava no caminho dele.

A voz de Carlos ficou mais grave, carregada de raiva. Duane deu-lhe as costas, desconfortável.

– Maxwell não para – prosseguiu Carlos. – Não parava antes de ter o poder do Zodíaco, e certamente não vai parar agora. Se você continuar aqui, ele vai vir atrás de você de novo.

– E da próxima vez – disse Roxanne –, talvez você não tenha o Doutor Ciência aqui e uma musicista em ascensão para salvar o seu traseiro sul-africano.

Ela sorriu.

Apesar de tudo, Duane retribuiu o sorriso. A noite estava fria e ele podia ouvir as autoridades lá embaixo começando o trabalho de reconstrução do cais.

Duane se recostou e fechou os olhos por um instante, e lhe vieram à mente as cenas horríveis que tinha presenciado: o píer escuro, os agentes da Vanguarda atirando na multidão, as pessoas correndo, tentando salvar a própria vida. Sentiu o poder se dilatando dentro de si, livre, incontrolável, espalhando suas chamas para criar o caos por quilômetros ao redor. Ele se encolheu todo com o horror daquelas memórias.

Quando tornou a abrir os olhos, Roxanne o fitava com uma expressão compreensiva.

– Isso tudo vai passar – ela disse solidariamente.

Ele assentiu e respirou fundo, permitindo que o ar noturno o envolvesse.

CAPÍTULO DEZENOVE

OS OLHOS DE MAXWELL estavam fixos no display holográfico, e ele analisava tudo intensamente.

– Então – manifestou-se ele, com a voz perfeitamente equilibrada. – Outro fracasso.

– Tudo culpa daqueles imbecis que você enviou comigo – reclamou Josie, ainda com as roupas esfarrapadas depois de ter ficado sob os escombros da torre. Porém, mais do que qualquer coisa, ela estava muito aborrecida. Consigo mesma, com os outros agentes e até com o próprio Maxwell.

Maxwell pode fazer o que quiser comigo, pensou ela. *Eu não estou mais nem aí.*

– Eu tentei – concluiu ela.

No holodisplay, Maxwell se recostou. Ele ainda estava em Hong Kong, no escritório provisório de lá, e mandara vir algumas armas para decorar as paredes, relíquias e lembranças de lugares em que a empresa Vanguarda lutara em suas guerras particulares e obscuras. Um rifle

AK-47 mortal repousava, montado em um estande sobre a mesa diante dele. Maxwell deslizou a mão pela arma, fitando-a pensativo.

– Você descobriu alguma coisa, pelo menos? – perguntou ele.

Josie pigarreou.

– Eu consegui algumas leituras do poder do Zodíaco da cobaia. O poder do Porco, quero dizer. – Ela fez uma pausa. – Os técnicos podem usar isso para, no futuro, nos ajudar a proteger melhor nosso equipamento contra ele.

– Josie – disse ele –, você sabe que sempre foi um dos meus melhores agentes.

Ela engoliu em seco.

– Se você estivesse no meu lugar – prosseguiu Maxwell –, o que faria?

Ela engoliu de novo e abriu os olhos.

– Me dê mais uma chance – disse ela. – Eu posso estar na América em cinco horas.

– Não. Eu já despachei outro agente para resolver essa situação.

– Ah...

– Reporte-se diretamente a mim aqui. Conversaremos quando você voltar.

Ela conhecia aquela expressão no rosto dele. Quando Maxwell decidia alguma coisa, não havia argumentação, nem como discutir com ele. Ele era como uma força da natureza, uma tempestade soprando sobre a terra.

Ela assentiu.

Maxwell retirou a metralhadora do estande.

– Alguns são como balas, Josie – disse ele. – E alguns, como armas.

Ele acariciou a arma outra vez, como se a peça fosse um gato. Em seguida, levantou-a e mirou, pressionando o olho atrás da mira.

– E eu – acrescentou ele –, sou o dedo no gatilho.

Steven Lee ficou um tempo olhando fixamente para o balcão da lanchonete. Não havia nenhum atendente; a área de serviço estava escura; as mesas térmicas do buffet, vazias; e o letreiro luminoso indicando MACARRÃO DELÍCIA, apagado. Como se não bastasse, o grande panda plástico que decorava a caixa registradora estava sem uma das orelhas.

– Então esta é a América – comentou Liam.

Steven deu de ombros. A grande praça de alimentação evidentemente já tivera dias melhores: metade das mesas tinha sido retirada e todos os balcões na parte mais próxima do salão estavam fechados. Algumas luminárias estavam apagadas, e em várias delas faltavam lâmpadas.

Do outro lado da praça, alguns lugares vendendo hambúrgueres e pizzas ainda estavam abertos. Grupos de crianças de dez a treze anos estavam sentados nas mesas ao redor, conversando e rindo.

– Elton, Indiana – continuou Liam. – Você cresceu em um lugar assim, não foi, cara?

Steven franziu a testa. Ele pensou em sua cidade natal, na Pensilvânia. Lembrou-se do shopping em que costumava ficar – onde assistira a tantos filmes de super-heróis. Lá também tinha uma loja de macarrão delícia, que provavelmente estava aberta e vendendo comida naquele momento. De repente, ele sentiu saudade de casa.

– Não, não é bem assim – retrucou Steven.

– Ah, entendi. Os infortúnios econômicos do Centro-Oeste americano. – Liam fez um movimento de cabeça. – Eu li a respeito na *The Economist*.

Steven observou as crianças do outro lado do salão, agindo disfarçadamente para não o perceberem.

– Você acha que ela está aqui? – prosseguiu Liam, lendo os pensamentos dele.

– Não sei – respondeu Steven. – Mas precisamos encontrá-la.

– Você vai conseguir, da mesma forma que conseguiu me encontrar.

Jasmine se aproximou deles, franzindo a testa. Ela se movia desajeitadamente, analisando um aparelhinho eletrônico que trazia em uma das mãos enquanto equilibrava na outra uma caixa de fast-food, que exalava fortemente.

Steven riu.

– O grande e gracioso Dragão – disse ele.

Ela lançou ao garoto um olhar letal.

– Não sei como trabalhar com esse remoto imenso. – Ela balançou o aparelho eletrônico, e alguns nuggets caíram da caixa.

Liam apontou para os nuggets no chão.

– Você sabe o que tem *dentro desses negócios*?

Jasmine olhou para cima, constrangida.

– Eu gosto de nuggets – justificou-se ela.

Olhando por cima do ombro dela, Steven observou o rastreador. Na tela estava um mapa básico da praça de alimentação, com um "Z" piscando e vibrando de um lado para o outro.

– Este sinal está indicando onde ela está? – perguntou ele, apontando para o "Z".

– Acho que sim. Mas não consigo localizar a leitura bem o suficiente para saber se ela está na praça de alimentação ou em algum outro lugar no shopping.

– Eu acho que não tem mais nada aberto neste shopping – disse Liam.

– Queria que Carlos estivesse aqui. – Jasmine chacoalhou o aparelho no ar, como se aquilo fosse resolver tudo. – Uma pena que tivemos que nos separar.

Steven, porém, já não mais a ouvia, pois tinha voltado sua atenção para uma garota sentada sozinha em uma mesa perto do balcão de pizza. Ela era pequena, um ano ou dois mais nova que Steven, magra e loira, e vestia legging preta e uma camisa solta. Estava curvada sobre uma fatia de pizza, devorando-a como se alguém fosse aparecer a qualquer momento para tomar a comida dela.

– É ela – disse Steven. – Eu a reconheço da foto.

Jasmine olhou para a garota e fez que sim. Ela sacudiu o aparelho mais uma vez e então, com uma fungada de desgosto, jogou-o na lata de lixo, mas mudou de ideia segundos depois e correu para resgatá-lo, limpando apressadamente o espaguete de cima dele.

– Carlos não gosta que eu jogue fora os seus brinquedinhos – justificou ela e, quando viu as expressões divertidas de Steven e Liam, enfiou alguns nuggets na boca. Steven os guiou até a menina. Quando ela os viu, uma expressão de pânico passou por seu rosto. Ela olhou freneticamente ao redor, provavelmente checando as saídas.

– Não se assuste – Steven tentou tranquilizá-la. – Nós somos, hã. Nós somos de... Quero dizer, somos tipo... Estamos aqui porque...

A garota o encarava com seus olhos enormes.

Ele parou e se voltou para Jasmine com cara de desespero.

– Como eu explico isso?

Jasmine empurrou a caixa de nuggets para Steven. Ele a segurou, surpreso. O cheiro daquilo era horrível.

– Kim – disse Jasmine. – Seu nome é Kim Hansen, não é?

A garota não disse nada, nem se moveu.

– Alguma coisa aconteceu com você, não foi? – prosseguiu Jasmine. – Uma luz ofuscante piscou do céu, e depois disso você ficou com um poder estranho. Certo?

Os grandes olhos de Kim se arregalaram um pouco.

Jasmine gesticulou para os outros.

– Meu nome é Jasmine – apresentou-se ela. – Estes são Steven e Liam. Somos como você: todos nós recebemos o poder do Zodíaco. Eu de certa forma pedi o meu poder, mas eles, não.

– Mas eles até que são legais – intrometeu-se Liam, sorrindo. – Meus poderes, quero dizer.

Ele apanhou uma pesada bandeja de plástico sobre o armário da lixeira e bateu na própria cabeça com ela. A bandeja rachou no meio, mas a testa dele permaneceu intacta.

– Viu?

Kim observava cada movimento dele, mas continuava calada.

– Nós queremos ajudar – disse Steven. – Há pessoas que podem machucá-la, e elas provavelmente estão a caminho agora mesmo.

Ele sentiu o olhar intenso de Jasmine e de imediato soube no que ela estava pensando: *grande erro, não a assuste!*

Bem devagar, Kim ficou de pé. Os olhos dela ainda pareciam assustados. Contudo, quando ela falou, sua voz estava mais confiante do que Steven esperava.

– Ninguém pode me pegar – disse ela.

E então ela se virou e deu um único passo – e desapareceu. *Puf.*

Steven ficou surpreso. Ele fitou o vazio onde a menina estivera apenas um momento antes. Ao lado dele, Liam também olhava, boquiaberto de espanto.

– Ah – disse Jasmine, limpando molho de tomate do rastreador Zodíaco. – Eu mencionei que desconfiávamos de que ela pudesse se teletransportar?

CAPÍTULO VINTE

O RASTREADOR CONTINUAVA NÃO CONECTANDO. Steven e Jasmine o colocaram sobre uma mesa da praça de alimentação e desparafusaram a tampa. Steven pegou algumas facas plásticas em um balcão e os dois passaram cinco minutos limpando molho russo e algo que lembrava pepperoni do circuito do aparelho.

– Não o jogue no lixo de novo, está bem? – pediu Steven.

Liam pigarreou.

– Não estou dizendo que me arrependo de ter vindo com vocês – disse ele –, eu só acho que seus métodos podiam dar uma melhorada.

– Carlos é o especialista em tecnologia – disse Jasmine.

Ela levantou um naco razoável de almôndega na ponta da faca, depois o jogou de lado.

Fechando a tampa, ela chacoalhou o aparelho e pressionou um botão. A tela se acendeu, mostrando um mapa das ruas de Elton, em Indiana. O "Z" já conhecido, de Zodíaco, piscou.

– Pegamos – disse Jasmine.

A tela mostrou estática e morreu.

– Talvez... – acrescentou ela.

Quinze minutos depois, eles estavam na parte central de Elton. Como a praça de alimentação, a cidade parecia estar passando por um mau momento. Um antigo mercado se encontrava vazio. Uma placa escrita à mão na barbearia informava: ABRIMOS APENAS ÀS TERÇAS.

Os únicos negócios que pareciam estar indo bem eram uma loja de conveniência e um banco. Com placas brilhantes e modernas, os estabelecimentos lembravam naves espaciais vindas de outro planeta.

– Ela está aqui, em algum canto – disse Jasmine, mostrando a tela do rastreador.

A tela piscava, ligando e desligando.

Steven olhou em volta. Algumas pessoas passavam pela rua, carregando remédios e sacolas de compras. Os prédios antigos pareciam inclinar-se um pouco, encarquilhados pelo tempo.

Steven sentiu uma tristeza estranha o invadir. A cidade toda parecia tão... cansada. *Como seria crescer num lugar como este?*, pensou ele.

– Steven – disse Liam, baixinho.

Ele olhou para cima. Liam indicou o banco, algumas portas mais adiante na rua, com um gesto de cabeça. Na borda do estacionamento, a garota, Kim, estava sentada em um hidrante, com os olhos fixos no nada.

– Ei – chamou Steven brandamente.

Kim se virou rapidamente para eles. Seus olhos estavam arregalados, assombrados.

Em seguida, ela levantou-se do hidrante e *puf*.

Steven balançou a cabeça. Liam olhou para a outra ponta da rua, procurando a garota. Jasmine sacudiu o analisador, tentando fazer a tela permanecer ligada.

– Este vai ser um longo dia – reclamou ela.

Eles rastrearam Kim até um local próximo a um colégio de Ensino Médio, um prédio sólido de tijolinhos à vista, de um alaranjado desbotado. Era sábado, então não havia aulas. Eles passaram por uma porta destrancada e seguiram por um corredor.

– Geralmente, há zeladores fazendo a manutenção durante o fim de semana – cochichou Steven. – Cuidado com eles.

– Cara – retrucou Liam pacientemente –, todos nós passamos pelo Ensino Médio.

Discretamente, eles deram a volta no ginásio, passando por uma fileira de armários com tinta descascando. Um deles estava bastante amassado. As poucas janelas que havia estavam embaçadas e sujas.

Jasmine se virou de súbito, apontando algo.

– O que é aquilo?

Steven olhou bem a tempo de ver uma enorme silhueta passar a toda velocidade pela junção do corredor. Ele teve um vislumbre rápido de cabelos loiros antes de a figura imediatamente desaparecer na curva.

– O quê? – perguntou Jasmine. – Era ela?

– Acho que não. – Steven franziu a testa. – Pareceu alguém maior.

Em seguida, eles dobraram um corredor e lá estava Kim, tentando abrir com um alfinete uma porta com uma placa indicando SALA DE MÚSICA. Ela se virou, assustada.

– Certo – disse Steven, estendendo a mão. – Por favor, apenas me escute. Ei, sómeescutesejaláoqueforfazerNÃODESAPAREÇA...

Puf.

Liam balançou a cabeça.

– Foi embora de novo.

Jasmine, no entanto, se virou rapidamente para olhar atrás deles.

– Quem é aquele?

Steven deu meia-volta, e novamente viu de relance uma figura de cabelos loiros desaparecendo de vista em uma curva.

Os três dispararam atrás do misterioso intruso. Correram, virando um corredor, depois mais um e então um terceiro.

– Este lugar parece um labirinto – comentou Liam. – Acho que, para um coelho, faz sentido.

– Algum de vocês conseguiu distinguir algo? – perguntou Jasmine.

– Acho que era um homem – disse Steven. – E ele tinha bastante cabelo...

Eles fizeram uma última volta e quase trombaram com um homem gorducho, de pé no meio do corredor, segurando um esfregão e um balde. Ele vestia um macacão cinza e tinha uma espessa e longa barba preta cobrindo-lhe o queixo e as bochechas.

– Vocês não deviam *tá* aqui – advertiu ele.

Steven fez uma careta.

– Como eu tinha dito... Zeladores.

Jasmine franziu o cenho.

– É ele? O homem que estamos perseguindo?

Liam inclinou a cabeça, examinando o zelador.

– Não me parece que ele consiga correr muito depressa.

– Talvez não. – O homem chacoalhou o esfregão de modo ameaçador. – Mas sei usar isto aqui muito bem.

Steven observou Liam cuidadosamente por um momento, subitamente preocupado. Ele sabia que Jasmine estava pensando a mesma coisa que ele: *Liam gosta de brigar.*

O irlandês, entretanto, apenas sorriu.

– Não há necessidade de violência, cara. – Ele deu um passo para trás, erguendo as mãos, com uma expressão divertida no rosto. – Nós só passamos aqui para pegar o meu, hã, livro de Matemática. No armário, sabe como é. Já estamos de saída.

A parada seguinte de Kim foi em um parque público, a alguns quilômetros dali. O parque estava tranquilo, com apenas alguns casais sentados nos bancos. Jasmine gesticulou para Liam e Steven, e os dois se agacharam atrás de um morro baixo.

– Creio que ela esteja ali – sussurrou Jasmine, apontando para uma parte com grama alta, no lado oposto do morro. – Mas não podemos simplesmente nos aproximar dela. Vai se teletransportar para longe novamente.

– Ela é rápida mesmo – concordou Liam.

Steven rastejou até o topo do morro, encostando a barriga na grama. Do outro lado, alguns metros abaixo, havia um parquinho, e a área em que estavam dispostos os brinquedos novos estava tomada por mato e ervas daninhas. Kim estava sentada em um caramujo de plástico ancorado ao chão por uma espessa mola metálica. Balançando-se para a frente e para trás, ela ainda não os havia notado.

Steven se arrastou de volta até o sopé do morro, perto de Liam e Jasmine.

– Eu acabei de me dar conta de uma coisa – sussurrou ele. – Acho que essa garota não pode simplesmente sumir quando está de pé ou sentada. Toda vez que fez isso, ela estava correndo ou pulando.

Jasmine olhou para o rastreador, concentrada, depois deu de ombros.

– Pode ser. Isso seria conveniente com a atitude de um Coelho.

Liam pareceu confuso.

– O que você está dizendo, companheiro? Que precisamos agarrá-la ou algo assim? – Ele balançou a cabeça. – Eu não gosto da ideia de atacar uma menina.

– Só precisamos que ela nos escute por um minuto – retrucou Steven. – Sigam-me.

Ele saiu correndo, saltando sobre o morro. Jasmine encolheu os ombros e o seguiu, com Liam fechando o grupo.

E então alguém, ou *algo*, uivou bem alto. Steven se virou, bem a tempo de ver uma massa de pelos vinda de trás e se chocando contra Liam, derrubando-o no chão.

A energia Zodíaco se expandiu para fora de Liam, formando o Carneiro chifrudo em ataque. Ele rolou pelo chão, lutando com o atacante, e começou a descer pelo morro em direção ao equipamento do parquinho.

Jasmine parou, franzindo a testa para o rastreador.

– A menos que esta coisa ainda esteja com muito molho de tomate – disse ela –, esse aí é *outro* agente Zodíaco.

Liam e o agressor rolaram até o parquinho, indo parar ao lado de um trepa-trepa. Steven ainda não tinha conseguido dar uma boa olhada no sujeito cabeludo, mas assistiu enquanto o homem se contorcia para mudar de posição, para que Liam sofresse a maior parte do impacto.

Assustadas, duas pessoas levantaram-se do banco de um salto, e quando viram a dupla em combate, fugiram correndo.

Liam ficou imóvel no chão, a cerca de quatro metros e meio. O sujeito cabeludo se levantou, ficando assustadoramente alto e imponente ao lado do corpo dele, e então voltou a uivar.

Steven fitou-o fixamente, completamente chocado. O homem não era apenas cabeludo – cada centímetro de seu corpo era coberto de pelos. Pontudas orelhas lupinas sobressaíam-lhe do topo da cabeça, e os pés descalços tinham quatro vezes o tamanho dos de um homem normal. Tanto as mãos quanto os pés eram curvados e terminavam em garras afiadas, animalescas.

– O que... – Steven se interrompeu. – Quem é aquele?

– Um palpite? – Jasmine tocou o analisador. – Acho que é o Cachorro. Outro agente de Maxwell que adquiriu o poder recentemente.

– Mas ele é tão... tão... – Steven ergueu os braços. – Tigres são peludos. Será que *eu* também vou ficar peludo?

Jasmine o encarou.

– É com isso que você está preocupado neste momento?

O sujeito cabeludo – o Cachorro – se virou para Steven. Seu lábio se retorceu em um sorriso cruel e ele emitiu um rosnado grave e ameaçador.

Steven vislumbrou o Cachorro perseguindo a menina, saltando na direção dela e levando-a para longe dali, longe da segurança.

– Não – disse Steven, retornando à realidade. – Talvez mais tarde.

Steven se concentrou, permitindo que o poder do Tigre se dilatasse ao seu redor e acima dele. Um halo de energia o envolveu, e então ele se virou para enfrentar o Cachorro e sentiu o Tigre se alçar ao desafio. Sem querer, Steven rosnou em resposta.

Foi quando ele reparou que a garota, Kim, estava de pé ali perto. Os olhos dela foram do Cachorro para Steven,

assistindo ao confronto. O Cachorro se voltou para ela, e um sorriso faminto passou por seu rosto.

Steven sentiu o chão tremer um pouco. Outra vez de pé, Liam inclinou a cabeça para baixo como um touro e atacou o Cachorro por trás. O Cachorro subestimara Liam, Steven se deu conta. Uma pessoa normal estaria desacordada depois de bater com tanta força contra o trepa-trepa – mas nada podia ferir Liam.

Steven e Liam atacaram o Cachorro ao mesmo tempo, de lados opostos. A cabeçada de Liam acertou o Cão na parte baixa das costas no mesmo instante em que Steven agarrava o pescoço do agente cabeludo, puxando-o vigorosamente.

Por um momento, o Cachorro se agitou nas mãos de Steven. Em seguida saltou, recuperou o equilíbrio e uivou outra vez. A fera esticou a pata enorme e acertou a barriga de Steven, repelindo-o.

Steven cambaleou e o Tigre gritou. Ele conseguiu evitar a queda, estendendo um braço para trás e tocando o chão com a mão, e pulou de volta. O Cachorro disparava uma sequência de golpes em Liam – que apenas se mantinha imóvel, sorrindo, com os braços cruzados.

– Continue, cara – incentivou Liam. – Pode se esgotar. Você me faz lembrar meu tio William. Quando ele mete uma ideia na cabeça, nunca a abandona. Uma vez alguém lhe disse que tomates eram, na verdade, espíritos maléficos, e ele se sentou na horta durante cinco dias esperando que eles mostrassem sua face verdadeira.

Steven franziu a testa. Liam contava muitas histórias, e algumas delas pareciam muito duvidosas.

A garota não havia sumido dessa vez. Permaneceu ali de pé, na beira do parquinho, observando atentamente a cena. Steven correu adiante e agarrou o Cachorro outra vez. Eles lutaram e Steven sentiu o fluxo e refluxo da energia Zodíaco faiscando pelo ar. Sua silhueta de Tigre rugiu e rosnou, trocando golpes com o inimigo...

– Cachorro – disse Jasmine.

Steven, o Cachorro e Liam congelaram quando uma luz ofuscante caiu sobre eles. Lentamente, como se partilhassem da mesma mente, eles se voltaram para o morro.

Jasmine flutuava no ar, resplandecente de poder. A silhueta sibilante do Dragão chicoteava e rodopiava ao redor dela, cortando o ar com as garras afiadas. Ela iluminou o céu nublado, tremeluzindo com um poder inimaginável.

Jasmine encarou diretamente o Cachorro, com olhos brilhantes.

– Acha que pode perseguir o Dragão? – perguntou ela.

O Cachorro lutou nas mãos de Steven e Liam. Ele olhou deles para Jasmine, e então para a borda do parquinho, encarando Kim. Enquanto o Cachorro farejava o ar, aquela expressão faminta voltou a dominá-lo.

– *Coeeeeeeelhooooo* – vociferou ele.

E então arremeteu, chutando e distribuindo socos. Perplexo, Steven o deixou escapar, caindo no chão. Liam também caiu, e o Cachorro disparou em fuga. Ele saltou sobre o morro, incrivelmente rápido, e desapareceu entre as árvores mais além.

Jasmine desceu suavemente ao chão, seu poder desvanecendo à sua volta.

– Muito em breve eles vão deixar de se assustar com tanta facilidade – disse ela.

Steven balançou a cabeça, atordoado. O poder do Tigre também começava a desaparecer. Ele foi vacilando até Jasmine e disse:

– Você pode rastreá-lo?

Ela apanhou o rastreador – ou o que tinha sobrado dele. O mecanismo interior do aparelho estava exposto, os circuitos, esmagados. Um único sopro de fumaça escapou dele, chiando.

– Acho que o Cachorro pisoteou o analisador quando passou – disse ela tristemente.

Liam se levantou calmamente, espanando a sujeira do corpo.

– Como eu disse: precisa dar uma melhorada.

Ele parecia totalmente inabalável, como se tivesse acabado de acordar e saído para dar uma voltinha.

– Ei – disse Steven. – Onde está a...

Porém, enquanto dizia isso, ele já sabia a resposta à sua pergunta. Kim tinha desaparecido de novo – com os moradores locais restantes, que fugiram da estranha visão do combate movido a superpoderes em seu parque sossegado e arruinado.

– Eu nem a vi sumindo dessa vez – disse Liam, arqueando a sobrancelha.

Steven cerrou os punhos, frustrado.

– Nós *jamais* vamos convencê-la a ficar parada.

Jasmine se aproximou e pousou a mão no ombro dele. Havia uma expressão pensativa em seus olhos.

– Talvez a gente precise de uma nova estratégia – disse ela.

CAPÍTULO VINTE E UM

– **NÃO SABEMOS ONDE ELA ESTÁ** – disse a mãe de Kim. – Nós geralmente não sabemos.

O marido dela tossiu.

Sentindo-se desconfortável, Steven se remexeu na poltrona barulhenta. Um fragmento do estofamento escapou para fora.

Os pais de Kim estavam sentados juntos no sofá, na frente de uma pequena TV. Como tudo o mais na casa, a TV tinha entre dez e quinze anos de uso. A mesinha de centro estava repleta de latas de cerveja e de refrigerante.

A mãe de Kim olhou para Steven.

– *Você sabe* onde Kim pode estar? – perguntou ela.

Jasmine arrastou sua cadeira dobrável para junto de Steven e mostrou o rastreador quebrado.

– Não mais – disse ela.

Steven olhou pela janela. A noite estava começando a cair. Jasmine já tinha ligado para o quartel-general e falado com Carlos, que retornara com o Porco recém-recrutado. Carlos consultou o próprio equipamento sensitivo ao Zodíaco, mais potente, e confirmou o palpite de Jasmine: o Cachorro não estava mais na área de Elton.

Steven se voltou para os pais de Kim, ambos novamente hipnotizados por algo que viam na TV, que estava no mudo.

– Eu já vi esse episódio antes – comentou o Sr. Hansen. – É engraçado.

– A senhora, hã, a senhora trabalhava na fábrica de borrachas, não é, Sra. Hansen? – perguntou Steven.

– Não, ele trabalhava. – A mãe de Kim indicou o marido com uma cotovelada.

O Sr. Hansen tossiu de novo.

– Borracha demais no pulmão – explicou o homem.

– Nossa, mas onde está a minha educação? – disse a Sra. Hansen. – Posso lhes oferecer alguma coisa?

Steven olhou para as latas na mesinha de centro.

– A senhora teria um copo d'água?

Sem desviar os olhos da TV, o Sr. Hansen atirou uma lata de refrigerante para ele.

Jasmine franziu a testa.

– Sra. Hansen – disse ela –, a senhora notou algo... estranho em sua filha ultimamente? Qualquer, hã, habilidade ou comportamento esquisito?

– Eu já disse, nós quase não a vemos mais. – Um lampejo de medo passou pelo rosto da Sra. Hansen. – Ela está usando drogas?

– Não, senhora – respondeu Jasmine. – Tenho certeza de que ela não está usando drogas.

– Ela está assustada – disse o Sr. Hansen. – Sempre teve medo de tudo.

– Nós a amamos – disse a Sra. Hansen. – Mas a verdade é que... bem, não há nada para ela aqui. Vocês viram esta cidade; está tudo se acabando.

De súbito, Steven sentiu um ímpeto irresistível de fugir. Os pais de Kim estavam certos: aquele lugar era simplesmente muito *triste*. Ele agora compreendia como Kim se sentia – por que ela continuava fugindo, saltando, disparando e fazendo *puf* em pleno ar.

Recordou-se dos lugares em que haviam visto Kim: o shopping, o centro da cidade, a escola, o parque público. Onde ela poderia estar agora? Para onde uma garota como ela iria?

Logo após ouvirem o som de uma descarga de privada, Liam entrou na sala.

– Eu não sei onde a menina está – disse ele, como se tivesse lido a mente de Steven. – Mas acho que deveríamos tirá-la daqui.

– Eu tive uma ideia – disse Steven brandamente.

– Ei – disse a Sra. Hansen. Algo na voz dela fez Steven se voltar em sua direção.

– Sim, Sra. Hansen? – perguntou ele.

– Se vocês encontrarem Kim – prosseguiu a Sra. Hansen. – Apenas digam a ela que… hã…

– Digam a ela que sentimos muito – disse o Sr. Hansen, desviando os olhos. – Sentimos muito por não podermos lhe dar uma vida melhor.

A Sra. Hansen encarou Steven com olhos sofridos, e então fez que sim com a cabeça.

Quando ele deu as costas para os dois, ambos se voltaram de novo para a TV. Riram baixinho de alguma coisa, cada um tocando com gentileza o joelho do outro.

– Então é isso – disse Liam. – Nós vamos atrás dela, certo?

Jasmine olhou ao redor da casa por um longo e desconfortável momento. Quando se voltou para Steven, seus olhos estavam muito sérios.

– Não – disse ela. – "Nós", não.

Quando Steven chegou de novo ao shopping, o local estava fechando. Ele se escondeu atrás de uma escada rolante e esperou até que as luzes se apagassem. Depois que o segurança passou por ali, ele saltou como um Tigre escadaria acima até a praça de alimentação.

Ali está ela, pensou. *Bem como imaginei.*

Kim estava sentada sozinha, no escuro, devorando uma fatia de pizza. Ela comia depressa, olhando furtivamente ao redor entre uma mordida e outra. Agia quase exatamente igual a quando ele a vira pela primeira vez, exceto que dessa vez a pizza provavelmente era roubada.

– Eu sabia que você estaria aqui – disse ele baixinho. – Você precisa comer, não é?

Ela deu meia-volta, mas, antes de desaparecer, hesitou e ficou olhando para Steven, que tinha erguido a mão.

– Não! – disse ele, mantendo a voz baixa. – Sou apenas eu, mais ninguém. Juro.

Ele deu um passo adiante, e então parou. Eles se encararam por um momento, separados por três metros e meio de shopping vazio.

– Você está reluzindo – disse ela.

Steven olhou ao redor, surpreso. Sem perceber, ele deixara o Tigre sair. Concentrou-se, forçando a energia do Zodíaco a retroceder.

– Eu quero lhe dizer uma coisa – disse Steven. – Quando eu tinha... hã... quando eu tinha cinco anos, pedi um Lego ao meu pai. Era um conjunto bem legal, do primeiro filme do Mangusto de Aço. Tinha o quartel-general, a casa de praia e até a base moderninha dele na lua. Meus pais têm uma empresa. Eles ganham bastante dinheiro. Mesmo naquela época, eu sabia que eles tinham condições de me dar o Lego. Mas meu pai apenas olhou para mim, como se eu fosse um mendigo na rua, e disse: "Quando você fizer por merecer". Nunca vou me esquecer disso.

Kim o observou com cautela. Ela não parecia convencida, mas também já não parecia propensa a desaparecer.

– Você tem outros problemas – retomou ele. – Assim como Jasmine e Liam, as pessoas com quem eu vim para cá. Também existem outros... Uma garota chamada Roxanne. Ela é incrível... O negócio é o seguinte: todos nós temos essa energia antiga dentro de nós. É chamada de Zodíaco e, por algum motivo, *nos escolheu* para manipular seu poder. Ela vem de uns tanques de líquido em Hong Kong. Houve um ritual lá, e tudo explodiu. Eu tenho viajado por aí com Jasmine desde então, recrutando pessoas como você.

De súbito, Kim se abaixou sob a mesa. Steven olhou ao redor, ouviu os passos do segurança e se achatou contra uma coluna. A luz da lanterna do guarda alongou-se pelo piso e, por um instante, pareceu que ele os veria ali. No entanto, acabou apenas dando de ombros e indo embora.

Kim levantou-se, deu uma mordida na pizza e abriu um sorriso rápido e brincalhão para Steven.

Steven inclinou a cabeça para ela.

– Seus pais disseram que você tinha medo de tudo – disse ele. – Mas isso não me parece verdade.

Ela não respondeu.

– Você é muito boa em fugir – continuou ele.

– Tenho muita coisa de que fugir – disse ela baixinho.

– Mais do que você imagina. – Steven suspirou. – Sabe aquele cara enorme e peludo que vimos hoje? Ele estava atrás de *você*, e não da gente. Ele trabalha para um cara chamado Maxwell, que é muito, muito mau. Maxwell montou todo esse esquema com os poderes do Zodíaco, e eu acho que um grupo de agentes do Zodíaco trabalha para ele agora.

– Cachorro – disse Kim, pensativa. – Ele é um Cachorro, do Zodíaco chinês. E eu sou um Coelho?

– *O* Coelho – disse Steven.

Ela o analisou por um momento.

– Você deve ser o Tigre.

– O felino cintilando acima da minha cabeça lá no parque. Foi ele que me denunciou, não é?

Um sorriso curvou o canto dos lábios de Kim, mas em seguida ela ficou séria novamente.

– Então você está dizendo que eu deveria ir com vocês antes que esse cara, Maxwell, venha atrás de mim de novo?

– Esse é um dos motivos. Jasmine e Carlos... Você vai conhecê-lo ainda, ele é um cara muito esperto, genial... Eles também podem treinar você, ensiná-la a usar seu poder. E, francamente... sem querer ofender, mas... – Ele gesticulou, indicando o lugar ao redor. – ... não me parece que você tenha muitas razões para ficar aqui.

A pizza de Kim tinha se reduzido a apenas um pedaço da casca. Ela ficou olhando para o que tinha restado da borda, pensativa.

– Os Zodíacos... Todos nós somos bem diferentes uns dos outros – prosseguiu Steven. – Mas também temos coisas em comum.

Ele foi contando nos dedos enquanto mencionava cada um dos membros.

– Roxanne, o Galo, precisa treinar seus poderes. Liam precisava de uma mudança, ir para longe de sua cidade, como eu acho que você também precisa.

– Quanto a mim... – Ele fez uma pausa. – Eu sei como é não conseguir se identificar com os pais.

Steven baixou os olhos e ficou assim por um longo instante, pensando nos pais. Pensou no avô, que o criara boa parte do tempo. O funeral do velhinho provavelmente estava acontecendo naquele momento. Ele enxugou uma lágrima, esperando que Kim não tivesse visto.

Quando olhou para cima, ela o estudava de novo com aquele estranho meio sorriso.

– Você ensaiou esse discurso? – perguntou ela. – Antes de vir aqui?

– Hum... – fez ele.

– Como foi? Como você diria que se saiu?

– Bastante bem. Oitenta, talvez oitenta e cinco por cento, como eu planejava. – Ele sorriu, embaraçado. – Melhor do que o usual, para mim.

– Estou dentro. – Kim engoliu o restante da pizza, depois jogou fora o pratinho. – Nos encontramos lá fora?

– Sim, ótimo! Só uma coisa... hã... – Ele hesitou. – Você pagou por essa pizza?

Ela apenas sorriu.

Steven escutou os passos do segurança vindo outra vez e se virou para alertar Kim. Ela simplesmente disparou para fora dali e sumiu. *Puf.*

Steven suspirou. Pegando a carteira, tirou dela algumas notas e fitou-as fixamente, consternado. *Eu não gastei nada desde que absorvi o poder do Zodíaco em Hong Kong,* ele se deu conta. *Jasmine tem pagado tudo!*

Steven deu de ombros e deixou algumas notas sobre a mesa. *Espero que eles consigam trocar dinheiro chinês.*

De repente, ele riu. Sentia-se mais leve, como se um peso tivesse sido tirado dele. Tomado por uma onda de entusiasmo, ele levou um momento para entender o motivo:

Temos uma equipe agora. Uma equipe de verdade.

Os passos do segurança ficaram mais altos, indicando que estava mais perto.

Rápido como um felino, Steven correu para fora para se encontrar com a nova colega de equipe.

CAPÍTULO VINTE E DOIS

MAXWELL ABRIU OS BRAÇOS, revigorado com a liberação súbita do poder do Zodíaco. Mesmo com os olhos fechados, podia sentir a silhueta do Dragão subindo, rosnando furiosamente, cuspindo fogo. Suas asas se estendiam amplamente, tornando-se vastas e finas, esticando-se de maneira invisível para cobrir o mundo inteiro.

Maxwell viu a Terra como um globo pulsante, interligada com veias cruzando a superfície e abaixo dela. Em um transe profundo, Maxwell podia ver todos eles. Todos os Zodíacos: seus próprios agentes, Cavalo, Cachorro, Macaco e Boi, além de Rato e Serpente, os agentes ocultos. Também viu o grupo de Jasmine: Carneiro, Galo, Porco, Coelho e, é claro, Tigre. Eles pulsavam como luzes, como nódulos incandescentes ao longo das Linhas de Ley.

Maxwell, entretanto, não estava interessado em nenhum deles. Procurava por uma das luzes, e apenas uma. O Dragão – o *outro* Dragão. O que desafiava o poder dele.

Onde está você, Jasmine?

Mergulhando mais profundamente no globo-mundo, ele voltou sua atenção para a França. Josie – o Cavalo – havia rastreado Jasmine ali, menos de 48 horas antes. Maxwell vislumbrou o Chi de Jasmine e sorriu. Agora podia ver a trilha dela, brilhando mais do que todas as outras.

Ele desdobrou as vastas asas de energia, esticando-se para prender Jasmine. Sabia, porém, que ela já havia saído de lá. Era o passado recente que ele via agora, a onda deixada pela passagem dela ao redor do mundo.

Maxwell mergulhou nas Linhas de Ley, as asas batendo, revolvendo a maré etérea. Seguindo o Chi de Jasmine.

A trilha o levou para a Irlanda. Mais uma vez, Maxwell procurou, e outra vez ela escapou de suas mãos. Ele a seguiu, em um lampejo de luz, até a América, e então a assistiu mergulhar de volta na corrente.

Maxwell sorriu. Dessa vez, ele sabia para onde ela estava indo. E dessa vez...

Uma algazarra de cadeiras. Pessoas pigarreando. O som de muitos corações pulsando em torno dele.

Maxwell abriu os olhos. O transe tinha sido quebrado.

– Chefe – disse o Cachorro. – O senhor queria nos ver?

Maxwell piscou, olhou ao redor. A pequena câmara na qual ele tinha transferido o poder Zodíaco para seus agentes estava agora quase sem nenhum equipamento. Os dois técnicos transitavam rapidamente por ali como pano de fundo, puxando plugues e levando computadores embora.

A equipe de ataque de quatro agentes de Maxwell se mantinha em alerta, de frente para o lugar onde ele se sentara, na cabeceira de uma velha mesa de carvalho. Ele lançou seu olhar sobre cada um deles.

Malik, o agente chamado de Boi, era um homem careca, forte e musculoso, de corpo espesso e barba meticulosamente aparada. Ele sempre fora calmo em momentos de crise, e o Zodíaco lhe dera uma reserva incrível de força física. Aquilo viria a calhar, Maxwell sabia, nos dias que os esperavam.

O Cachorro havia se revertido a sua forma humana, menos peluda, com apenas uma quantidade normal de cabelos loiros sobre o rosto jovial. Ele exibia alguns hematomas devido à recente batalha em Indiana, mas estava alerta, pronto para receber ordens.

O Macaco – um homem alto e encurvado, com braços anormalmente longos – era um problema. Ele já estava se remexendo, parecendo entediado, jogando balinhas na boca com os dedos alongados e preênseis.

E, por último, o Cavalo. Josie estava totalmente imóvel, o soldado perfeito. Mantinha o maxilar contraído com força enquanto fitava Maxwell, com o rosto totalmente composto. Maxwell, porém, sabia que ela estava apavorada. *Por duas vezes ela* já *fracassou comigo*, pensou ele. *Ela acha que sabe o que a espera.*

Ela acha que sabe.

– Bem – disse Maxwell. – Tivemos um começo difícil, não foi? Jasmine e Carlos nos sobrepujaram, e agora eles têm todos os quatro poderes perdidos. Isso é um problema, mas nós vamos dar um jeito.

Ele olhou fixamente para todos.

– No entanto...

Ele fez uma pausa dramática, e o Boi inclinou a cabeça, na expectativa.

O Macaco arrotou.

– Quero que se lembrem de três coisas – prosseguiu Maxwell. – Primeiro: os recrutas de Jasmine não são páreo para vocês em combate. Todos vocês eram agentes treinados em ataque e infiltração muito antes de possuírem poderes do Zodíaco. Eles são apenas crianças. Segundo: ao reunir os novos recrutas em apenas um lugar, Jasmine pode, na verdade, ter feito um favor pra gente. E, finalmente: o poder Zodíaco é novo para todos nós, e só aprendemos cometendo erros.

Ele apontou um dedo para Josie, e dessa vez ela se encolheu visivelmente. Aquilo o fez sorrir.

– Josie – disse ele. – Cavalo. Você tinha razão. Colocá-la em campo com uma equipe normal, sem poderes, foi um erro. Seus métodos são muito diferentes dos deles. Nenhum dos dois funcionou com eficácia.

Ela olhou para ele, confusa.

– Estou promovendo-a a líder de campo – continuou ele. – Quero que leve uma nova equipe, *esta equipe*, ao quartel-general de Jasmine, na Groenlândia. Quero que vocês trabalhem juntos, usando todos os seus poderes, e acabem com a operação deles. Mas, acima de tudo, quero que *reúnam o restante dos Zodíacos e os tragam para mim.*

Josie piscou, e então assentiu, aturdida.

– Você tinha razão – repetiu ele. – Os Zodíacos deveriam trabalhar juntos. Vamos fazer isso acontecer.

– Sim, senhor. – Ela bateu continência. – O-obrigada, senhor.

– Não me agradeça, Josie. – Ele a encarou com olhos duros feito aço. – Eu não escolho táticas com base em recompensas, nem em punição. Esta é uma decisão calculada e racional.

Ela consentiu bruscamente. Em seguida, gesticulou para os outros e passou a conduzi-los em direção à saída. Quando chegaram à porta, ela parou.

– Senhor? – disse ela. – O senhor está absolutamente correto: nós podemos cuidar dos recrutas. Mas e Jasmine?

Maxwell fechou os olhos, visualizando novamente a rede mundial de energia Zodíaco.

– Deixe isso comigo – disse ele em tom brando.

Bem discretamente, como se viessem de muito longe, Maxwell ouviu os passos dos agentes que se apressavam em sair da sala. Ele sorriu, saboreando a paz e a quietude.

Foi quando um grunhido rude quebrou o silêncio. Maxwell abriu os olhos, irritado. Virando-se, viu os dois técnicos, Maria e Fédor, tentando soltar um cabo preso em um dos últimos equipamentos eletrônicos na sala.

– *Saiam* – ordenou ele.

Os dois voltaram os olhos apavorados para ele e então fugiram.

Finalmente, Maxwell estava sozinho. *Em breve*, pensou ele, *em breve estarei em casa, na Austrália.* Ele tinha cientistas de verdade lá, mentes brilhantes trabalhando em tempo integral no projeto Zodíaco, e não esses idiotas que trouxera consigo de Hong Kong.

Um lampejo de ira o percorreu. *Eu não achei que fosse precisar de cientistas para a Convergência. Eu achei que tivesse Carlos.*

Maxwell fechou os olhos de novo, e mais uma vez viu as pegadas de Jasmine. O rastro dela, a energia roubada do Dragão, corria pelo mundo inteiro. Ele seguiu o caminho dela pela América, depois sobre o Oceano Atlântico, chegando ao destino final, na Groenlândia.

Novamente, ele sentiu a fúria. *O Dragão é meu*, pensou ele. *Nenhum pretendente, nenhuma garotinha traidora, vai tirá-lo de mim.*

– Isso é calculado – disse ele em voz alta. – Isso é racional.

Ele procurou, alçando as terríveis asas de morcego. O outro Dragão, o avatar de Jasmine, semelhante a uma cobra, se encolheu ao toque dele. No entanto, Maxwell se agarrou a ele e segurou firme, absorvendo seu medo e desamparo.

Foi quando ele começou a se alimentar.

PARTE TRÊS
O CERCO

CAPÍTULO VINTE E TRÊS

– **BEM-VINDOS À GROENLÂNDIA** – saudou Jasmine, estendendo--lhes quatro casacos pesados.

Eles aterrissaram em um pequeno aeroporto na costa, e agora estavam em uma pista árida, quase deserta. O ar estava muito frio, e o chão além do aeroporto parecia pedregoso. Steven podia ver montanhas nevadas a distância.

– Ah, Groenlândia! – disse Liam, como se reconhecesse o nome apenas naquele momento. – Onde é sempre frio como...

– ... como no Polo Sul – completou Kim.

Liam olhou para ela, surpreso. Kim abriu um sorriso rápido e malicioso, e ele sorriu de volta.

– Vamos, seus engraçadinhos – disse Jasmine.

Ela os guiou pelo aeroporto até um Humvee surrado e resistente, com pneus enormes. Kim e Liam subiram e se acomodaram no banco traseiro, e Steven ficou no banco do passageiro, ao lado de Jasmine. Ele mal tinha afivelado o cinto de segurança e ela já tinha pisado fundo no acelerador.

Enquanto eles se deslocavam mais para o interior, as estradas de asfalto tornaram-se de terra e então de neve. O Humvee guinou e deslizou algumas vezes, mas Jasmine o manteve na estrada. Eles se aproximaram das montanhas, e um padrão desagradável de nuvens escuras parecia estar se reunindo acima delas.

– Está vindo uma tempestade aí? – perguntou Steven.

– Provavelmente – retrucou Jasmine. – Sempre caem muitas tempestades por aqui.

Steven se perguntou a que distância estava o destino deles. Ele se virou no assento para dizer algo a Kim, e fixou o olhar nela por um instante; mal podia admitir isso, mas achava aquela garota uma gracinha. Pela janela, ela estava com o olhar no horizonte, maravilhada e boquiaberta.

De repente, Steven não conseguiu pensar em nada para dizer.

Finalmente, Jasmine gritou:

– Última parada!

Steven olhou adiante. Um pouco antes de chegar às montanhas, um planalto baixo se elevava, do tamanho de um quarteirão, mais ou menos, mas de formato arredondado e desigual. Ele tinha três andares de altura e estava coberto de gelo e neve. Parecia um artefato completamente natural.

Steven se virou para Jasmine, perplexo.

– Aqui é a última parada?

Jasmine manobrou o Humvee diretamente para a face gelada do planalto. Então, sorrindo, pisou fundo no acelerador. Conforme a parede rochosa coberta de neve se aproximava, Steven agarrava-se mais firmemente ao assento, em pânico.

Quando Steven teve certeza absoluta de que colidiriam, na lateral da rocha surgiu uma abertura, que girou para cima como a porta de uma garagem, abrindo uma passagem grande o bastante para a travessia de um ônibus. Enquanto cruzavam a entrada escura, a parte inferior da porta da garagem foi deslizando para cima. Steven se encolheu quando o Humvee passou, quase raspando o teto.

Jasmine riu e pressionou duas vezes a buzina.

– Isto é, hã, algum tipo de sinal secreto? – perguntou Steven.

– Não – respondeu ela. – Eu gosto de fazer isso quando chego.

Ela manobrou o veículo para a esquerda, apagando os faróis. Holofotes se acenderam lá no alto, revelando uma garagem de pé-direito alto. A porta se fechou outra vez, deixando um traço quase imperceptível na parede.

Steven olhou ao redor, para uma variedade de veículos, todos projetados para terrenos difíceis: picapes, equipamentos de construção, jipes – até um caminhão de lixo. O lugar cheirava a gasolina.

Enquanto Jasmine desligava o motor, uma mulher grandalhona usando um macacão sujo de graxa correu para recebê-los.

– Viagem longa – comentou ela.

Jasmine sorriu.

– Oi, Mags. Nós trouxemos o Humvee inteiro para casa.

A mulher franziu a testa, correndo os olhos pelo veículo todo sujo.

– Isso sou eu que vou dizer.

Kim se arrastou para fora do banco traseiro, observando cautelosamente o salão. Liam a seguiu, balançando a cabeça e fazendo uma careta.

– Depois desse passeio, estou *realmente* feliz por ser indestrutível – disse ele.

– Percebi que você pegou alguns caronas... – Mags disse para Jasmine.

Jasmine sorriu.

– Você não acreditaria no que pegamos.

Conforme o restante do grupo descia do Humvee, Jasmine levantou os braços. A energia surgiu por todo o seu corpo, erguendo-se para formar a agora familiar silhueta resplandecente do Dragão. O imenso animal voltou os olhos etéreos para Mags, que apenas arqueou uma sobrancelha, sem se intimidar.

– Eu vi – disse Mags. – Seus outros adolescentes poderosos já estão aqui. Ainda assim, bela repaginada.

– Desculpe. – Jasmine deixou a energia se dissipar. – Não consigo resistir a uma exibição.

Mags olhou para o Humvee e sacudiu a cabeça.

– Essa coisa está imunda. Eu vou ter que ficar mais um pouco para lavar o carro e trocar o óleo. Você poderia ir na frente?

– Vamos, pessoal – chamou Jasmine. – Vamos andando. Vocês vão ficar muito bem-acomodados.

Steven hesitou. *Acomodados?*, pensou ele. *Eu nem sei mais o que isso significa.*

– Ninguém discute com a Jasmine, rapaz – disse Mags. – É melhor fazer o que ela diz.

Steven inclinou a cabeça.

– Ela é durona, ao que parece.

Mags sorriu, e então deu uma cotovelada nas costelas de Jasmine.

– Já vi piores.

Jasmine riu.

Steven olhou de uma para a outra. Em seguida, pousou o olhar por um momento em Kim, que assentiu para ele, e então em Liam. Todos estavam pensando a mesma coisa: as pessoas ali consideravam Jasmine não apenas uma líder – ou um Dragão –, mas uma amiga. Independentemente do que fosse acontecer, de quaisquer perigos que os estivessem aguardando no futuro, esse era um bom sinal.

Assim, enquanto Mags começava a lavar o jipe, direcionando jatos de água com a mangueira, Steven e os outros seguiram Jasmine até o interior do complexo rochoso.

Primeiro ela os conduziu até uma pequena cozinha, onde uma russa lhes serviu sopa e sanduíches. Steven devorou a comida; não tinha percebido até então o quanto estava faminto. Kim comeu duas porções, e Liam, três.

A seguir, Jasmine os guiou para que conhecessem o espaço. Eles passaram por uma biblioteca, uma salinha de cinema mobiliada com velhos bancos de carro e uma quadra de tênis *indoor* cuja rede estava frouxa. Tudo parecia ter sido construído da forma mais econômica possível, e arranjado improvisadamente.

– Nós não temos nem de longe os recursos de que Maxwell dispõe – disse Jasmine, liderando-os por um corredor estreito. – Mas nos viramos.

Steven espiou através da pequena vidraça de uma porta. Lá dentro, algumas mulheres vestidas com roupas militares praticavam em um minúsculo estande de tiro.

– Quantas pessoas moram aqui? – perguntou ele.

– Entre quinze e vinte e cinco. Isso muda o tempo todo. Algumas moram aqui, outras ficam apenas por um tempo.

– E essas pessoas fazem... exatamente o quê? – quis saber Steven. – Planejam impedir Maxwell?

– Entre outras coisas – retrucou Jasmine. – Carlos tem alguns projetos de pesquisa. Nós também abrigamos refugiados, gente sem lugar para onde ir.

– E onde está o Carlos, afinal? – perguntou Liam. – Estou com saudade daquele camarada genial e nervosinho.

– Vamos encontrá-lo em breve. Primeiro, quero lhes mostrar onde vão treinar.

Mais parecendo um ginásio velho, a sala de treinamento se estendia verticalmente dois andares acima, repleta de colchonetes de exercício ao longo do piso branco. Com o grupo atrás dela, Jasmine atravessou a sala até o outro lado, passando por sacos de areia cujo preenchimento vazava.

Steven sorriu ao ver uma corda de escalada esgarçada pendendo do teto.

– Onde vocês arranjaram esses equipamentos? – perguntou ele. – Demoliram algum parquinho?

– Como eu disse, a gente se vira. – Jasmine o fitava de cara feia, fingindo aborrecimento. – Ninguém gosta de Tigres inconvenientes, sabia? Lá adiante, uma sessão de exercícios estava em andamento. Roxanne pendia graciosamente de um trepa-trepa, balançando-se de barra em barra. Quando alcançou o fim, ela saltou para o chão, aterrissando perfeita e equilibradamente em uma posição agachada. Em seguida, ergueu os braços, gritando em triunfo para uma plateia imaginária.

– Obrigada! – gritou Roxanne. – *Les Poules, yeeeeaaahh!*

Kim se esticou para cochichar no ouvido de Steven.

– Quem é esse Less Pools?

– É a banda dela – respondeu ele.

Kim fez uma careta.

– Ela sabe que eles não estão aqui?

Roxanne passou a mão pela testa, enxugando o suor.

– Ei, Tigre! – chamou ela. – Conseguiu resgatar os perdidos?

Jasmine deu um passo adiante, indicando os novos integrantes do grupo.

– Roxanne, este é Liam, o nosso Carneiro. E Kim, o Coelho.

– Oi, menina. – Roxanne se inclinou e abriu um sorriso artificial. – Pode deixar que vou dar um jeito em seu cabelo mais tarde, está bem?

Kim olhou para ela cheia de desconfiança.

Roxanne deu meia-volta.

– Duane! O que mais você tem para mim?

Um jovem alto com *dreadlocks* estava de pé junto a uma tela de computador que se sobressaía do chão atrás do trepa-trepa. Concentrado nas imagens da tela, ele movia rapidamente os olhos de um lado para o outro da superfície.

– Aquele é Duane – disse Roxanne. – Ele não é de falar muito.

Steven analisou Duane por um momento. *O último membro da equipe*, pensou ele. Carlos os alertara de que talvez Duane fosse bastante reservado às vezes. Como ele se entrosaria com os outros em uma situação de combate?

Um breve sorriso passou pelo rosto de Duane, e ele então esticou a mão e tocou um ícone na tela.

Com um discreto ruído metálico, o trepa-trepa começou a descer chão adentro, e quando estava totalmente submerso, um painel deslizou, encaixando-se ao longo do piso.

– É melhor deixá-los – disse Jasmine, conduzindo Steven, Liam e Kim para longe. – Roxanne tem que terminar a sessão dela.

Subitamente, uma pequena jaula de metal foi lançada do teto diretamente para baixo, enclausurando Roxanne entre suas barras.

Apavorada, Roxanne emitiu um grito agudo e sônico. No entanto, o som propagou-se para longe, dispersando-se no ar. As barras da jaula chacoalharam, barulhentas, mas continuaram firmemente fixas.

– Galo! Lembre-se do que conversamos – disse Jasmine. – Controle preciso.

Roxanne assentiu e franziu as sobrancelhas, concentrada. Fixou os olhos em um único ponto e então gritou de novo. Dessa vez, a energia sônica atingiu apenas um ponto. As barras da jaula sacudiram-se ruidosamente com a força do som, e um segmento de barras se soltou.

Roxanne saiu de lá, toda orgulhosa, apontando para a jaula.

– Isto é o melhor que pode fazer? – perguntou ela, voltando-se para Duane.

Duane ergueu rapidamente os olhos de seu trabalho. Em seguida, retornou para a tela de controle, movendo os lábios em silêncio enquanto digitava outro comando.

Duas grossas barras metálicas projetaram-se do chão. As pontas se abriram, revelando crepitantes armas de eletrochoque.

Liam franziu o cenho.

– Eu fui atingido por uma coisa dessas alguns anos atrás em um desafio. Não foi nem um pouco divertido.

– A voltagem dessas armas sempre foi baixa, apenas para treinamento – explicou Jasmine. – Nós aumentamos apenas um pouco para a prática dos Zodíacos.

Os dois tasers foram disparados simultaneamente, e os raios foram diretamente na direção de Roxanne. Ela observou a aproximação de ambos, e então emitiu uma rápida explosão sônica, depois outra. Os tasers faiscaram e pararam em pleno ar, depois despencaram no chão.

Roxanne sorriu, olhando para os espectadores.

– E é assim que se faz – disse ela.

– Vocês todos vão ter a chance de saber como se faz – disse Jasmine, voltando-se para Steven, Kim e Liam. – Logo começam o treinamento. O curso é diferente a cada vez, e estamos construindo novos equipamentos para testar cada uma das habilidades de vocês.

– Duane, você já terminou, não é? – Roxanne perguntou. – Duane?

Distraído, Duane fez que sim com a cabeça, sem levantar os olhos dos comandos que pressionava na tela.

Jasmine riu.

– Precisamos ir, pessoal, vamos deixar esses dois se divertindo. Eu vou mostrar os laboratórios.

Steven, Liam e Kim seguiram Jasmine para fora da sala. Quando Steven olhou para trás, viu Roxanne sob a mira de um canhão de *paintball* que havia surgido de um compartimento oculto na parede. Ela girou a cabeça, explodindo duas bolas de tinta em pleno ar. Uma terceira, contudo, acertou-a na barriga, espirrando tinta em suas roupas.

Enquanto Steven se virava de novo adiante, viu de relance o rosto sorridente de Duane. Então ouviu Roxanne gritar:

– *Duane!*

CAPÍTULO VINTE E QUATRO

O LABORATÓRIO DE CARLOS ERA IMENSO. O espaço ocupava mais da metade do piso superior do complexo e se constituía de um labirinto esparramado de cubículos, pias e salas particulares com placas de alerta nas portas. Homens e mulheres usando aventais de laboratórios estavam trabalhando nas mesas, estudando computadores e cadernetas cheias de anotações.

Jasmine indicou uma grande área aberta onde alguns cientistas observavam algo imenso zumbindo, que lembrava uma incubadora gigante.

– Brinquedos – disse ela.

Enquanto Steven e os outros observavam, uma porta com uma placa indicando LABORATÓRIO PARTICULAR DO CARLOS – ENTRADA PROIBIDA! foi aberta, e Carlos saiu dali, conversando animadamente com um homem de pele escura que usava avental.

– Viu? – disse Carlos, apontando algo na tela do tablet que o sujeito segurava. – O que você acha disso?

O homem franziu a testa.

– Pode ser uma perturbação atmosférica. Uma tempestade está chegando.

– Isso é verdade. – Mas Carlos não parecia convencido.

Ele levantou os olhos e sorriu rapidamente para Jasmine, então veio na direção dela, jogando algo verde e metálico de uma mão para a outra.

– Carneiro, Coelho, Tigre... Dragão – disse Carlos, contando. – Parece que você pegou todos eles.

– *Nós* pegamos todos eles. Belo trabalho na Cidade do Cabo.

Kim apontou o objeto na mão de Carlos.

– O que é isso?

Carlos olhou para o objeto metálico como se tivesse se esquecido dele.

– Ah, isso? É uma hipo com uma neurotoxina bem forte. Eu acabo de aperfeiçoá-la, pode vir a ser útil.

Liam arqueou exageradamente as sobrancelhas.

– Uma neurotoxina...

– ... forte – completou Jasmine.

Carlos exibiu o objeto. Tinha uma afiada ponta de metal e corpo de vidro transparente, repleto de um fluido verde vivo.

Jasmine olhou para Carlos como se ele fosse uma criança.

– Guarde isso, por favor – pediu ela.

Carlos deu de ombros e guardou a hipo no bolso.

– Segurança antes de tudo. – Jasmine sorriu, indulgente. – Então, o que vocês, garotos, andaram aprontando?

– Rastreando padrões anômalos de energia. Mostre a eles, Dafari.

O outro homem, Dafari, levantou o tablet. Na tela, Steven viu um mapa de paisagem nevada, com alguns ícones pulsando em luzes vermelhas.

– Isso lhe parece energia Zodíaco? – perguntou Carlos.

Jasmine deu de ombros de modo exagerado.

– Poderia ser Tetris, até onde eu sei. – Ela apontou para o homem de avental, olhando para o grupo. – Steven, Liam, Kim, este é Dafari. Ele é um dos melhores hackers do mundo.

– Isso é o que eles dizem. – Dafari sorriu, um pouco embaraçado. – Jasmine, eu tenho muito a contar. Nós rastreamos várias empresas financeiras de Maxwell, e identificamos alguns pontos fracos essenciais no sistema de segurança. Se você quiser atacar o quartel-general dele, talvez eu consiga colocá-la lá dentro.

– Acho que ainda estamos bem longe disso – disse Jasmine.

Dafari pareceu desapontado.

– Ainda assim, eu levantei várias informações sobre o interior da Austrália...

– Austrália? – perguntou Steven. – Pensei que Maxwell estivesse instalado em Hong Kong.

– Não, lá é apenas o local onde os tanques do Zodíaco estão – explicou Jasmine. – O quartel-general de Maxwell é uma antiga base militar na Austrália. É muito difícil aproximar-se de lá, via terrestre ou aérea.

– Ele tem aparelhos de alta tecnologia – disse Dafari. – Muitos mais do que nós.

– Toda a família de Dafari foi morta em uma das guerras provocadas por Maxwell – explicou Jasmine.

– Ah – disse Liam. – Sinto muito, amigo.

– É – acrescentou Kim. – Sinto muito.

– É verdade – confirmou Dafari. Por um instante, um lampejo de raiva atravessou seu rosto escuro, mas em seguida ele sorriu amplamente. – Mas eu não gosto de pensar nessas coisas. Prefiro escrever minhas linhas de código e brincar com os incríveis computadores de Carlos.

Steven teve pena de Dafari. Ele se lembrou de como se sentiu quando seu avô morreu, apenas alguns dias antes. Como seria perder todo mundo que se ama? E saber que o homem responsável ainda está por aí, tramando planos diabólicos e conspirando?

Liam se afastou do grupo, observando os vários experimentos.

– Que ótimo lugar você tem aqui, Carlos. Há mais experimentos como esses?

– Bom, a diversão de verdade fica ali. – Carlos indicou a porta com a plaqueta LABORATÓRIO PARTICULAR DO CARLOS, e um raro sorriso se abriu em seu rosto. – Querem ver?

Liam assentiu.

– Não sei se é efeito do *jet lag* ou pura desorientação, mas estou totalmente desperto e ligado.

– Eu não – disse Steven. – Estou exausto.

– E eu ainda estou com fome. – Kim sorriu de súbito para Jasmine e depois para Steven. – Vejo você depois, na cozinha. Com um *puf* baixinho, ela sumiu. Dafari fitou, boquiaberto, o lugar onde Kim estivera.

Jasmine riu.

– Você vai levar algum tempo até conseguir se acostumar com isso – disse ela.

Carlos se virou para Dafari.

– Quer dar uma olhada nessas leituras mais de perto?

Dafari fez que sim.

– Vou ficar na Sala de Guerra.

– Sala de Guerra? – perguntou Steven, voltando-se para Jasmine.

– Em breve – disse ela.

Carlos já conduzia Liam na direção da porta fechada do laboratório.

– Então, o que você tem aqui? – perguntou Liam. – Raios mortais? Ciborgues? Bombas nucleares?

– Sem bombas nucleares – retrucou Carlos com a expressão séria.

Do outro lado da sala, um sopro de fumaça se ergueu da incubadora, e os cientistas se apressaram ao redor dela, apagando pequenos indícios de incêndio.

Steven sentiu-se de repente esmagado. *Este lugar*, pensou ele, *não para nunca. E agora isto aqui* é… o quê*? A minha casa?*

– Venha – disse Jasmine, pousando o braço ao redor dos ombros dele. – Vou conseguir um lugar para você se acomodar.

Dois andares abaixo estavam os alojamentos, agrupados dos dois lados de um corredor sinuoso. Jasmine levantou uma chave-cartão e a introduziu no dispositivo de uma das portas. Em seguida tropeçou, estendendo a mão para se apoiar na parede.

– Tudo bem? – perguntou Steven.

Ela rapidamente fez um gesto, indicando que sim.

– Acho que também estou cansada.

Ela levantou novamente a chave-cartão, e a porta se abriu fazendo um clique.

– O ninho do Tigre – disse ela fazendo um gesto amplo, mostrando o quarto. – Lave-se e troque de roupa, mas não demore. Acho que algo vai acontecer.

Ela saiu, fechando a porta atrás de si.

Uma vez sozinho, Steven olhou ao redor. O quarto era pequeno, mas limpo, como um hotel de baixo custo. Havia uma pilha de roupas dobradas sobre a cama de solteiro.

Steven apanhou as roupas limpas e as levantou sob a luz. Calça jeans cargo com bolsos, camisa e uma jaqueta folgada. *Tudo exatamente do meu tamanho*, notou ele enquanto levava as roupas até o pequeno banheiro, que também era ajeitado e bem provido, com sabonetinhos e toalhas limpas.

Uma sensação estranha o invadiu. Aquele lugar, aquele alojamento, parecia exatamente do que ele precisava, como se tivesse sido feito sob medida. Sentia-se estranhamente à vontade – mais à vontade, talvez, do que já se sentira antes, em qualquer outro lugar em que havia morado.

Enquanto desafivelava o cinto, olhou-se no espelho. Estava com aspecto cansado, rosto sujo, círculos escuros sob os olhos. Ele mal se reconheceu.

Apoiando-se na pia, abriu a torneira, jogou bastante água no rosto e se lembrou das muitas vezes que ficava acordado até tarde durante a semana, jogando games e assistindo a filmes de ação. Gostava de estudar os movimentos de luta dos heróis – porém, mais do que isso, era fascinado pelo *motivo* que os levava a fazerem o que faziam.

Às vezes, ele ficava vendo a mesma cena várias vezes até pegar no sono. Quando já era bem tarde, vovô entrava no quarto e gentilmente tirava-lhe os sapatos e colocava um cobertor sobre ele.

Quando se olhou novamente no espelho, percebeu o leve cintilar da energia do Tigre, que havia se erguido ao redor de sua cabeça. Olhos amarelados de gato pareciam encará-lo de volta.

Ele se debruçou mais para perto e *rosnou* – um som grave que vinha de algum lugar lá dentro –, então foi tomado por uma onda de exaustão. Ele tropeçou, deixando a energia se dissipar, e mal conseguiu se arrastar até a cama e desabar antes de cair em um sono profundo.

Figuras cintilantes apareceram em seus sonhos. Uma delas tinha cabeça de cobra e outra se encolhia como um rato. Quando Steven tentou fugir das criaturas, descobriu que estava de pé em um labirinto gigante. Ele cintilou, fazendo uma curva, depois outra. No entanto, ainda podia ouvir a serpente sibilando e o rato guinchando, apesar de não conseguir mais vê-los.

E então seu avô estava lá, de pé logo adiante dele no labirinto, igual ao sonho que tinha tido no avião. O simpático velhinho parecia estar tentando lhe dizer alguma coisa. Dessa vez, contudo, Steven não conseguia entender as palavras. O rosto do avô não entrava em foco e suas palavras soavam como uma velha gravação que tinha sido desacelerada demais.

– Não consigo ouvir – disse Steven. – Não entendo o que o senhor está tentando me dizer.

A serpente sibilou atrás de Steven outra vez, e ele ficou imediatamente em pânico, com medo de se virar...

... e então acordou com uma batida à porta.

– Ei! Você está vivo aí dentro? – Ele reconheceu a voz de Jasmine do outro lado. – Carlos está nos chamando.

– Já vou! – avisou Steven.

Ele levantou-se de um pulo e esticou-se todo para despertar, sufocando seus sonhos, então foi até o banheiro, com a mesma sensação de que aquele era o seu quarto, o lugar onde ele ficava completamente à vontade.

Enquanto trocava de roupa, percebeu que ainda não conseguia ver o avô com clareza em sua mente. As imagens do rato e da serpente, porém, permaneceram. Como monstros escondidos nas sombras, à espera do melhor momento para atacar.

CAPÍTULO VINTE E CINCO

A ELEGANTE AERONAVE CINZENTA desceu em meio às nuvens, balançando e tremulando na tempestade. Ventos fortes sopraram primeiro em uma direção, depois em outra, enquanto gelo batia contra as grandes asas.

Ao alcançar a altitude de quinhentos pés, o avião flutuou no ar enquanto uma escotilha deslizava e se abria na parte inferior. Três figuras usando roupas para neve e óculos de visão noturna desceram, escorregando lentamente por cordas para a tundra gelada.

Josie fez uma careta quando os uivantes ventos abaixo de zero a acometeram. Olhando para trás, ela viu Malik e Vincent – Boi e Macaco – seguindo em suas próprias cordas, logo acima dela. Mas faltava alguém.

– Cachorro! – chamou ela na direção do avião. – Rápido!

As palavras dela quase sumiram em meio ao ruído do vento, mas Josie sabia que o Cachorro a escutara pelo rádio instalado no uniforme da Vanguarda. A Vanguarda sempre tinha os melhores equipamentos.

Eles se aproximavam cada vez mais rápido do chão, e nem sinal do Cachorro. Josie se virou e gritou para cima:

– Cachorro? *Nicky?*

– Ele é um inútil – disse a voz de Vincent pelo rádio. – Você deveria tê-lo colocado numa coleira.

O capacete de Vincent lhe cobria o rosto, mas Josie sabia que ele estava dando um sorriso sarcástico por trás do equipamento.

O vento empurrou Vincent suspenso na corda e ele foi para junto de Josie, quase colidindo com ela.

– Talvez *você* precise de coleira – disparou ela, afastando-o com um tapa. – Cachorro! *Agora*, pode ser?

Um rugido encheu o ar, fazendo-se audível apesar do vento ensurdecedor. Uivando, o Cão saltou para fora do avião, vestindo apenas um colete de combate e calças por cima da pelagem espessa. Ao contrário dos outros, ele não estava preso a uma corda. Em queda livre, pareceu parar por um momento logo ao lado de Josie, para então despencar rumo ao chão.

Josie fez uma careta enquanto assistia a silhueta do Cachorro desaparecer em meio à tempestade. Ela nem conseguia ver o chão através do gelo e da neve. Já tinha ouvido falar que gatos sempre caem de pé, mas não sabia se o mesmo valia para os cães. Ou super-humanos com poder do Zodíaco.

– Boi – chamou ela. – Você pode visualizar as formações no solo? Estamos acima do quartel-general deles?

Malik, o agente Zodíaco conhecido como Boi, semicerrou os olhos, lendo um aparelho que trazia no pulso.

– A tempestade está mexendo com os instrumentos – respondeu ele, com a voz calma e estável de sempre. – Sei que estamos perto, porque a energia Zodíaco ainda está registrando, mas é difícil localizar com precisão nesta bagunça.

– Não viaje – reclamou Vincent. – Com nossos poderes, teremos essa molecada embrulhada e entregue a Maxwell antes da sobremesa, a qual você me prometeu, lembra? Por algum motivo, eu desenvolvi uma apreciação estranha por sundaes de banana.

Josie suspirou. Ela trabalhava para a Vanguarda havia muitos anos, e tinha visto combates em cinco países diferentes. Ao longo desses

anos conheceu Malik, e eles executaram algumas operações de combate juntos. Ele era um soldado leal, confiável e fácil de se relacionar. Ela confiava nele, na medida em que conseguia confiar em alguém.

Por outro lado, Vincent – o Macaco – era um notório desapontamento. No passado, Josie já tinha sido enviada mais de uma vez para livrá-lo de alguma situação difícil. E Nicky, o Cachorro, não estava se saindo muito melhor. Josie se perguntava se o veriam de novo.

Josie falou pelo rádio, forçando a voz a um tom grave para soar durona.

– Poderes do Zodíaco não tornam ninguém um bom soldado – disse ela. – Concentrem-se na missão em questão.

– Que tal a gente se concentrar no chão? – rebateu Vincent, apontando para baixo. – Porque tenho a impressão de que já posso vê-lo.

Josie olhou para baixo e viu que se aproximavam de uma camada de gelo, então se balançou na corda, soltou-a e rolou pelo chão como uma bola. Ela aterrissou apoiando-se nas mãos primeiro, galopando adiante para reduzir o impacto da queda. A silhueta etérea de um cavalo apareceu brevemente, relinchando ao redor dela, depois sumiu quando ela parou.

O granizo que caía batia forte em suas bochechas expostas. Com um choque, ela se deu conta de que mal sentia as pedrinhas congeladas. *Esse poder realmente me transformou,* pensou ela. *Assim que tivermos reunido o restante dos jovens com o poder do Zodíaco, Maxwell será invencível.*

Por alguma razão, aquele pensamento a deixou inquieta.

Malik tropeçou quando aterrissou ao lado dela, mas rapidamente recuperou o equilíbrio. Vincent rolou em seguida, apoiando-se nas mãos, nos pés e novamente nas mãos, exibindo suas recém-descobertas habilidades de Macaco.

– Olhem para mim! – vangloriou-se ele. – Ei, caras, olhem só isso!

Josie sentia uma enxaqueca iminente. Ela já tinha perdido um membro da equipe, e tinha agora ganas de assassinar outro. E a missão mal tinha começado.

– Certo – disse ela. – Vocês todos conhecem o plano: é entrar e pegar. Invadam o quartel-general, capturem os seis Zodíacos e saiam o

mais depressa que puderem. Sem distrações, sem objetivos secundários.

– A única com quem vocês precisam se preocupar é Jasmine – continuou ela, após olhar para a equipe. – Ela tem o poder do Dragão, além de treinamento Vanguarda. Maxwell tem um plano para lidar com ela, mas não podemos depender disso. Temos que acabar logo com ela.

– Tem civis lá dentro – comentou Malik. – E se eles atrapalharem?

– Não os confrontem se não for necessário, mas a missão vem em primeiro lugar – retrucou Josie. – Isso deve ser como uma ida rápida ao supermercado, pessoal. Conforme as informações que temos, os poderes deles são mais fracos que os nossos, e somos veteranos treinados em combate, enquanto que eles são apenas crianças.

Vincent olhou ao redor.

– E Nicky? Ele provavelmente está espatifado em algum lugar neste gelo todo…

Um rugido familiar se fez ouvir sobre a tempestade. Josie se virou, alarmada, sacando a arma no momento em que Nicky saltou de trás de uma elevação. A imagem do Cachorro surgiu acima dele, uivando junto com Nicky.

Josie suspirou e guardou a arma.

– Cara – admirou-se o Macaco. – Você está vivo!

Leve como o ar, Nicky pousou sobre as quatro patas. A seguir, endireitou-se e rosnou baixinho, contraindo as feições. Enquanto Josie observava, sua forma de Cachorro foi se dissipando e o pelo retrocedeu de seu rosto e corpo.

– Cara, está frio aqui – disse ele. – Especialmente sem a minha pelagem!

Josie foi até ele pisando firme e lhe desferiu um vigoroso tapa no rosto. Nicky ganiu, surpreso.

– Você se desviou da missão – reclamou Josie. – Faça isso de novo sob meu comando, e sua próxima incumbência será perseguir carros na rodovia. Entendeu?

Nicky fez que sim, sem dizer nada.

Malik se aproximou, tirando neve dos olhos enquanto mexia no localizador GPS em seu pulso.

– Ainda não consegui encontrar nada nessa confusão – disse ele. – Desculpe.

Nicky sorriu.

– Bem – disse ele –, então é bom você ter um Cachorro indisciplinado na equipe de seus bons soldados, chefe. Porque *eu sei* onde é o quartel-general deles.

Antes que Josie pudesse dizer qualquer coisa, Nicky enrugou o rosto de novo. Então a pelagem voltou a se alastrar por seu corpo, e a energia Zodíaco o envolveu. Ele se deixou cair de quatro e correu por ali em um círculo.

Vincent riu.

– O que ele está fazendo?

Nicky, o Cachorro, ergueu-se sobre duas patas e farejou o ar. A tempestade ainda bramia, e Josie não conseguia enxergar três metros adiante. Nicky se virou devagar, no mesmo ponto, e parou, totalmente imóvel. Ele ergueu a mão peluda e apontou ao longe.

– *Rrrrrrraurrrrrr!* – rosnou ele. E então disparou numa corrida.

Josie franziu a testa. Ela vinha esperando havia anos para comandar uma equipe de campo da Vanguarda. Mas aquele definitivamente *não era* o tipo de equipe que ela imaginara.

Dando de ombros, apontou para a direção que Nicky havia tomado.

– Vamos lá – disse, arrojando-se à tempestade.

CAPÍTULO VINTE E SEIS

– E AQUI ESTAMOS – disse Jasmine. – Este é o coração da nossa operação: a Sala de Guerra.

Steven olhou para a sala ao seu redor. Era ampla, mas baixa, com alguns computadores agrupados no centro. Fios pendiam do teto, e uma porção de mesas antiquadas se acumulava em um canto. Uma tela gigante de LCD cobria uma das paredes.

Havia uma profusão de cadeiras, mas apenas uma delas estava ocupada – por Dafari, o homem que Steven tinha conhecido no laboratório. Carlos estava de pé atrás dele, apontando algo em uma tela e falando em voz baixa.

– Steven! – Uma voz o chamou. Ele olhou para o outro lado da sala, para as mesas antigas, bem a tempo de ver uma figura surgir de repente. Um centésimo de segundo depois, Kim ressurgiu ao lado dele. *Puf*. Steven deu um pulo.

– Desculpe – disse ela. – Eu não queria assustá-lo. Este lugar não é *incrível*?

Jasmine foi até onde Carlos estava e apontou algo na tela do tablet que ele trazia nas mãos. Quando ele tocou na tela do aparelho, letras grandes surgiram na parede:

A.R.E.R.E.Z
Armada de
Resposta
Emergencial &
Reação
Espetacular do
Zodíaco

Jasmine franziu o cenho.

– Outro nome para o grupo?

– Isso é, hã, desculpe – Carlos digitou freneticamente algo no tablet. – Eu não queria que ninguém visse isso ainda.

– Posso entender o porquê.

As letras desapareceram – e então a tela faiscou e se apagou, com um sopro de fumaça projetando-se dela.

Jasmine fez uma careta.

– Nós realmente precisamos arranjar brinquedos novos.

Carlos balançou a cabeça e foi até a tela. Ao puxar um fio, outra faísca precipitou-se pelo ar. Steven, Kim e Jasmine se encolheram.

– Por favor, não incinere a Sala de Guerra – pediu Jasmine.

Carlos, no entanto, apenas segurou um segundo fio que soltava centelhas e sorriu. Ele uniu os dois fios e a tela piscou, religando.

Steven levou um momento para entender a imagem na tela. Era uma longa cena de uma tempestade cegante de neve, com gelo e vento chicoteando impiedosamente para todos os lados.

– Tempo péssimo aí fora – comentou Jasmine. – Chegamos em casa bem a tempo.

– Não estou preocupado com a tempestade – disse Carlos, manipulando informações na tela do tablet. – Na telona, a imagem foi ampliada para mostrar o exterior do quartel-general, e seus contornos quase invisíveis através do vento e do gelo. Do topo, o lugar parecia uma colina baixa e achatada.

– Difícil conseguir leituras – continuou Carlos.

– Se fosse fácil, todo mundo conseguiria. – Jasmine sorriu. – Não apenas a AREREZ.

Carlos lançou a ela um olhar de censura e continuou trabalhando.

Liam e Roxanne entraram na sala.

– Então é aqui que você fazem os donuts... – brincou Liam.

Duane, o Porco, parou na entrada, com os olhos arregalados. Ele foi até a tela na parede e tocou os cabos que dali pendiam.

– Duane – advertiu Carlos –, tenha cuidado com o seu poder, por favor. Esse sistema mal se aguenta como está.

Duane assentiu, distraído, e começou a dar uma volta na sala, acompanhando com os dedos o caminho dos fios.

– Ali – disse Jasmine, apontando para o tablet. – São essas as assinaturas de energia?

Carlos concordou e tocou o tablet outra vez. Na tela da parede, um agrupamento de ícones formando a letra "Z" apareceu em um lado do quartel-general. Os ícones oscilaram e tremeram, e dois deles se apagaram por um instante, depois ressurgiram.

– Quatro agentes Zodíaco – disse Carlos. – Talvez cinco. Mas não consigo captar uma imagem precisa deles nessa tempestade.

– É com isso que eles contavam, não é? – disse Liam. – Meu tio Johnny esperava até os inimigos estarem bem bêbados, então os surpreendia e lhes dava umas cabeçadas. Eles não conseguiam se mover rápido o suficiente para se desviar.

– O que vocês fazem quando esse tipo de coisa acontece? – perguntou Steven. – Colocam o quartel-general em alerta ou algo assim?

Uma coluna de três janelinhas apareceu na lateral da telona. Duas das novas imagens mostravam duplas de guardas armados, usando pesados casacos de inverno, postados ao longo da parede exterior do complexo. A terceira mostrava outro grupo de guardas se protegendo sob o teto achatado e coberto de gelo. O vento rodopiava a neve por ali, escondendo os guardas de vista e revelando-os de novo.

– A equipe inteira está de guarda, dentro e fora do complexo – disse Carlos. – É por isso que a Sala de Guerra está com uma equipe mínima. Mas os ventos estão tão fortes que não sei se nosso pessoal conseguiria ver um inimigo se aproximando.

Steven pensou ter reconhecido Mags, a mecânica, em serviço de guarda no teto. Contudo, era difícil dizer, por causa dos casacos grossos e a tempestade rugindo.

Duane estava de pé no extremo mais distante da sala.

– O que tem do outro lado desta parede? – perguntou ele.

– O hangar – disse Carlos. – Ele se estende por dois andares, até o teto. É onde guardamos os helicópteros e aviões.

– Se *tivéssemos* aviões... – acrescentou Jasmine. – Escutem, ter visto nossos atacantes se aproximando é apenas uma parte do nosso problema. O caso é que o nosso pessoal não é treinado para se defender de um esquadrão de agentes com poder do Zodíaco.

– Senhora? Não foi por isso que fomos recrutados...

Jasmine, Carlos e Steven se voltaram ao ouvirem a voz de Kim, entretanto a garota já tinha sumido. Steven ouviu um *puf* e se virou, a tempo de vê-la ressurgindo em frente à tela na parede.

– ... para usar nossos poderes Zodíaco? – completou Kim.

Duane e Liam foram rapidamente até onde a garota estava. Roxanne os seguiu, olhando com cautela para Jasmine. Quando estavam todos reunidos, Steven foi até lá para ficar diante deles, de frente para Carlos e Jasmine.

– E aí? – perguntou ele.

Jasmine os encarou por um longo instante. A energia do Dragão começou a tomar forma ao redor dela, com mandíbulas ferozes e escamas se formando acima de sua cabeça. Ela se elevou alguns centímetros do solo.

– Não – disse ela. – Vocês não estão prontos.

Roxanne jogou as mãos para o alto, e Steven teve a nítida impressão de ter ouvido um cacarejar.

Steven sentiu a energia insurgindo dentro dele. O poder ondulou sobre sua pele, vertendo para se tornar um tigre furioso. Ele se virou para Jasmine e rosnou.

Jasmine retraiu-se, então a silhueta do Dragão piscou e quase desapareceu. Jasmine cerrou os dentes, e o Dragão voltou à vida, abrindo as mandíbulas em um berro silencioso.

Eles se encararam por um longo momento. Jasmine lhe dissera várias vezes que o Dragão era o signo mais poderoso de todos. O Tigre era forte e ligeiro, mas o Dragão estava em outro nível.

Todavia, algo estava diferente agora. Algum instinto dizia a Steven que Jasmine não era tão imbatível quanto parecera antes. O Tigre rugiu dentro dele, ansioso para desafiá-la.

É assim que os animais agem, percebeu ele. *Quando o mundo fica perigoso em torno, quando predadores esperam logo além da entrada da caverna.*

Ou quando há disputa para liderar o grupo.

Jasmine relaxou a postura, então ergueu as mãos em um gesto conciliatório e deixou que a energia do Dragão se dissipasse aos poucos.

– *Eles* não estão prontos, eu quis dizer – corrigiu-se ela. – Os recrutas. E os agentes de Maxwell são muito mais fortes e habilidosos.

Carlos se aproximou, observando Jasmine com um olhar preocupado.

– Isso é parte do plano de Maxwell – disse ele. – Ele deliberadamente reuniu os poderes mais fortes do Zodíaco primeiro, para o caso de algo dar errado.

Steven cerrou os punhos.

– Sou tão poderoso quanto qualquer um deles – disse, com o Tigre ainda se agitando em volta dele, implorando para ser solto.

– Eu sei – concordou Jasmine. – É por isso que nós... *você e eu...* seremos a principal linha de defesa.

– Ah, pare com isso – disse Liam. – Não vim até aqui para me esconder. Fui um lutador a vida toda.

– Eu também nunca recusei uma batalha – disse Roxanne, segurando um microfone imaginário na mão. – Isso é apenas um poder, e não um microfone.

– O motivo de estarmos aqui – acrescentou Kim – não é ajudar?

– Vocês estão aqui para que possamos mantê-los a salvo! – exclamou Jasmine.

– Jaz – Carlos chamou a atenção dela com voz ansiosa, e apontou para a tela na parede.

Duas das câmeras que mostravam imagens dos guardas lá fora foram desligadas. Enquanto o grupo observava as imagens fornecidas pelas outras, uma terceira ficou com a tela escura e desligou-se, emitindo um ruído por conta da estática.

Roxanne deu um passo adiante, colocando-se entre Jasmine e Steven.

– Seja lá qual for o plano, talvez esteja na hora de colocá-lo em prática.

– O plano é Steven levar vocês quatro ao porão, para ficarem protegidos no *bunker* – disse Jasmine. – Depois volte para cá, Steven, *sozinho*, o mais rápido que puder.

– E enquanto isso? – retrucou Steven. – Você vai enfrentar sozinha a equipe inteira do Maxwell?

Jasmine se elevou no ar. A silhueta do Dragão apareceu acima dela, cintilando e tremeluzindo de energia.

– Eu sou o Dragão – disse ela. – Lembra?

Dessa vez, Steven pôde ver claramente o esforço no rosto dela. Jasmine estava fazendo uma exibição, expondo dramaticamente seu poder, muito mais fraco agora do que antes.

– É mesmo? – perguntou Steven. – De verdade?

Os olhos dela faiscaram de raiva, espelhada na expressão do Dragão. Ela voltou para o chão, deixando a energia se apagar. Em seguida, agarrou o ombro de Steven em um aperto rígido como aço e o arrastou para o canto mais distante da sala.

– Hã, o quartel-general provavelmente está sob ataque neste momento... – advertiu Carlos. – Só para lembrar.

Assim que ficaram a uma distância em que não poderiam ser ouvidos pelos outros, Jasmine se debruçou para falar com Steven.

– Não há tempo para discussão – ela disse, ansiosa, em tom de urgência. – Os recrutas *não estão* preparados. A maioria não teve nenhum tipo de treinamento em...

– Eu não estou preocupado com eles – Steven a interrompeu. – E sim com você.

Jasmine piscou.

– Sei que você está mais fraca do que era – continuou ele. – Posso perceber.

– Não estou, não!

Porém, quando Jasmine lhe deu as costas, ele soube que tinha razão.

– O que está havendo? – perguntou ele.

– Maxwell está fazendo alguma coisa – disse ela em voz baixa. – Está sugando minha energia, tirando-a de mim de volta para ele. Você deve se lembrar de que Maxwell e eu *partilhamos* do poder do Dragão.

– Se você tentar enfrentar todos eles, vai se machucar – advertiu Steven, com a voz entrecortada. – Você não tem como impedi-los sozinha.

– Eu preciso fazer isso!

Então, gritos repentinos chamaram a atenção deles, e ambos se viraram. Dafari, o técnico, repreendia aos berros Duane, que havia se debruçado sobre seu console e apontava para a tela.

– Estou trabalhando, senhor Porco – reclamou Dafari. – Pode me deixar em paz?

Duane apenas balançou a cabeça.

– Mas aquele aumento de energia. Está *dentro* do prédio...

A parede oposta explodiu, desabando para dentro com um estrondo ruidoso. Poeira e gesso encheram o ar. Steven tossiu e se escondeu atrás de uma mesa.

Quando olhou para cima, percebeu uma figura enorme que se agachava para ver além de um buraco na parede: Cavalo, a líder da equipe de campo de Maxwell. Steven ainda não tivera a oportunidade de conhecê-la, mas Jasmine havia contado sobre o confronto na frente do pub, lá na Irlanda. Cavalo analisou a sala, abanando o rosto para afastar a poeira.

E então o restante da equipe de Cavalo se aproximou, reunindo-se atrás dela. Primeiro surgiu um homenzarrão de bigode, que devia ser o

Boi, em seguida o Macaco e então o Cachorro, que eles já conheciam, coberto de uma pelagem amarelada.

Quatro deles, pensou Steven. *Quatro dos mais potentes signos do Zodíaco, todos com o mesmo objetivo: nos capturar e levar para Maxwell.*

Steven cerrou os punhos, preparando-se para a luta da sua vida.

CAPÍTULO VINTE E SETE

O HANGAR ESTAVA PARCIALMENTE VISÍVEL atrás dos agentes da Vanguarda. Eles entraram por lá, Steven se deu conta, e invadiram por ali. A atmosfera da Sala de Guerra estava repleta de poeira.

– Steven? – sussurrou Kim.

Ele se virou e viu a garota agachada perto dele, atrás da mesa.

– Não tenha medo – Steven tentou tranquilizá-la.

– Não estou com medo – disse ela, mantendo a voz baixa. – Só não sei o que vamos fazer.

Os agentes estavam se reagrupando, espanando poeira das roupas. Eles veriam Steven e os outros dentro de alguns segundos.

Steven não conseguia ver Roxanne. Liam estava levando Duane pelas bordas da sala, na direção de Steven e Kim. Carlos e Dafari estavam agachados junto à parede oposta. E Jasmine…

Os agentes da Vanguarda se viraram, alarmados, quando Jasmine correu para cima deles. Ela alçou voo como um pássaro, com a energia do Dragão se espalhando ao seu redor.

– Vou lhes dar uma chance – disse ela para os invasores. – Saiam daqui. *Agora.*

Ela parecia tão brilhante e terrível como sempre, mas Steven sabia que aquilo era um blefe.

Cavalo gesticulou para sua equipe. Boi, Macaco e Cachorro começaram a se espalhar, formando um semicírculo.

– Jaz! – gritou Carlos. – Eles estão tentando cercá-la!

Ela se virou, alarmada, sem conseguir esconder a expressão de pânico.

– Carlos! *Caia fora daqui...*

O Cavalo saltou diretamente para o alto e agarrou Jasmine pelos ombros, esticando-se através da energia movediça do Dragão. O Cavalo fez um esgar de dor, e segurou Jasmine mais firmemente ainda, depois começou a arrastá-la para baixo.

O Boi aplicou um soco vigoroso no estômago de Jasmine. Ela se dobrou e caiu no chão, tossindo, e seu poder começou a se dissipar.

Os outros agentes partiram para cima dela. O Macaco saltou e fez piruetas, esmurrando e chutando Jasmine. O Cachorro uivou e rugiu, agredindo-a com as garras afiadas.

O poder dela falhou, pensou Steven. *Ela está indefesa.*

Kim apontou para Jasmine.

– Eles vão matá-la.

– Não – disse Steven. – Eles a querem viva. Querem todos nós vivos.

– Bem, não é o que está parecendo... – disse Liam. – Então, o que a gente faz?

Steven se voltou para olhar para eles. Duane e Liam tinham se esgueirado para junto de Kim, e os três o encaravam com expressões ansiosas e assustadas.

– Steven? – disse Kim.

Steven os fitou. *Não sei*, pensou ele. *Não sei o que fazer.*

Ele fez menção de dizer alguma coisa, qualquer coisa. Mas antes que pudesse falar, um golpe brusco atingiu-o na nuca. Ele gritou e caiu no chão.

Em meio a uma névoa de poeira, viu a figura calma e enorme do Boi segurando um analisador portátil sobre ele.

– Peguei ele! – gritou o Boi.

O Macaco saltitou até lá, sorrindo.

– É divertido bater em crianças! – ele disse sarcasticamente para o Boi. – Não é?

– Não, não é. Isso é uma obrigação profissional – retrucou o Boi. – Faça o seu trabalho e capture os alvos.

Steven seguiu a direção que o Boi indicava com o dedo, apontando para os outros membros da equipe. Eles assistiam a tudo, congelados e apavorados.

– Fujam! – gritou Steven. – Sumam daqui!

Duane e Liam dispararam, correndo na direção das portas. Kim, no entanto, demorou-se por um momento, fitando Steven com olhos preocupados.

E então o Cachorro, o agente da Vanguarda coberto de pelos, saltou para encarar Kim diretamente. Ela congelou. O Cão rosnou, um som grave e prolongado que lentamente se dissolveu em uma única palavra, já conhecida:

– *Coeeeeeeelho?*

Kim chispou e desapareceu. *Puf*.

O Cachorro se esticou e deu um golpe no ar, passando a pata pelo lugar onde Kim estivera apenas um instante antes.

– *Coooooeeelho!* – repetiu ele inconformado.

Em seguida, farejou o ar e saiu em disparada, apoiando-se sobre as mãos e os pés, na direção da porta.

O Cavalo correu para perto do Boi e do Macaco.

– Vão atrás daqueles dois – disse ela. – Eu vou procurar a francesa.

O Boi gesticulou para Steven.

– E esses dois aqui? O cara e Jasmine?

Cavalo encarou Steven, desconsiderando-o com uma olhada.

– Eles vão ficar bem – disse ela.

Steven tentou dizer algo, mas entrou poeira em seus pulmões. Tossindo, ele fez um esforço para se erguer do chão. O Boi estendeu o braço e atingiu Steven na nuca num movimento casual.

– Apenas uma obrigação profissional – disse o Boi.

Enquanto tombava, o último pensamento de Steven foi: *eu fracassei. Fracassei com todos eles.*

E então chegou ao chão e ficou imóvel.

Puf! Kim apareceu em pleno ar, encolhendo-se toda quando o vento e o gelo a atingiram. Então caiu no chão, aterrissando desajeitadamente em um amontoado de neve.

Ótimo, pensou ela. *Talvez me teletransportar aleatoriamente não seja a melhor ideia.*

Ela cuspiu neve, ficou de pé e se limpou. A tempestade já estava passando. Ainda caía gelo do céu, mas o vento estava mais fraco do que antes. Um tênue raio de sol forçou passagem por entre as nuvens.

Kim moveu-se abruptamente, tonta. Steven e Jasmine tinham prometido treiná-la, ensiná-la a usar seus poderes sem ficar desorientada, para ampliar seu alcance. Porém, ainda não tinham tido oportunidade para isso.

Acho que era necessário somente um pânico cego. Ela pensou no Cachorro e estremeceu, tanto pela memória quanto pelo frio.

A névoa começou a desvanecer, revelando a lateral do monte gelado que ocultava o quartel-general, a cerca de trinta metros dali. Uma dupla de guardas jazia, inconsciente, perto da passagem secreta. Pelo menos Kim *esperava* que estivessem inconscientes, e não mortos. Ela se esgueirou para dar uma conferida...

... e então a porta secreta rangeu, elevando-se lentamente para abrir passagem. Antes que estivesse na metade, o Cachorro saiu saltando e farejando o ar, dirigindo-se diretamente para sua presa.

– *Coooooooeeelho!* – rosnou ele.

Kim parou, estática. Seu primeiro instinto foi correr ou dar um *puf* e desaparecer dali. Era o mesmo instinto que tivera em casa, quando o pai parou de tomar os remédios e começou a quebrar as coisas, ou toda vez que via uma loja antiga encerrando as atividades, ou outro parque ser fechado porque a cidade não podia manter o funcionamento.

Como Steven disse, Kim era boa em fugir. E também era cuidadosa.

Ela se manteve firme, esperando que o Cachorro chegasse mais perto. Finalmente, ele saltou no ar, com as garras erguidas para atacar. Kim sorriu, saltou para cima e *puf*.

O Cachorro caiu de cara no gelo. Ele chacoalhou a cabeça e olhou ao redor, tonto.

– Cachorrinho bobo – disse Kim, acenando para ele a alguns metros de distância. – Você caiu com esse focinho cor-de-rosa no chão?

O Cachorro rosnou e ficou de pé, chacoalhando as orelhas compridas para se livrar da neve. Kim engoliu em seco e deu uma espiada no o complexo. *Não consigo fazer o caminho todo de volta*, ela se deu conta. *Estou fraca demais para um salto tão grande.*

Talvez eu precise de mais treino, no fim das contas.

O Cachorro a atacou de novo.

– Você tem um sério problema de autocontrole – criticou ela. – Já pensou em fazer algumas aulas de obediência?

Quando o Cachorro tentou golpeá-la outra vez, Kim fez *puf* de novo, e reapareceu a apenas alguns metros atrás dele. Ele rosnou, virou-se e insistiu no ataque.

Puf.

Puf.

Puf.

Repetidas vezes, o Cachorro rosnou e golpeou o ar com as garras cortantes. E em todas as vezes Kim desapareceu, ressurgindo em um ponto além do alcance dele. Mas cada salto a levava a uma distância mais curta.

Estou ficando cansada, pensou ela. *Se ele me pegar, não vou conseguir me teletransportar, só consigo fazer isso quando estou em movimento. Mais cedo ou mais tarde ele vai pôr as patas em mim.*

E daí, o que vai acontecer? Ele vai me entregar a esse misterioso Maxwell? Ou... vai simplesmente me devorar viva?

Frustrado, o Cachorro babava, enquanto sua presa sumia novamente. *Puf.*

– *COOOOEEEEEELHOO!* – ele uivou ensurdecedoramente, então girou em um círculo e atacou.

Mais uma vez, Kim fechou os olhos e desapareceu. *Puf.*

CAPÍTULO VINTE E OITO

ROXANNE CORREU ESGUEIRANDO-SE pela parede do enorme hangar, movendo-se com a elegância de uma bailarina por escadas, empilhadeiras e helicópteros. Ela lançou um olhar preocupado para trás, na direção do rombo na parede, que levava à Sala de Guerra. Podia ouvir estrondos e gritos, mas daquele ângulo não conseguia enxergar o que estava acontecendo.

Ela fugira, torcendo para ganhar algum tempo para pensar. Agora, estava agachada, escondida atrás de um helicóptero pequeno, a mente em disparada. Não sabia o que fazer. Jasmine e os outros evidentemente precisavam de ajuda, mas ela não era páreo para os poderosos agentes da Vanguarda.

Parece que vou sair em carreira solo por enquanto, pensou ela.

Roxanne tinha duas opções: lutar ou fugir. Ela olhou para o teto. Havia ali uma portinhola oculta para as aeronaves entrarem e saírem do hangar, que estava semiaberta agora – os agentes da Vanguarda deviam tê-la forçado para entrar pelo teto. Gelo e neve rodopiavam pela abertura, esfriando o local. A tempestade, porém, parecia estar cessando.

Diretamente abaixo da portinhola estava um grande helicóptero de combate, circundado por uma cerca temporária de metal de um metro e oitenta. Uma placa na cerca advertia: HELICÓPTERO MI-17 DESATIVADO PARA REPAROS/PROIBIDA A ENTRADA.

Roxanne se voltou para um helicóptero menor, um Little Bird MH--6 de apenas dois lugares. Ao contrário do MI-17, o Little Bird podia voar. Roxanne, contudo, não sabia pilotar, e mesmo que conseguisse decolar com ele, a portinhola lá no alto estava apenas semiaberta. O Little Bird provavelmente não passaria por ali.

O único outro veículo no salão era um pequeno avião de decolagem vertical, com suas várias peças espalhadas pelo chão: dois rotores gigantes, algumas barbatanas de formato esquisito, um corpo tubular espesso partido ao meio. Mags estava no processo de montá-lo com peças sobressalentes, e ainda não estaria pronto para voar pelas próximas semanas.

Roxanne analisou o grande helicóptero MI-17, erguendo os olhos para a portinha no teto. *Se eu conseguisse escalar a cerca e subir no teto do helicóptero*, pensou ela, *poderia escapar pela portinhola. Daí talvez eu pudesse buscar ajuda.*

Em seguida, lembrou-se de onde estava: completamente isolada no meio do gelo da Groenlândia, a centenas de quilômetros de qualquer povoado. Para onde poderia ir?

Ela escutou um barulho vindo da Sala de Guerra. Alguém se aproximava.

De súbito, a despeito das circunstâncias desfavoráveis, Roxanne percebeu que estava sorrindo. Ela se sentia energizada, como sempre ficava antes de uma apresentação. Cheia de adrenalina. Deu a volta correndo para o lado mais distante do helicóptero, e então saltou na cerca em torno dele. Ela agarrou o topo da cerca, mas escorregou e foi para trás, caindo sentada.

– Garota Galo? É você?

A voz era grave e feminina. Roxanne não conseguia ver quem falava com ela por trás do corpo do helicóptero, mas sabia que era Josie, o Cavalo e líder da equipe de campo da Vanguarda.

– Você não pode lutar conosco – continuou Josie. – Somos mais fortes que vocês, e melhor treinados. Também sabemos tudo a seu respeito... *chérie.*

– Eu também sei quem você é! – gritou Roxanne. – Josie, não é? Você não é tão valentona sem os seus capangas.

A voz de Roxanne ecoou no grande salão, ocultando sua posição. Mas ela sabia que soava assustada e se odiou por isso.

– Desista agora – retrucou Josie –, e você não vai precisar descobrir o quanto eu sou valentona.

O Cavalo soava mais perto agora. Ela devia estar se aproximando pelo lado oposto do helicóptero. Roxanne se moveu seguindo o exterior da cerca. Sua única chance era manter o corpo do helicóptero entre ela e a atacante.

– Maxwell não é um cara mau, sabia? – prosseguiu Josie. – Ele tem um plano para os poderes do Zodíaco. Na verdade, é o único que sabe como controlar isso.

Cerrando os dentes, Roxanne saltou para o alto de novo e se agarrou ao topo da cerca. O metal se enterrou em seus dedos, cortando-os profundamente, mas ela aguentou a dor com um grunhido, saltou sobre a cerca e aterrissou na prancha lateral do helicóptero. Recostou-se contra o corpo do helicóptero, ofegante.

– O que Jasmine lhe disse? – perguntou Josie. – Que ela e o namoradinho, Carlos, revoltaram-se contra o grande e mau Maxwell? Não é tão simples assim, garota.

Galo lembrou-se do pai a chamando de *garota*, muito antes de ele partir de vez. Ela não gostava disso à época, e não gostava nem um pouco agora.

Cavalo ainda estava no lado oposto da sala – ela não vira Roxanne ainda. Do modo mais silencioso que conseguiu, Roxanne começou a escalar o casco do helicóptero.

– Acho que você sabe que eu tenho razão – persistiu Josie. – Não dá para confiar em Jasmine. O quanto você conhece essas pessoas, afinal?

Roxanne parou de súbito, no meio da subida da fuselagem do helicóptero. Ela se virou para olhar para baixo, do outro lado da aeronave, e seus olhos capturaram os do Cavalo. A agente da Vanguarda estava no lado oposto da cerca, perto do rombo na parede.

– Você é uma hipócrita, *Josie* – disse Roxanne, surpresa com a raiva que transpareceu em sua voz. – Exatamente como todo adulto que eu já conheci. O quanto você conhece o *seu próprio* pessoal?

Por apenas um segundo, ela pensou ter visto uma sombra de dúvida atravessar o rosto da mulher. Então, tão depressa quanto surgiu, desapareceu.

– E você, Roxanne, é uma ingênua – rebateu Josie –, por baixo de toda essa maquiagem e atitude. Eu vou lhe dar uma chance: desça daí pacificamente e nós discutiremos isso no quartel-general da Vanguarda.

Roxanne ficou imobilizada por um instante prolongado. Ela olhou para cima rapidamente, encolhendo-se quando uma rajada de ar gélido soprou pela portinhola do teto. Odiava admitir, mas as palavras de Josie tinham acertado o alvo.

Eu só concordei em vir para cá para treinar, pensou ela, *e porque mamãe... não me queria mais. Eu não tinha para onde ir.*

Eu mal conheço Steven e os outros... Será que vale a pena arriscar a vida por eles?

Por outro lado...

– Talvez eu não confie em Jasmine – disse Roxanne. – Mas com certeza não confio *em você.*

Ela se virou e voltou a subir. Acima dela, a portinha estava aberta. Apenas mais alguns metros e...

Josie deu de ombros.

– Eu tentei.

Ela recuou alguns metros, depois disparou adiante, a energia Zodíaco formando a silhueta de um cavalo ao seu redor. Ela saltou sobre a cerca em um único movimento, como se estivesse correndo com obstáculos.

Roxanne subiu mais alto. Ela se agarrou ao rotor superior do helicóptero...

... exatamente ao mesmo tempo em que o Cavalo pousava no helicóptero, alguns metros abaixo. O Cavalo se afastou um pouco e *deu uma cabeçada* no helicóptero, com tanta força que a estrutura inteira tremeu.

Roxanne escorregou, quase se soltando.

Com a segunda cabeçada do Cavalo, ela caiu. Enquanto Roxanne descia diretamente na direção do Cavalo, teve tempo para um único pensamento:

Hora do show.

Roxanne virou a cabeça e emitiu um grito sônico cortante, e a silhueta do Galo surgiu ao redor dela. O Cavalo se abaixou e rolou com facilidade para o chão no interior da cerca de madeira. Errando o alvo, o ataque sônico atingiu a cerca e abriu um buraco nela.

Ainda caindo, Roxanne emitiu mais dois gritos. O quarto atingiu o helicóptero, despedaçando uma janela. Fragmentos de vidro voaram no rosto de Josie, cegando-a por um momento.

O grito seguinte atingiu o Cavalo de frente. Josie recuou, oscilando.

Roxanne girou o corpo em pleno ar. *Tenho que aterrissar de pé*, pensou ela.

Josie, no entanto, a segurou pelos braços, sacudindo-a no ar. Roxanne viu a fuselagem metálica do helicóptero se aproximando rapidamente em um borrão verde e preto. Em seguida, seu corpo todo se contraiu de dor.

– Você tem poder, garota – ela ouviu Josie dizer. – Mas não faz ideia de como utilizá-lo. Não se preocupe, nós vamos garantir que isso seja transferido para alguém que o mereça.

Roxanne sentiu um lampejo de fúria. *Eu não pedi este poder*, pensou ela. *Não queria ver minha carreira, muito menos a minha vida, esmagada como uma guitarra no palco. E com certeza não quero morrer na* Groenlândia!

E de súbito veio a escuridão.

Quando Roxanne voltou a si, o Cavalo a arrastava pelo chão de volta para a Sala de Guerra. Roxanne se debateu, tentando desvencilhar-se, mas seus braços e suas pernas tinham sido amarrados com uma corda. Ela tentou pigarrear para soltar um grito sônico, mas tossiu e sentiu gosto de couro. Josie também a tinha amordaçado.

– Eu estava falando sério, Garota Galo – disse Josie. – Você é uma ingênua. Mas até os ingênuos fazem escolhas erradas às vezes.

Isso não acabou, pensou Galo. *Você não sabe com quem se meteu, Josie. Quando eu me livrar desta, eu vou... eu vou...*

O desespero a invadiu. Ela estava indefesa, incapaz de se mover.

Agora tudo está por conta deles, pensou ela. *Dos outros. Steven, Jasmine, Liam, Kim e Duane.*

Naquele momento, Roxanne sentiu saudades de tudo em sua vida antiga. A guitarra, a banda, sua cama com o vasinho de flores no criado-mudo... e principalmente da mãe. Sentiu um ímpeto terrível de fugir, de deixar tudo aquilo para trás e correr o mais longe e rápido que pudesse. Mas era tarde demais. Com as cordas que a prendiam e a mordaça bloqueando-lhe o poder, ela não tinha como se mexer.

Quando recuperou a consciência, Steven também estava amarrado com cordas, envolto em uma série muito apertada de nós. Pedaços de gesso da parede e partes de computadores sujavam o piso da Sala de Guerra. Sons de luta vinham do outro lado da sala.

Ele se contorceu e remexeu, mas as cordas estavam muito apertadas. Sentiu um momento de pânico – mas então parou, fazendo esforço para se concentrar. Cerrando os braços com força ao redor do corpo, ele mentalizou: *Eu invoco agora o poder do Tigre*. Fez uma pausa. *Isso parece uma idiotice, mas talvez funcione!*

A energia se agitou através de Steven, do coração para o exterior, indo para as pernas e os braços. A energia do Tigre queimava, formando sua já conhecida manifestação acima e ao redor dele. Ele flexionou os músculos e abriu os braços, rompendo as cordas como se fossem espaguete.

Steven se levantou de um salto. Uma viga do teto havia caído, esmagando um grupo de computadores. Logo além, Carlos estava agachado, cuidando de Jasmine. Steven correu até eles.

Jasmine tinha cortes no rosto e nos braços, e parecia muito fraca.

– O poder – disse ela. – O poder do Dragão... se foi. Eu não consigo mais senti-lo.

Carlos deu batidinhas em seu rosto com um lenço, para enxugar o sangue.

– Tudo bem, Jaz. Fique quietinha.

– Dafari – disse ela. – Ele está bem?

– Sim – respondeu Carlos. – Eu o mandei até o porão, para preparar o... na verdade, eu também preciso ir. É importante. Sinto muito, Jaz...

– Tudo bem. – Jasmine sorriu. Com uma força surpreendente, ela estendeu a mão e agarrou o ombro de Steven. – Eu tenho o Tigre.

Steven esticou o braço e a puxou, para que ficasse em pé.

Carlos olhou de Steven para Jasmine, pensativo. Depois apertou a mão de Jasmine, abrindo um sorriso rápido e temeroso.

– Não morra – disse ele.

Jasmine o observou sair apressadamente, balançando a cabeça.

– Ele é tão romântico... – disse ela.

Steven olhou ao redor. A sala estava uma bagunça: fragmentos da parede caída, computadores esmagados. A tela da parede pendia, solta e rachada ao meio. Estranhamente, as mesas antigas no canto oposto ainda estavam intactas.

– Parece que eu fiquei apagado por um tempo – comentou Steven. – O que houve?

– Eles acabaram com o lugar, nos amarraram, depois foram atrás dos novatos. Mas não viram Carlos escondido nas sombras. Ele conseguiu vir até mim e me desamarrar.

– Os recrutas – disse Steven. – Eles me perguntaram o que fazer, e eu... eu não sabia o que dizer.

A lembrança voltou naquele instante. Os três rostos – de Liam, Duane e Kim – olhando para ele. Implorando por um guia, por uma liderança. Por algo que ele não podia lhes dar.

– Ei! – Jasmine lhe deu um soco forte no ombro. – Não entre nessa.

– O que eu faço? – perguntou Steven. – E, ai!!

– Vá ajudá-los!

– E você?

Jasmine franziu a testa e assumiu uma expressão zangada. Enquanto ela fechava os olhos com força, uma aura muito leve do Dragão começou a surgir em torno de seu corpo.

– Vamos – murmurou ela. – Vamosvamosvamosvamos...

Então ela ofegou, tossiu e se dobrou ao meio. A energia do Dragão desapareceu.

Steven estendeu a mão para ela.

– Estou bem – disse ela, dispensando o gesto. – Mas não serei de grande ajuda até conseguir meu poder de volta. É como uma... batalha entre Maxwell e eu, travada de cantos opostos do mundo. – Ela sorriu secamente. – Pensando bem, isso tem acontecido há muito tempo.

Steven franziu a testa. Mais uma vez, ocorreu-lhe que ela tinha mais histórias com Maxwell do que todo mundo sabia.

– Mas não se preocupe comigo – prosseguiu ela. – Você precisa dar atenção aos seus colegas de equipe. Vá ajudá-los.

– Eu não...

– Steven! – Ela praticamente gritou com ele. – *Ajude-os.*

Ele assentiu, então lhe deu as costas e saiu correndo.

Sua mente estava em disparada. Os recrutas tinham se espalhado – qual deles estaria precisando de sua ajuda com mais urgência? *O Carneiro é bem durão. O Porco não tem poderes físicos, então é vulnerável. Coelho é a mais nova. Mas o Galo...*

Enquanto ele passava pela porta, as palavras de Jasmine ecoaram novamente em sua lembrança: *Vá ajudá-los.*

Não havia mais tempo para dúvidas. Ele precisava agir.

Josie arrastou sua presa pelo piso da garagem. O Galo, amordaçado e amarrado, deslizava com facilidade pelo chão oleoso, grunhindo protestos abafados de tempos em tempos.

– Sabe – disse Josie –, se você fosse um Porco em vez de um Galo, seria um Porco Ensebado a esta altura.

Pare com isso, Josie advertiu a si mesma. *Está começando a falar como o Macaco. Essa equipe está me deixando louca.*

Ela partiu na direção da porta exterior da garagem, depois parou. Um jipe elétrico estava estacionado em um canto. Um cabo grosso o conectava a um grande sistema de recarga montado em uma caixa na parede.

Josie mudou de rumo, seguindo agora para o jipe.

– Mudança de planos, garota – disse ela. – Só preciso fazer uma ligação rápida.

Ela remexeu o interior da mochila e tirou de lá um fio curto, prendendo-o rapidamente ao analisador em seu pulso. Em seguida, puxou o carregador para fora do jipe. Com a outra ponta ainda conectada à parede, ela plugou o fio menor em uma pequena abertura no carregador.

Um holograma se ergueu do pulso de Josie e tremeluziu por um momento, acendendo uma luz azul, que se tornou vermelha e depois novamente azul. Então tomou a forma vaga e indistinta de Maxwell.

– Cavalo – disse ele. – Está tudo correndo de acordo com o planejado?

– Sim, senhor – respondeu ela. – Já prendi um dos alvos, e os outros agentes estão atrás do restante.

– Então por que – disse ele lentamente – você está me perturbando?

A imagem de Maxwell piscou. Os comunicadores holográficos consumiam bastante energia, pois ainda não tinham sido aperfeiçoados.

– Eu só, hã... – Josie hesitou. – É sobre Jasmine. Estou preocupada. Tudo está indo conforme o planejado? Com ela?

– Está, sim – disse Maxwell. – Estou usando uma variedade de técnicas de meditação guiadas por minha força de vontade e intelecto superiores para extrair o poder dela. Em alguns momentos, o Dragão será meu e apenas meu.

Josie suspirou aliviada. Os outros não eram problema; até mesmo o Tigre, apesar de parecer poderoso, era jovem e inexperiente. Como Josie dissera à equipe, apenas Jasmine poderia atrapalhar os planos deles.

Josie estreitou os olhos para observar a holografia. O rosto de Maxwell estava mais claro agora, e duas imagens etéreas podiam ser vistas flutuando no ar acima dele. O dragão com asas de morcego pairava de perfil, com as asas enroladas em torno de um tipo diferente de dragão: a serpente esguia e de garras afiadas que representava o poder de Jasmine. As bocas das duas criaturas estavam a centímetros uma da outra, rosnando e chiando entre si como gatos, enquanto o Dragão de Maxwell, o dominante, sugava lentamente a força vital de sua vítima.

– Ao menos – prosseguiu Maxwell – o poder será meu, *se ninguém voltar a me interromper.*

Josie engoliu em seco e concordou com um gesto de cabeça.

– Entendido, senhor. Obrigada.

Ela puxou o fio do carregador, então o holograma piscou e sumiu.

No chão, a garota Galo emitiu um grito agudo.

Josie estendeu a mão e apertou um botão vermelho na parede. Conforme a enorme porta da garagem começava a se abrir, ela sorriu para sua prisioneira inquieta.

– Poupe seu fôlego, estrela do rock – disse Josie. – Está frio lá fora.

CAPÍTULO VINTE E NOVE

DUANE NÃO GOSTAVA MUITO DE FALAR. Ele descobriu que, na maioria das vezes, quando falava, as pessoas não o entendiam. Ou às vezes entendiam as palavras, mas não as ideias que ele tentava expressar.

Portanto, quando o Macaco o perseguiu até a sala de treinamento, Duane não falou nada. Apenas atravessou correndo o piso, saltando sobre os colchonetes, empurrando as esteiras de lado e socando os sacos de areia até chegar à tela de controle.

O Macaco entrou se balançando, preso ao batente da porta, no exato momento em que Duane ativou simultaneamente meia dúzia de sequências de treinamento. Trepa-trepas surgiram do piso, e cordas de escalada caíram do teto. O Macaco olhou para a variedade de equipamentos de ginástica e sorriu maliciosamente.

– Grande erro, moleque – disse ele, esticando-se para segurar um par de argolas pendurado no teto. – Foi para isso que eu fui feito.

O Macaco bamboleou adiante com as argolas, como se fosse leve como uma pluma. Quando chegou ao topo de seu arco, soltou-se e rodopiou no ar. Esticando os pés anormalmente longos, agarrou-se a uma corda com os dedos dos pés.

Com os olhos fixos na tela, Duane ignorou o Macaco, concentrando-se apenas nas informações que iam surgindo. Duane sempre foi bom em se concentrar em uma única tarefa, abstraindo as distrações. Aquela habilidade lhe causara muitos problemas na escola. Às vezes, ele ficava tão hipnotizado na resolução de um problema que não ouvia o que o professor estava dizendo, e de vez em quando as outras crianças zombavam de seu jeito estranho e distante.

Mas, em momentos como aquele, sua habilidade de se concentrar era *muito* útil.

– Você está perdendo o show, garoto – escarneceu o Macaco, e se balançou em círculos em torno da corda algumas vezes. – Mas tudo bem, assim que eu o prender, teremos bastante tempo para nos conhecer.

Duane franziu a testa. Os dados na tela se moviam muito devagar! Ele queria usar seu poder ao máximo, absorver toda a informação de uma vez. Porém se lembrou do que aconteceu na África do Sul, quando permitiu que seu poder corresse solto. Assim, conteve-se e aguardou que a informação viesse no tempo devido.

– Talvez Maxwell me deixe ficar com você, como meu bichinho de estimação – disse o Macaco. – Já ouviu falar de um macaco dono de um porco?

Ele ria tão zombeteiramente que seu corpo estremecia todo.

Finalmente, surgiu na tela o menu do Curso de Obstáculos Avançados. Duane tocou um ícone na tela.

– É só ficar paradinho aí. – O Macaco se jogou no ar, diretamente para cima de Duane. – Isso não vai doer! UUUUUAAAAAA…?

Mas grossos cabos plásticos caíram do alto e estalaram ao redor da silhueta do Macaco em movimento, apanhando-o no ar. Em segundos, braços, pernas e tornozelos do Macaco foram amarrados firmemente, e ele foi alçado para cima.

A vitória de Duane, no entanto, durou pouco. O Macaco olhou para seu oponente lá embaixo e riu. Em seguida, ergueu o braço até a altura da cabeça e, em movimentos rápidos, começou a roer o cabo mais próximo.

– Você acha que pode pegar um Macaco nesse tipo de armadilha? – disse o Macaco, roendo obstinadamente.

Ele logo conseguiu soltar uma das mãos, então foi fácil arrancar o outro cabo das pernas.

Duane voltou para a tela de controle e tocou outro ícone, que controlava a arma taser com voltagem reduzida. Apenas um dos tasers estava totalmente carregado. Ele modificou a potência para TOTAL, e então pressionou ATIVAR.

O taser subiu de uma abertura no piso e girou, rastreando o Macaco. No entanto, quando disparou seu forte pulso elétrico, o Macaco se desviou dele tranquilamente. A arma efetuou um segundo disparo, desta vez com corrente máxima, e então caiu no chão, faiscando inofensivamente.

– Você foi superado, garoto – continuou o Macaco, saltando para o chão.

Duane pressionou outro ícone. Essa era sua última chance, e ele sabia disso. O canhão de *paintball* saiu da parede com um zumbido – e o Macaco o derrubou com um soco, soltando-o de lá. Enquanto o canhão caía com um estrondo, uma cápsula quebrada pingou tinta no piso branco, dando-lhe vagamente um aspecto de sangue fresco.

Antes que Duane pudesse formular um pensamento, o Macaco agarrou-o pela garganta e o rodopiou. Duane tossiu e engasgou, lutando para respirar.

– Eu teria feito a mesma coisa – disse o Macaco. – Mas agora acabou, garoto. Você não pode vencer a Vanguarda.

Duane segurava a garganta, cada vez mais em pânico.

– Você tem que se render agora – retomou o Macaco. – Senão vou continuar sufocando-o até você parar de respirar.

Desde pequeno, Duane sempre odiou se sentir indefeso. Agora, ele se debatia em desespero, movendo os braços incontrolavelmente. O Macaco, porém, se segurava em suas costas, com as mãos firmes como aço em sua garganta.

Eu vou morrer!, pensou Duane. *Eu vou morrer aqui!*

E quase sem pensar, ele soltou o Porco de sua jaula.

Finalmente livre do confinamento, o poder de Duane se dilatou, preenchendo o recinto. Um gigantesco e furioso javali de energia, maior do que qualquer manifestação anterior, se ergueu, dando coices e fungando. O poder do Zodíaco varreu a tela de controle, disparando uma chuva de faíscas.

As luzes da sala de repente diminuíram, piscaram e se apagaram.

– O que aconteceu? – perguntou o Macaco, virando-se alarmado, e, sem perceber, afrouxou apenas por um segundo a pressão dos dedos em volta do pescoço de Duane.

Aproveitando a deixa, Duane se soltou e fez menção de fugir. Porém, antes que pudesse dar um único passo, um peso o acertou na nuca. Ele caiu para a frente, emitindo um grito débil.

Uma luz forte brilhou em seu rosto. Quando olhou para cima, viu o Macaco de pé segurando uma lanterna em uma das mãos e o canhão de *paintball* quebrado na outra.

– Os macacos enxergam no escuro, sabia? Acho que porcos não têm essa habilidade...

Duane gemeu. Ele tentou focalizar seu poder, dirigi-lo ao oponente, mas não conseguiu se concentrar. Parecia que uma batalha tinha acabado de ser travada dentro de sua cabeça.

E ele sabia: tinha apostado tudo e perdido. Com o poder em curto-circuito, não podia mais usar as máquinas da sala de treinamento contra o Macaco.

O Macaco puxou uma corda e se agachou.

– Eu vou amarrá-lo agora – disse ele. – Não tente lutar mais, está bem? Não quero ter que levar um porco machucado.

Enquanto o Macaco prendia fortemente as cordas, Duane sentiu o pânico emergir dentro dele outra vez. Ele se virou, combatendo as lágrimas. Dessa vez, estava realmente indefeso.

Só para garantir, o Macaco pegou um haltere do chão e acertou Duane no alto da cabeça, com força. Duane viu cenas horríveis: o Macaco e os outros agentes da Vanguarda cercando todo mundo, batendo suas cabeças umas contra as outras, mas não sabia o que era ou não real. A única certeza que tinha era de que não havia saída.

Liam saiu correndo da Sala de Guerra, escorregando um pouco quando fez a curva para entrar no longo corredor. Alarmes soavam estridentemente e luzes piscavam, vermelhas, no teto. Ele parou no extremo do corredor e escancarou uma porta de segurança. Em seguida, disparou pela escadaria metálica da manutenção, saltando dois degraus de cada vez.

Podia ouvir um dos agentes da Vanguarda o seguindo. Passos pesados ressoavam, um após o outro, numa batida constante. O agente, fosse quem fosse, evidentemente não estava com pressa. Mais cedo ou mais tarde ele alcançaria seu alvo.

Um pouco ofegante ao chegar ao primeiro patamar, Liam parou por um instante, sorrindo para si mesmo. Com seus poderes de Carneiro, ele era quase invulnerável; quase nada poderia vencê-lo. E se simplesmente aguardasse o agente da Vanguarda alcançá-lo, só para ver o que aconteceria? Mas tinha algo melhor em mente.

Um estrondo ressoou lá de baixo. Liam olhou por cima da escada e viu o Boi de pé no fim da escadaria, em frente à porta de segurança esmagada. Ele se virou rapidamente e voltou a correr.

Os passos do Boi retornaram, ecoando na escadaria estreita.

Lá em cima, Liam disparou por outro corredor curto, e então abriu uma porta com a plaqueta indicando LABORATÓRIOS PRINCIPAIS. Quando entrou, viu que estavam desertos. Liam passou por cubículos, pias e experimentos deixados a meio caminho quando os alarmes soaram. Ele foi até a porta identificada como LABORATÓRIO PARTICULAR DO CARLOS – PROIBIDA A ENTRADA! e a empurrou com o ombro.

O laboratório de Carlos era um labirinto de mesas, computadores e experiências mecânicas, e na parede mais distante havia outra porta, cuja placa indicava: CÂMARA DE CONTENÇÃO. Liam sorriu e abriu aquela porta também, e então pôs mãos à obra.

Cinco minutos depois, quando o Boi derrubou a porta da Câmara de Contenção, Liam estava sentado casualmente dentro de um grande cubo transparente, de aproximadamente três metros de largura em cada lateral, com abertura voltada para a entrada, ou seja, no lado mais próximo do Boi. Liam segurava um chocolate pela metade em uma das mãos e um tablet na outra.

– Só um minuto – pediu ele. – Estou quase subindo de nível no *Legend of Zook*.

Sorrindo e balançando a cabeça, o Boi se agachou, entrando no cubo e esticando o braço para agarrar Liam – e então se virou, surpreso, quando a abertura se fechou atrás dele.

Agora os dois estavam presos dentro do cubo, juntos.

Liam sorriu para ele e mostrou o computador.

– Ah, me pegou. Eu não estou jogando *Zook* – disse ele. – Isto é, na verdade, um tipo de controle remoto.

Liam apertou um botão, e um computador zumbiu em um dos cantos da sala, indicando que estava dando acesso. Uma tela se acendeu com o aviso: PROTOCOLOS DE LUTA NA GAIOLA – ATIVADOS.

– Não, não era *Zook* – disse o Boi, aproximando-se desafiadora e ferozmente. Ele parou, perto demais de Liam, com ar de desafio. – Qual é o seu *joguinho*, garoto?

– Joguinho – disse Liam. – Ah, sim, você me pegou, senhor Boi. Eu gosto de joguinhos. Sabia que eu não deixei o Steven me recrutar para este circo até que ele conseguisse me vencer em um combate?

O Boi inclinou a cabeça.

– E como ele fez isso?

– Ah, estou entendendo qual é a sua! – Liam sorriu de novo. – Bela tentativa, mas você vai ter que descobrir por conta própria. Carlos me ajudou a montar *este* joguinho aqui, para brincar com Steven. Um cara tem que se vingar, sabe como é. Mas eu ainda não tive a chance de experimentar.

Virando-se de costas, o Boi puxou uma faca e começou a cutucar a vedação na lateral da câmara.

– Ah, nem se incomode em tentar destrancar a porta – prosseguiu Liam. – A câmara está totalmente lacrada, e o computador está programado para não abri-la até um de nós estar inconsciente.

– Inconsciente.

– É. Como uma luta na gaiola. Se você conseguir me nocautear, serei seu. Não acha bem inteligente de minha parte?

O Boi se virou e foi na direção de Liam.

– E se eu simplesmente tomar esse "Nintendo" da sua mão e...

Liam jogou o console no chão e o pisoteou, despedaçando o equipamento.

– Não importa. – O Boi estalou os dedos, e o som se fez alto naquele espaço reduzido. – Sou a pessoa mais forte da Terra... O senhor Maxwell fez testes para constatar isso. Apenas feche os olhos. Tudo vai terminar em um minuto.

O Boi recuou e então desferiu um soco no rosto de Liam. Com o forte impacto, a cabeça de Liam foi arremessada para trás, e ele bateu na lateral da câmara com um impacto ruidoso. Parecendo inabalável, ele se endireitou, estalou os músculos do pescoço e sorriu.

– Há! – disse Liam. – Viu? É isso o que torna a coisa tão interessante. Você *pode ser* a pessoa mais forte da Terra, realmente não me lembro de ter levado uma pancada tão forte antes, mas eu sou mais resistente. O poder do Carneiro é a invulnerabilidade, e eu sou o mais invulnerável possível, entendeu, camarada? O Boi sacou uma arma de dardos e disparou. O dardo acertou Liam na garganta e quicou para longe. Liam coçou o pescoço. No ponto atingido não ficou sequer uma marca.

– É um dilema filosófico fascinante, se pensarmos a respeito – continuou Liam. – A força invencível e o objeto irremovível.

– Isso é verdade... – O Boi fez uma pausa. Ele olhou para o cubo ao seu redor, e para a sala visível através das paredes transparentes. – Acho que eu poderia bater nesta câmara com força suficiente para derrubar as paredes em torno de nós. E acabaria de vez com o seu joguinho.

– Sim, é possível. Mas isso também provavelmente derrubaria o prédio todo. E eu não sei se os seus amiguinhos da Vanguarda sobreviveriam a isso. Tem certeza?

O Boi ficou imóvel por um momento, pensando.

– Eu poderia amarrar você.

– Isso não vai acabar com o jogo.

– Não, mas eu vou ter que amarrá-lo mais cedo ou mais tarde. – O Boi vasculhou o interior da mochila e retirou de lá uma extensão de corda. – Posso muito bem começar agora.

– Isso é um pensamento muito pragmático, senhor Boi. Geralmente não se vê esse tipo de planejamento no homem que traz a força física do bando.

– Bem – protestou o Boi –, nós não somos apenas um bando. Somos uma unidade paramilitar de combate, e nos orgulhamos de nosso profissionalismo. Pessoalmente, gosto de pensar que sou considerado por algo muito maior do que apenas a força física.

O Boi se aproximou de Liam e começou a amarrar-lhe os braços atrás das costas.

Liam não resistiu.

– Isso me faz lembrar meu tio Seamus – disse ele. – Era um sujeito durão, de verdade, mas gostava de resolver palavras cruzadas do jornal. Todos os outros marginais zombavam dele, mas... bem, como ele era o maior quebrador de pernas em toda Belfast, podia fazer o que quisesse.

– Eu tinha um tio assim. Chamava-se Heinrich. Ele gostava de caça-palavras.

– É, bem, caça-palavras não são exatamente um desafio para um pensador.

– Ninguém nunca contou isso para o tio Heinrich – o Boi retrucou. – Ele não era tão forte quanto eu, mas era meio que um objeto irremovível. Como você.

– Eu... eu tenho que dizer, senhor Boi, é um prazer lutar até a morte contra um homem de inclinação tão filosófica quanto o senhor. É uma mudança empolgante.

– Digo o mesmo. – O Boi fez uma pausa em seu trabalho, franzindo a testa. – As pessoas da minha equipe são boas, e Cavalo é uma líder muito justa. Mas diversão para eles significa um jogo de futebol com todo mundo empapado de suor. Isso é ótimo, faz o sangue correr e tudo o mais, mas às vezes eu preciso de desafios mais intelectuais.

– Sim.

– Entretanto...

– Entretanto?

– Não posso fazer o seu joguinho para sempre.

Liam se contorceu de leve nas cordas.

– Você já descobriu algum jeito de me deixar inconsciente?

– Ainda não.

– Então não tem nenhuma maneira de vencer neste momento?

– De forma alguma. Mas sei como essas coisas funcionam. Algo vai acontecer.

– Ah! Devo dizer, senhor Boi, que este é um modo muito determinista de ver as coisas. Poderia até mesmo dizer *fatalista*...

De súbito, as luzes se apagaram e as telas dos computadores desligaram. A eletricidade tinha acabado.

Liam piscou, sem conseguir enxergar por um momento, tentando ajustar os olhos à escuridão. Em um lampejo, percebeu o que havia acontecido: *Duane*.

Então viu o Boi de pé, diante da porta da câmara. Com a energia desligada, a porta tinha se aberto.

– O jogo acabou – disse o Boi. – Vamos.

O Boi puxou a corda, e Liam tropeçou para fora de seu assento, caindo no chão. Não doeu. Nada doía em Liam naqueles últimos dias, mas ele odiava perder, especialmente por causa de um blecaute.

– Não precisamos nos apressar – disse Liam. – Eu sinto que estávamos desenvolvendo uma conexão aqui. Melhor de três?

Sem dizer nada, o Boi levantou Liam e o jogou por cima do ombro.

– Bom, eu tentei. – Liam deu de ombros. – Talvez uma revanche mais tarde? Se não estiver ocupado demais me dissecando no quartel-general da Vanguarda?

– Talvez – respondeu o Boi, inexpressivo. – Mas vai ter que ser caça-palavras.

É, pensou Liam, *essa eu provavelmente fiz por merecer.*

Ele se resignou e ficou quieto, deixando que o Boi o carregasse.

CAPÍTULO TRINTA

STEVEN CRUZOU A NEVE O MAIS RÁPIDO QUE PÔDE. A tempestade tinha diminuído significativamente e estava quase cessando, então ele conseguia ver o horizonte ao longe. Atrás dele, a porta secreta para o quartel-general se fechou.

Não estou com um pingo de frio, percebeu ele. *Deve ser o Tigre.*

Logo à frente, algo levantava neve do chão. Um ruído discreto pairava no ar, como o rosnado de um animal frustrado. Quando se aproximou, Steven divisou a fonte: Cachorro, o agente da Vanguarda. Kim estava usando seu poder Coelho para sumir e reaparecer rapidamente, *puf, puf,* evitando as patas que tentavam agarrá-la a qualquer custo.

Os saltos de Kim estavam paulatinamente mais curtos. A cada vez, ela reaparecia um pouco mais perto do Cachorro, e a silhueta de energia de Coelho piscava depressa ao redor dela e então desaparecia. O braço peludo do Cachorro cortou o ar de novo, e Kim mal conseguiu sumir a tempo.

Steven cerrou os dentes e correu mais rápido, mas se deu conta de que Kim tinha uma estratégia. Ela estava se teletransportando na mesma direção, várias vezes seguidas, atraindo o Cachorro para cada vez mais perto de um amontoado de gelo deixado pela tempestade.

Steven parou e se agachou na neve, perto o suficiente para entrar na luta com um salto se Kim precisasse dele. No entanto, ficou parado, pois queria ver o que a garota planejava.

Kim reapareceu, bem na frente do monte de gelo, e mostrou a língua. O Cachorro rosnou enfurecido para ela e saltou em sua direção. Ela saltou para cima e desapareceu de novo.

O Cachorro caiu de cabeça no monte de gelo e o rachou ao meio. Com um uivo estridente e triste, ele segurou a cabeça entre as patas. Em seguida, desabou por um segundo e caiu no chão gelado.

Kim ressurgiu a alguns metros dali. Ela olhou para a forma inconsciente do Cachorro e soltou um suspiro aliviado. Parecia exausta.

– Uau – admirou-se Steven.

Ao ouvir a voz dele, Kim deu meia-volta, procurando-o com olhos assustados. Quando o viu, abriu um sorriso.

Ele correu até ela. Para sua surpresa, Kim o agarrou, abraçando-o apertado.

Steven indicou o Cachorro, deitado imóvel no chão a poucos metros deles.

– Aquilo foi incrível – elogiou Steven. – Você descobriu como usar sua própria força contra ele.

Kim se afastou, olhou para o Cachorro e deu de ombros.

– Temos cachorros lá em casa, é preciso ser firme com eles.

Acho que a subestimei, pensou Steven.

Uma súbita rajada de vento soprou de baixo, e neve rodopiou em torno deles. Kim se aproximou de Steven, estremecendo.

– Está tudo bem – disse ele. – É apenas a tempestade...

Dois punhos gigantescos, cerrados juntos, se ergueram da nuvem de neve e atingiram Kim no rosto. Ela gritou e foi arremessada longe, caindo no chão.

Steven só teve tempo de pensar: *Macaco*, e então uma enorme mão enluvada o segurou pelos cabelos. O Cavalo levantou a cabeça e ele se viu encarando o rosto estranhamente calmo do Boi.

Em seguida, seis punhos fortes como bate-estacas começaram a esmurrá-lo: Cavalo e Boi, com as mãos enluvadas, e as mãos nuas e esguias do Macaco.

– Continuem – incitou o Cavalo. – Não lhe deem chance de se recuperar.

Steven se agachou, tentando bloquear os golpes, mas eram muitos. A despeito do poder do Tigre, ele estava começando a sentir o resultado das investidas. Seu rosto estava ferido, e o pescoço e o peito começavam a doer.

– Co-covarde – disse Steven, agarrando a camisa do Macaco. – Tente lutar comigo sozinho, sem a ajuda de seus amiguinhos.

O Macaco apenas riu. Então o Boi falou:

– Isso não é brincadeira, garoto. Você está lidando com profissionais agora.

– E nós jogamos pra ganhar! – acrescentou o Macaco, acertando um soco no estômago de Steven.

Steven caiu no chão, tremendo. *Não posso vencê-los*, ele se deu conta. *Não os três. Minha única chance é escapar e recuperar o fôlego.*

Tonto, ele olhou para cima, procurando uma rota de fuga. Os três agentes da Vanguarda estavam por cima dele. *O Boi é o mais lento. Se eu puder passar por ele...*

Então ele olhou para além dos agentes da Vanguarda, e seu coração afundou. Próximo da silhueta inconsciente do Cachorro, Kim jazia no chão, atordoada. E perto dela, empilhados como lenha, estavam Duane, Liam e Roxanne, amarrados e amordaçados.

Minha equipe, pensou Steven. *Eu não posso deixá-los aqui.*

Seus olhos cruzaram com os de Roxanne por um instante. Ela parecia completamente diferente da jovem enérgica que ele ajudara a recrutar. O olhar dela parecia desesperado, quase suplicante.

O Boi se abaixou e esmurrou Steven de novo, em uma sucessão rápida de quatro golpes.

– Fique parado, garoto – disse o Boi, recuando o punho para um último golpe. – Quando isso terminar, você vai acordar no quartel-general da Vanguarda.

– Maxwell vai explicar o que estamos lhes oferecendo – acrescentou Cavalo, levantando-o pelo colarinho da camisa. – É realmente o melhor para todos.

Steven fechou os olhos, derrotado. *Eu fracassei*, pensou ele. *Eu fracassei com ele!*

Então uma voz ressoou pela neve.

– Steven! ABAIXE-SE!

Invocando alguma reserva do poder do Tigre, Steven se soltou das mãos do Cavalo. No entanto, caiu de joelhos, fraco demais para conseguir andar.

Abaixar?, pensou ele, sentindo a neve fria sob as mãos. *Isso é fácil.*

Um ronco baixo se elevou, preenchendo o ar. Confuso, Steven olhou para cima. Não conseguia ver quem havia falado ou de onde o ruído estava vindo. Logo um brilhante facho de energia amarela piscou acima dele, dirigindo-se diretamente para os agentes da Vanguarda.

O facho acertou o Cavalo primeiro. Ela deu um passo para trás e franziu o cenho. Parecia sã e salva, mas confusa.

Antes que ela pudesse emitir qualquer ordem, o Macaco saltou no ar, agitando os braços.

– O que-o que-o que-o que-*o que tá acontecendo?*

Kim se arrastou até Steven. Apesar de um corte no rosto, parecia ilesa.

– Isso é energia Zodíaco? – perguntou ela.

– Acho que não.

Em seguida, eles olharam para cima e viram a origem do ataque.

Carlos caminhava pela neve na direção deles, segurando um cano metálico. O objeto lembrava uma bengala altamente tecnológica, encrespada de interruptores eletrônicos. Ele parecia um mago antigo equipado com um cajado moderno e metálico. O brilho amarelo chamejou do cajado pelo ar, banhando a desorientada equipe da Vanguarda em sua energia misteriosa.

Steven olhou para os colegas de equipe – todos ainda estavam no chão, amarrados –, então direcionou o facho de energia, que passou sobre eles, evitando seus corpos.

Manipulando o facho com cuidado, Carlos conseguiu mergulhar brevemente o raio para tocar a silhueta adormecida do Cachorro.

Kim começou a se levantar, mas Steven segurou-a pelo braço.

– Não. Fique abaixada!

– Por quê? – perguntou ela.

– Acho que é melhor a gente não ser atingido por aquela arma.

O Boi e o Cavalo se adiantaram. Steven se retesou, pois duvidava que a arma de Carlos – quanto mais o próprio Carlos – pudesse fazer frente àqueles dois.

No entanto, Carlos apenas apertou um interruptor no cajado. A energia se apagou e o cajado ficou escuro. Carlos jogou o cajado no chão, plantando-o na neve. Em seguida, jogou as mãos para o alto.

– Eu me rendo – disse ele, gesticulando para Steven e Kim. – Se vocês conseguirem passar pelos meus amigos.

Os agentes da Vanguarda observaram por um momento, confusos. Steven e Kim se levantaram cautelosamente.

Qual é o plano de Carlos?, perguntou-se Steven. *Será que ele só está tentando confundir esses caras?*

Kim apontou para o chão.

– Olhem!

Steven se virou, junto com os agentes da Vanguarda, para olhar o que a garota apontava. Algo estava acontecendo com o Cachorro, inconsciente ali no chão. A pelagem estava retrocedendo e as orelhas começaram a encolher, diminuindo para junto da cabeça. E logo as garras afiadas dos dedos das mãos e dos pés também desapareceram.

Em instantes, ele tinha voltado a ficar totalmente humano.

O Cachorro estremeceu e se sentou.

– Nossa! – reclamou ele. – Está muito *frio* aqui!

O Macaco franziu o cenho.

– Os poderes... ele os *perdeu*?

Steven analisou o Macaco por um minuto. Ele também parecia diferente, de uma maneira mais sutil. Os dedos das mãos e dos pés não pareciam se curvar tanto, e ele estava se movendo para a frente e para

trás, ainda sentado no gelo, como se de repente sentisse o frio na sola dos pés descalços.

– Acho que todos eles perderam – disse Kim.

– E nós?

Como resposta, Kim desapareceu. *Puf.*

Steven sorriu.

O Cavalo voltou um olhar alarmado para Steven, no exato instante em que Steven saltava pelo ar, liberando todo o poder do Tigre. Ele já tinha visto o Cavalo em ação antes, e sabia que Josie podia aguentar um de seus golpes sem problemas. *Se* ainda tivesse seus poderes.

Aplicando-lhe um forte chute no estômago, ele a derrubou.

O Boi já sacava a arma de dardos, mas Steven repeliu o movimento com uma pancada, arremessando-a das mãos dele.

O Boi assumiu uma expressão fechada e sombria, sacudindo a mão dolorida. Sua força aprimorada também tinha desaparecido.

Carlos já tinha se aproximado de Liam e dos outros, e começou a soltar as amarras que os prendiam.

– Kim! – chamou Steven. – Ajude o Carlos!

Kim assentiu e sumiu de novo. *Puf!*

O Macaco atacou Steven com os punhos fechados, tentando desesperadamente acertá-lo, mas parecia mais lento agora, menos gracioso, sem a agilidade ampliada pelo Zodíaco. Steven se esquivou facilmente dos socos e atingiu Macaco na nuca com um golpe preciso de pulso. Com um grito, o agente desabou no chão.

Então Steven foi atingido no queixo por um punho enorme. Ele grunhiu e tropeçou. Quando olhou para cima, viu o Boi se aproximando para acertá-lo de novo.

– Você me pegou de surpresa, garoto – disse o Boi. – Mas eu aprendi a lutar *anos* antes de receber meu poder Zodíaco.

Mas o Boi não teve a chance de desferir outro soco, porque uma série de gritos agudos e fortes cortou o ar gélido. O Boi segurou os ouvidos doloridos e caiu de joelhos.

Steven ergueu o olhar e viu Roxanne, livre das amarras, caminhando até o Boi. Parecendo furiosa, ela gritou várias vezes, usando seu poder sônico para forçá-lo a recuar. O Cavalo e o Macaco estavam ajudando o Cachorro a se levantar. Todos pareciam estupefatos, mais fracos que antes. Steven, porém, sabia: *isso ainda não acabou. O facho de luz amarela de Carlos extinguiu os poderes da equipe da Vanguarda, mas eles ainda são perigosos.*

– Steven, meu camarada.

Steven se virou. Liam estava de pé, desvencilhando-se das últimas cordas. Atrás dele, Kim e Carlos desamarravam Duane.

Liam apontou Cavalo e Macaco, que se encolhiam lado a lado, conversando em tom de urgência com o trêmulo Cachorro.

– Lembra-se da manobra de que falamos na Irlanda? – perguntou Liam.

Steven olhou para ele, inseguro.

– Acha que vai funcionar?

Liam apenas sorriu.

Steven abriu as mãos, invocando a manifestação do poder total do Tigre. Então estendeu os braços e apanhou Liam, erguendo-o bem alto. Liam encolheu o corpo rechonchudo em uma bola.

– Cuidado com os óculos – advertiu Liam.

Steven levou as mãos para trás e *arremessou* Liam no ar. O irlandês levou os joelhos na direção do peito, deixando o corpo ainda mais contraído. Enquanto rolava pelo ar, a energia do Carneiro tomou forma ao redor dele, e os chifres afiados rodopiavam como serras circulares.

Ele acertou o Cachorro como se fosse uma bola de boliche gigante, arremessando o agente da Vanguarda de volta no gelo. Liam riu.

– O cãozinho caiu!

Mas Liam ainda não tinha acabado. Ele quicou no Cachorro e se chocou contra o Cavalo, deixando Josie sem fôlego. Ela vacilou e caiu. A essa altura, Liam já tomava posição para cabecear o Boi no rosto.

Com o impacto, o Boi tossiu e desmoronou.

Liam aterrissou com um baque seco, rolando pelo gelo ao longo de vários metros. Por um instante, Steven achou que ele poderia ter se machucado. Liam, porém, apenas se espanou, plantou os pés na neve e fitou o Macaco de cara fechada.

– Vá em frente, colega – provocou Liam. – Tente me acertar.

Engolindo em seco, o Macaco se posicionou e projetou o punho fechado. No entanto, seus movimentos eram desajeitados e descoordenados. Quando atingiu o peito de Liam com um soco, o Macaco urrou de dor. Ele girou no mesmo lugar, depois gritou:

– Minha mão! Minha mãozinha linda!

Liam não se movera um milímetro. Ele retirou os óculos para limpar as lentes, como se não houvesse mais ninguém por ali. Em seguida, deu as costas para o Macaco e foi pisando firme na direção do Boi, que jazia atordoado no chão.

– Este jogo está para mim, camarada – disse Liam. – Talvez a força invencível não seja tão invencível assim, no final das contas.

O Boi grunhiu e saiu se arrastando pelo gelo. Contudo, quando ergueu os olhos, viu que Roxanne e Duane estavam bloqueando sua passagem.

Josie tossiu e se levantou. Ela olhou para a cena ao seu redor. O Cachorro caído no chão, gemendo; o Macaco segurando o pé, saltitando de dor; e o Boi encarando a equipe de Steven, que parecia mais forte – e mais furiosa – do que nunca.

– Recuar! – gritou Josie.

Ela deu meia-volta e começou a correr na direção do descampado, para longe do complexo que abrigava o quartel-general.

O Macaco a seguiu o mais rápido que pôde, mancando um pouco. O Cachorro estremeceu mais uma vez e os acompanhou, andando inseguro pela neve com os pés descalços.

– Gente, eu já falei que está muito frio aqui? – perguntou ele.

O Boi lançou um último olhar ameaçador para Liam.

– O terceiro *round* – disse o Boi – será em breve.

– Espero que sim, companheiro! – gritou Liam para a figura recuando. – *Mas sem nenhuma porcaria de caça-palavras!*

Roxanne e os outros se reuniram atrás de Steven, assistindo aos agentes da Vanguarda correrem pelo gelo. Um pequeno avião cinzento passou lá no alto, mergulhando para acompanhar o caminho deles. Cordas caíram da parte inferior da aeronave, esticando-se para interceptar os agentes em fuga.

– Seria o caso de a gente, sei lá, persegui-los? – perguntou Duane.

– Não – respondeu uma voz feminina. – Não podemos prendê-los efetivamente, e não estamos equipados para conter prisioneiros.

Steven deu meia-volta e viu Jasmine, que vinha mancando até eles. Carlos correu e pousou um braço ao redor dos ombros dela, ajudando-a a caminhar pela neve.

– Nada mau, meninos – prosseguiu Jasmine. – Vocês ainda podem se tornar uma equipe, de verdade.

Kim e Liam trocaram um rápido *high five*. Roxanne, porém, estava olhando para o outro lado agora, franzindo a testa. Duane parecia confuso.

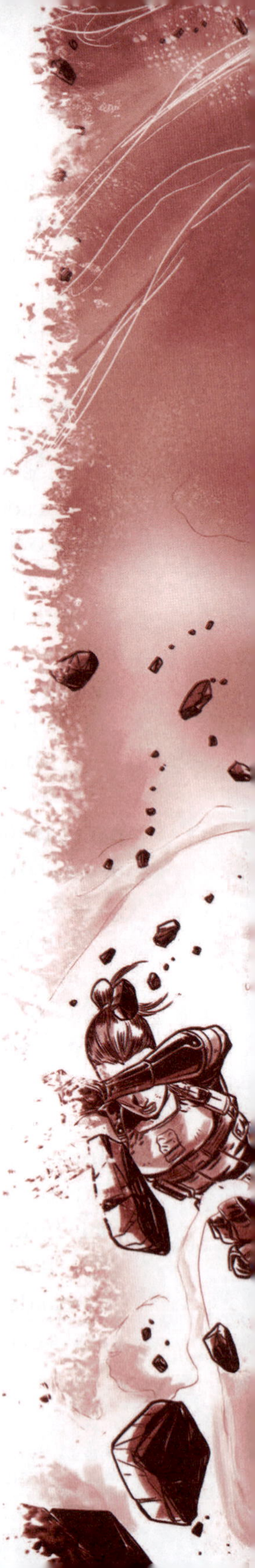

– Obrigado – agradeceu Steven. – Mas *o que diabos* acabou de acontecer?

Trêmula, Jasmine se empoleirou em uma formação de gelo.

– Culpem este cara aqui – disse ela, apontando para Carlos. – Eu não falei que ele sabe mais sobre a energia Zodíaco do que qualquer pessoa na face da Terra?

Carlos retirou o cajado da neve e o ergueu.

– Eu enviei um pulso rápido que neutralizou os poderes da equipe da Vanguarda – explicou ele. – Mas é temporário. Assim que eles saírem do alcance, vão retomar os poderes antigos.

Liam deu um tapa nas costas de Carlos com uma força que o espantou.

– Carlos! Salvando o dia com *ciência*. E agora? Quem é o herói aqui?

Carlos sorriu.

– O Cachorro foi o mais difícil. Como ele estava no chão, não foi fácil atingi-lo sem acertar algum de vocês. O que teria, hã, estragado todo o efeito.

Quase sem parar para respirar, Duane começou a despejar em Carlos uma avalanche de perguntas técnicas. Jasmine também parecia muito orgulhosa dele.

– Eu teria feito isso antes – disse Carlos –, mas quando Duane causou um curto-circuito na energia, todo o meu equipamento pifou. Eu tive que esperar até os Vanguardas arrastarem vocês para longe do quartel-general e reiniciar tudo.

Puf! Coelho surgiu ao lado de Carlos.

– Então isso significa que nós podemos tirar os poderes desses caras sempre que quisermos?

– Bem que eu queria que fosse assim – retrucou Carlos –, mas provavelmente não é tão simples. Para começar, estamos muito perto do Polo Norte magnético aqui. Eu tive que usar uma quantidade considerável de energia MT para conseguir fazer isso. Não funcionaria na maior parte do mundo.

– Eu odeio ter que dizer isso – acrescentou Jasmine –, mas Maxwell também tem a seu dispor dúzias de cientistas analisando o poder Zodíaco. Ele provavelmente já está decifrando como proteger seus agentes do pulso tecnológico de Carlos.

– Então vamos inventar alguma outra coisa – sugeriu Liam. – Vocês não acreditariam no que esse cara tem no laboratório dele.

O irlandês pousou o braço em torno de Carlos, que fez uma careta com a pressão do aperto, depois abriu um rápido sorriso embaraçado.

– Nós estragamos tudo – disse Roxanne.

Todos se voltaram para olhar para ela.

– Eles tinham nos vencido – prosseguiu ela. – Olhem para o rosto de Steven. Eles amarraram todos nós, e repeliram Kim com um tapa, como se ela fosse uma mosca. Se Carlos não tivesse vindo com esse truque, todos nós estaríamos a caminho da cadeia Zodíaco de Maxwell.

Duane deu um passo na direção dela.

– R-roxanne?

– Eu já trabalhei com grupos antes, então sei reconhecer um trabalho de equipe quando vejo um – disse ela para Duane. – E esse não foi um.

Ela deu meia-volta e se afastou, voltando para o prédio gelado do quartel-general.

– Ah, ela vai mudar de ideia – disse Liam. – Algumas pessoas não estão acostumadas com esse tipo de briga...

– Ela está certa – disse Steven.

Ele podia sentir os olhos de todos sobre si. Contudo, foi o olhar de Jasmine que mais lhe doeu: uma expressão de decepção, quase o de alguém que se sente traído.

– Nós realmente demos sorte – continuou Steven. – Eles me usaram como saco de pancadas. Da próxima, podemos não... alguém pode...

De súbito, ele se sentiu incrivelmente cansado. O rosto doía, os pés doíam e o estômago estava sensível pela sucessão de golpes que os Vanguardas lhe acertaram. Tinha ímpetos de vomitar.

O que estou fazendo aqui?, pensou ele. *O que nós estamos fazendo?*

– Steven – disse Kim, colocando a mão no braço dele.

Steven, todavia, apenas se virou, afastando-se na neve. Podia sentir todos os olhos em sua nuca.

– Nós fracassamos – disse ele, baixinho demais para os outros ouvirem. – *Eu* fracassei.

Pela primeira vez desde Hong Kong, ele sentiu que não se encaixava ali. Como se não se encaixasse em lugar algum.

O poder do Tigre o mantinha aquecido, mas, por dentro, Steven se sentia gelado.

CAPÍTULO TRINTA E UM

SE ALGUÉM PARTISSE DO PONTO ONDE STEVEN LEE se encontrava e abrisse um buraco atravessando toda a Terra, sairia do outro lado, bem no meio da Austrália. Não havia muito para ser visto no interior da Austrália – no geral, areia vermelha, árvores ressecadas e um canguru ou outro passando ocasionalmente por ali.

Entretanto, em um local secreto e escondido no deserto, há um estranho complexo de edifícios. Vistos pelo exterior, parecem esferas brancas, perfeitamente lisas e monótonas. É ali o quartel-general da Vanguarda.

No maior desses edifícios, Maxwell estava sentado em seu santuário particular. Um jardim japonês clássico o cercava, guarnecido de quedas d'água, pontes de madeira e bandejas cuidadosamente arranjadas de areia e seixos. No centro exato do jardim, embaixo de um zimbro, Maxwell oscilava lentamente em um antigo balanço de alpendre. Seus olhos estavam fechados; as pernas, dobradas na posição de lótus. A silhueta do dragão cintilava acima de sua cabeça, com as mandíbulas selvagens se abrindo e fechando com estalos.

– Eu sou o Dragão – cantava Maxwell baixinho. – Sou forte e clarividente, e eu crio o futuro. Eu nasci para governar.

A corrente de metal do balanço guinchava com os movimentos de vaivém. Maxwell resgatara o brinquedo, que estava lascado e com a tinta branca descascando, de sua casa de infância em Indiana.

– Sha Chi – disse ele –, me dê força. Eu aceito o fardo, a solidão do poder. Ajude-me a alcançar meus objetivos, e enterrar sob o peso de sua própria fraqueza aqueles que se oporiam a mim.

Acima dele, uma segunda silhueta de energia reluziu. A nova forma deslizou e chicoteou, como se estivesse tentando se livrar. Mas o Dragão de Maxwell se virou para ela, chispou fogo e estendeu as asas terminadas em garras afiadas.

– Jasmine – disse ele suavemente.

O segundo Dragão – mais magro, de aparência mais velha – tentou se encolher. Porém o avatar de Maxwell fechou as asas sobre o recém-chegado, prendendo-o com força. Enquanto puxava o Dragão de Jasmine para mais perto, Maxwell brilhava mais intensamente.

– Não tente lutar contra mim – murmurou ele. – Você não pode vencer.

Então ele sentiu a mente, a consciência de Jasmine, lá do outro lado do mundo. Sentiu sua compreensão, a constatação de que seu poder estava sendo extraído. Ele sentiu o desafio dela, mas também seu pânico.

– Só pode haver um Dragão – ele disse, e então a energia e a vitalidade se inflaram dentro dele. – E este será...

– Maxwell?

Ao som daquela voz amplificada, Maxwell abriu os olhos.

– A equipe de campo voltou, senhor.

Ele dardejou um olhar para o alto. Tarde demais, a concentração tinha sido quebrada. Os Dragões tinham sumido.

Ele cerrou os punhos, depois fez um esforço para relaxar. *Isso não muda nada*, pensou ele. *Pode levar um tempo a mais, mas eu serei o único Dragão. Porque compreendo o preço disso, e ela, não.*

Ela ainda acredita que pode ter amigos.

Maxwell ficou de pé e sentiu as pernas doloridas depois da longa sessão de meditação.

– Entendido – disse ele para um microfone escondido na lapela. – A caminho.

A sala de interrogatório ficava perto da saída do jardim, mas podia muito bem ser em outro mundo. Era branca, com teto baixo e iluminação fluorescente. Com uma das paredes coberta inteiramente pelo logo da Vanguarda, era tão corporativa quanto uma sala podia ser.

A equipe de campo estava à sua espera. A aparência de todos era terrível. Josie e Malik – Cavalo e Boi, respectivamente – estavam sujos e feridos. Vincent, o agente chamado Macaco, ficava se mexendo de um lado para o outro, favorecendo uma das pernas.

Nicky estava em sua forma não Cachorro, tremendo embaixo de um cobertor e com o rosto manchado por marcas de congelamento.

– Não vejo meus novos recrutas... – disse Maxwell quase casualmente.

Josie deu um passo adiante, com a expressão séria.

– Tivemos alguns problemas inesperados.

– Não foi culpa dela, senhor – pronunciou-se Malik em defesa de Josie. – Nós quase os pegamos.

– Entretanto, eu era a líder da equipe – disse Josie. – Eu assumo a responsabilidade.

– Bem, eu não – disse Vincent.

Maxwell virou-se para encarar Malik, sombrio.

– Nós fizemos tudo o que deveríamos ter feito – continuou Vincent. – Aterrissamos em uma tempestade abaixo de zero e nos separamos, então capturamos os prisioneiros e nos reagrupamos, exatamente como em todos aqueles treinos entediantes pelos quais você nos fez passar.

Os olhos de Maxwell faiscavam de raiva. O poder Dragão assomou em torno dele.

Nicky cutucou Vincent.

– Cara – advertiu Nicky.

Vincent, todavia, continuou falando:

– Nós teríamos vencido – disse ele –, mas por algum motivo perdemos nossos poderes. E isso não é culpa nossa. – Ele apontou para Maxwell. – *Você* deve ter estragado a Convergência do Zodíaco.

– *Cara* – insistiu Nicky. – Você é suicida?

Josie e Malik também pareciam nervosos agora.

Maxwell olhou para o canto mais distante da sala. Uma porta escondida se abriu quase sem ruído, e uma figura entrou deslizando na sala: uma mulher com expressão ameaçadora, alta e esguia, de cabelos escuros caídos sobre um dos olhos. Maxwell sorriu. Ele gostava de Celine, a mortal Serpente do Zodíaco.

Celine percorreu com olhar rígido cada um dos membros da equipe de campo. Seus olhos faiscaram um brilho verde, e a silhueta de uma cobra encolhida tremeluziu acima dela, com a língua afiada chiando, furiosa. Quando seu olhar pousou em Vincent, ela sorriu de modo cruel.

Vincent pareceu nervoso de repente e deu um passo incerto para trás, afastando-se dos outros.

Uma segunda figura apareceu atrás de Celine. Um homem baixo e atarracado, com olhos estreitos e um colarinho alto quase lhe cobrindo a boca.

Era Thiago, o Rato.

Eles assumiram suas posições, cada um de um lado de Vincent, que agora tremia, oscilando de um lado para o outro. Ele olhou para seus colegas de equipe em busca de ajuda, mas Josie apenas balançou a cabeça. Malik desviou o olhar muito deliberadamente, sacou a arma de dardos e começou a limpá-la.

Depois de mostrar um rápido sorriso de desculpas a Vincent, Nicky puxou o cobertor mais para junto do corpo, como se aquilo o pudesse esconder ali dentro.

Celine olhou para Maxwell e Vincent seguiu o olhar dela. O tempo pareceu parar enquanto esperavam que o líder decidisse o destino de Vincent.

Lentamente, Maxwell balançou a cabeça em um gesto negativo.

– Dispensados – disse ele. – Reagrupem-se e se preparem. Vocês terão uma revanche contra Jasmine e as crianças dela mais cedo do que imaginam.

Malik e Josie bateram continência. O grupo se separou e começou a se dispersar.

Celine colocou o rosto na frente do de Vincent e sibilou. Ele se encolheu todo e então saiu apressado. Ela riu.

– Espere – disse Maxwell.

Todos congelaram.

Ele apontou para Vincent.

– Você, venha comigo.

– E-eu? – gaguejou Vincent.

– Não vou falar duas vezes.

Mais uma vez, Vincent olhou ao redor em busca de ajuda, mas a equipe já havia saído. Apenas Celine e Thiago ainda estavam lá, escapando pela porta dos fundos naquele exato momento.

Maxwell se virou e começou a deixar a sala sem olhar para trás, pois sabia que Vincent o seguiria. O agente não tinha escolha.

Maxwell atravessou o jardim japonês por uma ponte de pedra que cruzava um lago plácido.

– Eu acho isso aqui bastante pacífico – comentou ele. – Não acha?

– É-é – concordou Vincent, a voz estremecendo.

Ele acha que eu o trouxe aqui para matá-lo, pensou Maxwell, e a ideia o agradou.

– Tudo neste jardim, o padrão das pedras, as árvores, até mesmo a brisa de temperatura regulada… foi projetado para encorajar a contemplação. E a concentração.

– Isso é, hã, incrível – disse Vincent com os olhos baixos, observando a água fluindo, e engoliu em seco, nervoso.

Maxwell levou Vincent até uma pequena galeria de madeira, uma estrutura coberta no topo de uma pequena colina, e indicou que ele se sentasse. Vincent mancou até um banco sob a galeria, e Maxwell se sentou de frente para ele.

– Eu acho que você nunca esteve aqui antes – disse Maxwell.

– N-não – disse Vincent. – Escute, eu estava só brincando lá atrás...

Maxwell levantou a mão. Vincent ficou quieto.

– Você tem problemas com autoridade – prosseguiu Maxwell. – Isso, por si só, não é algo ruim. De fato, é o motivo de eu tê-lo recrutado. Eu *quero* pensadores livres... gente que está cansada de ser empurrada por um mundo que faz cada vez menos sentido, a cada ano que passa. Mas você nem sabe do que eu estou falando, não é? Você é como uma criança.

– Hã, sim – disse Vincent, e um pouco de esperança refletiu em seus olhos. – Eu, hã, acho que você tem que ser paciente comigo.

– É verdade, as crianças devem ser nutridas. – Maxwell fez uma pausa. – Mas às vezes, precisam ser espancadas.

Vincent se remexeu, coçando o pescoço.

– Eu, eu, eu não acho que se possa fazer isso hoje em dia.

– Mas você não é nem mesmo uma criança – prosseguiu Maxwell. – É apenas uma decepção.

– Ei – disse Vincent. – Eu tenho direitos...

– Você não tem nada. Você não é nada. Eu tentei libertá-lo, abrir sua mente, mas você não passa de um macaco enjaulado, não é?

Vincent se levantou de um salto, subitamente zangado. Maxwell observou os movimentos dele com calma.

– Eu posso estar diferente agora – disse Vincent –, mas não sou seu macaquinho. Não sou o macaquinho de *ninguém.*

– Você não consegue enxergar – disse Maxwell, ficando de pé. – Não consegue enxergar a jaula ao seu redor.

Ele cerrou os punhos, e o poder do Dragão luziu, ganhando vida.

– Isto é lamentável – continuou ele.

Vincent deu um passo para trás e olhou loucamente em torno, para a galeria, as colinas e a grama, cuidadosamente aparada além delas.

Maxwell encarava seu agente. Ele teve uma sensação terrível e conhecida, a mesma que o invadia sempre que estava prestes a dar um passo drástico. Por um longo momento, ele considerou os prós e os contras, avaliando-os mentalmente.

Da última vez que fizera isso, os habitantes de uma cidade inteira haviam morrido.

– Me perdoe – disse Maxwell.

Vincent o encarou com olhos assustados.

– Pelo quê?

– Eu não estava falando com você.

Maxwell levou as mãos às têmporas. O poder do Dragão saltou de sua testa em uma explosão aguda e focalizada. Com as mandíbulas escancaradas, ele gritava como um predador se aproximando da presa.

E então estava dentro da mente de Vincent. Viu cenas da infância de Vincent: o filho mais jovem e indesejado de uma família numerosa em Miami, na Flórida. Ele viu medo, dúvida e uma necessidade constante de se autoafirmar. Todavia, Vincent não possuía foco, concentração e intelecto para escapar de sua armadilha. Sua jaula.

E agora ele era um problema. Maxwell conhecia seus soldados – ele os liderou em batalha, os assistiu enquanto matavam e os viu morrer. Ele podia ver o resultado inevitável: Vincent o abandonaria. O agente já havia se saído mal em campo. Um dia, em breve, ele trairia Maxwell deliberadamente.

Maxwell arriscara tudo, devotara bilhões de dólares e inúmeras horas de esforço com o único objetivo de controlar o poder mais perigoso que o mundo já conheceu. Ele não podia permitir que isso fosse desfeito – especialmente por um dos seus.

Procurou então mais profundamente no cérebro de Vincent. O agente choramingou, tentando fracamente expulsá-lo dali. Maxwell, no entanto, era forte demais. Ele abriu caminho à força até o ódio, o ressentimento e a amargura que Vincent mantinha escondidos. A amargura que pulsava como uma estrela escarlate, raivosa e ardente.

O Dragão abriu as mandíbulas e *devorou a estrela escarlate.*

Maxwell sentiu a emoção e a euforia de consumir parte de outro homem. O ódio de Vincent, seu eu mais obscuro, explodiu dentro de Maxwell, chamejando e se espalhando para cada canto do ser de Maxwell. Não era um assassinato, mas suscitava vagamente a sensação de um.

Você não pode ser um soldado, Maxwell dizia com frequência, *se não matar.*

Não obstante, ele sabia que também perdera algo. Esse era um mal necessário, mas ainda era um mal. O do Dragão era destinado a coisas maiores e mais puras.

Lentamente, o fogo da bola escarlate se desvaneceu. Maxwell exalou, as mãos trêmulas. Ele se sentia esgotado, exausto.

Vincent emitiu um ruído. Seus olhos rolaram para trás e ele desabou adiante no banco.

– Você está ferido? – indagou Maxwell.

Vincent olhou para a própria mão, como se nunca a tivesse visto antes, então a balançou e fez uma careta. Por um instante, Maxwell imaginou se havia ido longe demais. Será que tinha danificado Vincent irremediavelmente?

E então Vincent ergueu o olhar. Quando tornou a falar, havia um novo propósito em sua voz, uma nova obediência.

– Não, senhor – disse Vincent.

– Bom – retrucou Maxwell –, porque eu vou precisar novamente de você, muito em breve. Vai me obedecer agora?

Vincent considerou a questão por um momento. Em seguida, assentiu firme e decididamente.

– Sem questionar?

– Sim – disse Vincent. – Sem questionar.

Maxwell gesticulou para a ponte de pedra.

– Pode ir.

Vincent se levantou e bateu continência para Maxwell. Em seguida, virou-se e foi embora marchando. Todos os traços de sua atitude rebelde anterior haviam sido apagados, e ele agora parecia uma pessoa diferente.

E, de uma forma bem real, ele era.

Quando o Macaco se foi, Maxwell ficou de pé. Em seguida, tropeçou e quase caiu; então percebeu que estava tremendo.

Maxwell sempre soube que o Dragão era capaz de alterar a mente dos homens. Considerara usar aquele poder, principalmente com seus inimigos, mas havia jurado evitar isso se fosse possível. Parecia um passo grande demais, até para um homem com tanto sangue nas mãos.

Parte do motivo era moral. Matar era uma coisa: era um ato limpo, quase purificante. A pessoa estava viva, e então estava morta. Alterar a mente de uma pessoa à força era diferente. Era uma violação, uma intrusão à parte mais profunda da vítima.

Mas havia também um problema de ordem prática. Usar o poder dessa forma esgotava Maxwell, fazia o Dragão se afastar dele. Ele passara um dia e uma noite no jardim, meditando, drenando o poder do Dragão de Jasmine para si. E agora, com um único ato cruel, desfizera quase todo esse trabalho.

Ele saiu da galeria e atravessou o lago, depois se ajoelhou em um campo de areia e traçou um círculo com o dedo.

O jardim sempre havia sido um lugar de paz, de fuga. Agora, contudo, parecia diferente. As árvores pareciam nodosas e anormais; as pedras, ásperas e pontudas na água; e as pontes, instáveis, como se estivessem prestes a desmoronar a qualquer minuto.

Eu estraguei o jardim, ele se deu conta. *Quando fiz o que fiz com o Macaco, poluí meu lugar perfeito. Ele nunca mais voltará a ser puro novamente.*

Maxwell foi até o balanço de madeira e se sentou. Fechou os olhos e tentou focalizar o poder, e mais uma vez os dois Dragões surgiram. O Dragão de Maxwell segurava firmemente o de Jasmine nas garras de suas asas.

Não. Eu fiz o que precisava ser feito. É assim que o mundo funciona, e a minha reação é a que o mundo exige.

Mas então o dragão de Maxwell pareceu tremeluzir, piscar, surgindo e se apagando de novo. O Dragão de Jasmine agitou a cauda bruscamente e se soltou de Maxwell. Em seguida se espichou, abriu as mandíbulas sibilantes e atacou com garras afiadas.

Maxwell sentiu o golpe e pulou, assustado. Acima dele, as silhuetas de energia se apagaram.

Mais de seu poder havia sumido agora – o elo entre os Dragões, perdido no éter. Talvez até de volta para Jasmine. E ele estava abalado demais, exaurido demais para tentar de novo.

Não fique confiante demais, Jasmine, pensou ele. *Isso é apenas um obstáculo temporário. Eu ainda vou pegá-la.*

Ele desabotoou a camisa até embaixo, revelando uma cicatriz antiga e irregular, então deslizou os dedos pelo queloide, acompanhando-o pelo peito até a barriga.

Se ele não podia absorver o poder dela dali…

… *então teria que ser cara a cara.*

CAPÍTULO TRINTA E DOIS

STEVEN ANDOU DE UM LADO PARA O OUTRO no alojamento, juntando roupas da mesa, da cômoda e do piso. Quando seus braços estavam cheios, ele foi até a cama e jogou tudo em uma mala aberta.

Ele tinha resolvido. Estava indo embora.

Quando começou a fechar a mala, se deu conta de que aquelas roupas não lhe pertenciam. Eram coisas que Jasmine e Carlos tinham lhe arranjado, pois ele chegara de Hong Kong com as mãos vazias.

Certo, pensou ele. *Acho que vou embora levando apenas o que me pertence.*

Ele observou o próprio rosto no espelho. Os hematomas estavam sumindo, curando-se mais rápido do que o usual – outra consequência do poder do Tigre. No entanto, quando fechava os olhos, ainda podia sentir cada golpe, cada pequena derrota no frio descampado coberto de neve.

Uma última vez, ele olhou para o pequeno quarto ao seu redor, e constatou que sentiria falta dele. Aquilo lhe parecera sua casa apenas 24 horas antes. Agora, contudo...

... agora era apenas mais uma recordação de outro de seus fracassos.

Algo chamou sua atenção: um envelope pardo disposto em sua mesa, cujo conteúdo fazia volume dentro dele. Steven não se lembrava de tê-lo visto ali antes. Quando chegou perto, viu no canto superior um carimbo internacional e o endereço:

STEVEN LEE
Entrega Geral
Groenlândia

Steven o apanhou da mesa, confuso. Mags ia para a cidade com frequência para buscar suprimentos, então devia ter pegado aquilo na agência do correio. Mas quem poderia saber que Steven estava na Groenlândia?

Ele abriu o envelope e enfiou a mão lá dentro. Tocou em algo frio e duro, aninhado entre camadas de forro protetor, então retirou o objeto e segurou-o sob a luz.

Era um pedaço achatado e irregular de osso, mais ou menos do tamanho de sua mão, quase redondo, mas com bordas quebradas e desgastadas. Parecia muito antigo. Pequenas letras cinzentas se destacavam, quase invisíveis, contra o branco sujo do osso.

Steven estreitou os olhos, observando mais de perto. Estava escrito em cantonês, ou talvez mandarim.

Ótimo, pensou ele. *Outra pessoa que acha que eu sei falar chinês!*

Ele jogou o fragmento de osso por cima do ombro.

– Ei! Estou entrando!

Ele deu meia-volta ao ouvir aquela voz. Jasmine estava na porta franzindo a testa para o pedaço de osso. Ela o apanhara no ar.

– O que é isso? – perguntou ela. – Um osso-oráculo? Onde você arranjou um? – E então ela reparou na mala sobre a cama. – E, hã, para onde você vai levá-lo?

– Não vou levá-lo a lugar algum. – Ele franziu o cenho. – Você consegue ler o que está escrito?

– Claro. – Jasmine olhou rapidamente para a escrita no osso. – Aqui diz: "De alguém que se importa". Você tem alguma admiradora secreta ou algo assim?

– Não sei. – Ele se virou. – Não faz diferença.

– Para mim, faz. Acabo de passar uma hora tentando convencer Roxanne a ficar. Ela estava praticamente porta afora, mas consegui persuadi-la. – Ela fez uma pausa. – Mas talvez eu estivesse falando com a pessoa errada.

– Eu não preciso de treinamento – justificou-se Steven.

– Claro que precisa. Não tão desesperadamente quanto Roxanne, já que seu poder não é tão destrutivo, mas você poderia ser muito melhor do que é.

– Acho que nunca vou saber.

Ele podia sentir a raiva transparecendo em sua voz. *Por quê?*, pensou ele. *Por que ela simplesmente não me deixa em paz?*

Entretanto, quando Jasmine voltou a falar, a voz dela soava muito mais zangada do que a dele.

– Steven – falou ela –, nós fomos atacados ontem, lembra-se? A base toda está em alerta. Todos estão fazendo turnos dobrados, consertando paredes e equipamentos, estabilizando nossas defesas. Todos, *exceto você*. Desde o seu ataque de birra na neve, você está amuado e cabisbaixo. Não temos tempo para isso.

– Talvez você não tenha tempo para isso. Eu tenho tempo de sobra.

– Para onde você vai?

– Não sei. Para casa, talvez.

– E daí, o quê? O que acontece quando Maxwell for atrás de você, tentando retirar seu poder?

– Posso cuidar de mim mesmo.

– Você não se saiu tão bem ontem.

Steven ficou de costas para ela.

– Eu não quis dizer isso – justificou-se Jasmine. – Steven, qual é o problema? Por que você quer ir embora?

– Porque eu não posso ser o que você quer que eu seja. Não sou um herói.

– Como aqueles caras dos filmes de que você curte? Texugo de Aço ou seja lá o que for?

Ele não disse nada.

– Steven, ninguém está à altura daquilo – prosseguiu Jasmine. – No mundo real, as pessoas cometem erros e seguem em frente.

– Erros? – Ele deu meia-volta. – Vejamos. Eu desperdicei tempo discutindo com você quando deveria estar levando os recrutas para um local seguro. Depois, quando eles me perguntaram o que fazer, eu congelei. E isso deu aos Vanguardas tempo suficiente para nos pegar.

– Não foi assim...

– E então, quando eu tive que decidir qual membro da equipe ajudar, escolhi a Coelho. Porque ela é pequena e eu... eu... talvez meio que goste dela. Mas eu estava errado, de novo. Ela foi a única que conseguiu derrotar o inimigo!

– Ela é mais valente do que parece – concordou Jasmine. – Essa é uma das coisas que estamos aprendendo: quem tem quais habilidades, e quais áreas todos precisam trabalhar. É por isso que eu preciso que você ajude a treiná-los.

– *Treiná-los?* – Steven a olhou, incrédulo. – Eu mal consigo conversar com eles. Duane quase não fala, Liam faz o que tem vontade e você mesma disse que Roxanne já estava praticamente de saída.

– Steven, você não pode ir embora agora.

– Você não precisa de mim. Olhe para a minha cara! Se eu fosse você, também iria embora. Agora Maxwell sabe onde você está e vai voltar com mais agentes. E da próxima vez, o truque mágico do Carlos não vai impedi-los.

Steven se jogou na cama, empurrando a maleta para o lado, e fechou os olhos com força, até ver riscos brilhantes nas pálpebras.

Quando olhou para cima, Jasmine o encarava, zangada.

– Em primeiro lugar – disse ela –, os recrutas são melhores do que você acha. Kim *conseguiu* acabar com o Cachorro. Liam também teria prendido o Boi, se Duane não tivesse causado um curto na energia. E eu sei que Duane poderia ter derrubado aquele Macaco insuportável se soubesse controlar seu poder. Nós temos uma boa equipe, só precisamos ensiná-los a trabalhar *juntos*. Quanto a você – prosseguiu ela –, poderia ter fugido ontem, quando os Vanguardas atacaram. Mas não fez isso. Você ficou e levou aquela surra porque se recusou a abandonar a equipe.

Steven não falou nada.

– Você *não vai* deixar esta base. Nós construímos algo importante aqui, trabalhamos demais para estabelecer as coisas. Estou fugindo desde que tinha dezessete anos. Chega. Mas você tem razão: não podemos simplesmente ficar sentados, esperando que Maxwell ataque novamente. Carlos tem um plano. Ele acha que nós dois, ele e eu, podemos acabar com o poder de Maxwell de uma vez por todas. Mas não podemos fazer isso aqui, muito menos fazer isso sozinhos.

Ela ergueu os braços e fechou os olhos. O poder do Dragão começou a se manifestar em torno dela, cintilando em sua familiar silhueta reptiliana. Contudo, outra figura se formou junto com ela: um Dragão maior, alado, que segurava o Dragão de Jasmine em um aperto letal entre suas asas.

Steven reconheceu o segundo Dragão.

– Maxwell? – perguntou ele.

Jasmine assentiu, com um movimento brusco de cabeça.

– Ele me pegou – disse ela. – Está sugando meu poder. E ele é... forte demais...

O Dragão de Maxwell gritou e apertou mais ainda, pressionando o Dragão de Jasmine com força entre as asas escuras. Jasmine soltou um grito débil.

Steven se sentiu indefeso. Como das vezes que seu avô sofria um ataque de tosse e não havia nada a fazer para ajudá-lo.

– Eu não posso levar uma vida normal, Steven. – A voz de Jasmine estava tensa agora, os dentes cerrados de tanta dor. – Desisti disso há muito tempo. Mas você e os outros... se pudermos impedir a Vanguarda de uma vez por todas, vocês podem ter uma chance...

De repente, o Dragão de Maxwell tremeluziu. Os olhos de Jasmine se abriram e seu Dragão se libertou. Ele esticou as garras afiadas e atacou a criatura maior. O Dragão de Maxwell se encolheu e urrou, e um pouco de fogo escapou de sua boca. Em seguida, bateu as asas imponentemente e desapareceu.

Steven fitava Jasmine.

– O que aconteceu? – perguntou ele. – O que foi aquilo?

Jasmine ergueu a mão até a cabeça. Tropeçou, estendendo o braço para se estabilizar contra a mesa.

E então ele notou: o Dragão dela não estava desaparecendo, inclusive cintilava mais intensamente agora, chicoteando a cauda e rasgando o ar com as garras.

– Não sei – disse Jasmine. – Eu... eu me sinto...

A energia se expandia dela em ondas. O Dragão parecia mais firme, mais sólido do que nunca. Jasmine se endireitou e cerrou os punhos.

– ... me sinto *mais forte.*

Porém algo estava errado. Jasmine começou a oscilar pelo quarto, contraindo-se de vez em quando, enquanto seu brilho Zodíaco reluzia ainda mais. Ela abriu a boca, e o Dragão espelhou sua ação. Fogo escapou de suas mandíbulas, explodindo adiante como um lança-chamas.

Nesse momento, Carlos apareceu na porta.

– Ei, eu... Jaz?

Ele assumiu uma expressão preocupada, um segundo antes de ele e Steven serem arremessados para trás pelo poder do Dragão de Jasmine. Steven estreitou os olhos contra o clarão ofuscante. Ficou óbvio que Carlos estava inconsciente e o poder de Jasmine crescia.

– É demais – disse Jasmine. – Poder demais. O dragão... é realmente forte. – Ela olhou do corpo desfalecido de Carlos para Steven. Pela primeira vez desde que a conhecera, Steven viu medo nos olhos dela. – Não posso conter tudo isso!

Steven se levantou de um salto.

– O que... o que eu faço?

– Não sei! Ah, isso não é nada bom. Eu... *não!*

Novamente, a boca do Dragão entrou em erupção. Um jorro de fogo intenso atingiu a parede, formando um buraco no gesso. Steven correu até a parede, abafando as chamas rapidamente.

Quando ele se voltou, Jasmine estava de frente para ele. A energia parecia haver se fundido com ela agora. Luziam juntas, tão intensamente quanto uma estrela. O Dragão agitou a cabeça e a cauda ao redor dela, como um animal selvagem.

– Me ajude – pediu Jasmine. Sua voz soava débil, perdida no redemoinho de poder.

Por instinto, Steven invocou o Tigre para se erguer dentro dele. Então estendeu a mão e tocou a de Jasmine. Tocou o Dragão...

... e sentiu seu poder fluindo para dentro dele.

Steven já havia quase se acostumado com a energia do Tigre. Ele estava sempre de certa forma ciente dela, como uma pulsação rápida ou um membro dolorido. Na maior parte do tempo, pulsava em um nível estável e fraco, eclodindo apenas quando ele precisava lutar com alguém ou derrubar uma parede com um soco.

O Dragão, ele agora percebia, era algo totalmente diferente. Ardia mais forte e mais quente do que qualquer outro dos signos do Zodíaco. Maxwell acreditava que poderia usufruir disso, dobrá-lo à sua vontade. No entanto, agora, em sua forma mais pura, essa energia era uma ameaça à vida de Jasmine.

O poder fluía e refluía, percorrendo o corpo de Steven e voltando para o de Jasmine. O brilho ao redor dela se abrandou. O Dragão ainda ardia, mas não com tanta intensidade.

– Eu estou... estou recuperando o controle – disse ela. – Seja lá o que você estiver fazendo, continue.

Eu não sei o que estou fazendo, pensou ele, e segurou firme a mão de Jasmine. Os dedos dela se retesaram ao redor dos dele, depois relaxaram.

O poder do Dragão sossegou em uma luminescência cálida e estável. Jasmine se voltou para Steven, e a cabeça

do Dragão foi com ela. Dois pares de olhos, um real e um feito de energia, o fitaram.

E então, repentinamente, o Dragão se dissipou. Jasmine correu até Carlos, que estava voltando a si.

– Você está bem? – Ela o ajudou a se sentar numa cadeira.

– Sim, estou – disse Carlos, examinando os olhos de Jasmine. – *Você* está bem?

Jasmine trocou um olhar com Steven.

– Sim. Agora estou bem. Graças a Steven.

– Que *raios foi aquilo?* – perguntou Steven.

– Alguma coisa grande – disse Jasmine. – Havia dias Maxwell estava sugando o Dragão para fora de mim. Mas algo deve ter acontecido com ele. O poder… Ele perdeu o controle sobre seu poder, de alguma forma. Fluiu para fora dele e de volta para mim.

Steven franziu a testa.

– Isso é bom, né?

– Se eu conseguir mantê-lo. E se ele não me torrar viva. – Ela mostrou uma das mãos, ardendo com o fogo do Dragão. – Mas, se conheço bem Maxwell, ele não vai abrir mão de *nenhuma* parte do Zodíaco. E eu o conheço melhor do que gostaria.

Ela se virou e fitou Steven.

– Você fez algo naquele momento. Você se estendeu e ligou nossos poderes, e me ajudou a controlar o meu. Partilhou sua energia comigo.

Ele balançou a cabeça, com a expressão de quem estava perdido.

– Isso é uma característica do poder Zodíaco?

– Deve ser uma característica do *seu* poder. Mas de mais ninguém. Eu gostaria de fazer mais algumas pesquisas a respeito – disse Carlos.

Jasmine estalou os dedos. Ela se sentou ereta, com os olhos arregalados de repente.

– Isso pode nos dar a vantagem de que precisamos.

Steven desviou o olhar, confuso.

– Eu não vou embora, não é?

– Isso é por sua conta. Mas eu realmente espero que não.

– Não estamos prontos – disse ele, tentando argumentar. – Se a nossa equipe enfrentar a de Maxwell, vamos perder de novo. Podemos morrer.

– Não se formos espertos.

Steven foi até a cama e olhou para a maleta que estava arrumando. Pensou no pai, rígido e estoico, e na mãe enigmática. Pensou em seus colegas de classe, Harani e Ryan, fazendo piadas e vagando pelo museu em Hong Kong. Todos eles agora faziam parte de outra vida, uma época que lhe parecia muito, muito distante.

Em seguida, pensou em Jasmine e Carlos montando aquele complexo porque sabiam que a Convergência do Zodíaco estava chegando. Pensou nos recrutas, Duane, Kim, Liam e Roxanne, que precisavam de alguém que os guiasse. Pensou em Maxwell, flutuando com os braços esticados, soberbo, acima dos tanques Zodíaco, como se esperasse o momento de abraçar todo o poder do mundo.

E Steven pensou no mundo. Um mundo que agora tinha gente com poderes inacreditáveis à solta, poderes como jamais haviam sido vistos.

Alguém tem que proteger este mundo.

– Eu vou ficar – disse ele.

Eles ouviram um som discreto. *Puf.*

– Eeeeeeeê! – gritou Kim, aparecendo no ar entre Steven e Jasmine. Ela correu até Steven e o abraçou bem apertado.

– Hã! – fez ele, surpreso. – É... obrigado.

De súbito, Roxanne, Duane e Liam apareceram na porta e entraram. Kim se afastou, sorrindo envergonhada.

– A gente estava escutando à porta... – ela confessou, e em seguida o abraçou de novo.

– É, camarada – confirmou Liam. – A gente não quer que você vá embora.

– De jeito nenhum – acrescentou Duane.

– Nós precisamos de você – disse Roxanne, fitando-o diretamente nos olhos.

Steven os encarou, totalmente surpreso e muito emocionado por constatar que eles se importavam.

Jasmine sorriu para a equipe.

– Voltem para a sala de treinamento – pediu ela –, todos vocês. E, Steven, tente aquele novo truque com os outros, esse negócio de ligar os poderes de vocês. Eu gostaria de planejar mais um pouco.

– Certo. – Steven sorriu sem graça.

Carlos se levantou, surpreendentemente estável para alguém que tinha estado inconsciente alguns momentos antes. Vendo a expressão questionadora de Jasmine, ele assentiu e os dois saíram.

Jasmine parou na porta.

– Vamos atrás de Maxwell amanhã. Preparem-se, pessoal.

E então eles se foram.

Steven se voltou para o grupo.

– Obrigado. Vocês podem ir na frente, eu vou logo depois.

Duane, Liam e Roxanne saíram, enquanto Kim abria outro sorriso para ele. *Puf*.

Bem, pensou Steven quando ficou sozinho de novo. *Acho que vou ficar.*

Ele ainda tinha lá suas dúvidas. Porém, sentia agora uma forte sensação de alívio, além da impressão de que tinha acabado de evitar uma péssima decisão.

Algo no chão refletindo a luz do teto chamou sua atenção. Ele se abaixou e apanhou o fragmento de osso. Do que Jasmine chamara aquilo? Um osso-oráculo?

Agora ele se recordava. Seu avô lhe contara sobre ossos-oráculos: eram usados na China antiga, séculos atrás, para enviar mensagens. Alguns dos primeiros exemplos de escrita chinesa tinham sido preservados nesses fragmentos de ossos.

É isso o que está havendo?, perguntou-se. *Alguém está tentando me mandar uma mensagem? Mas quem?*

Enquanto Steven observava, os caracteres chineses no osso pareceram ficar indistintos e borrados. Eles se moveram e mudaram, as linhas e curvas se rearranjando em novos padrões. Quando pararam, a escrita dizia duas frases curtas em inglês:

SEJA CAUTELOSO E INTELIGENTE. VOCÊ CONSEGUE FAZER ISSO.

A mão de Steven tremia. *Isso não é um oráculo antigo*, pensou ele. *Seja lá o que for, tem muita tecnologia aqui. Alguém se deu a um enorme trabalho para fazer isso.*

Ele se sentou na cama, fitando o objeto por vários minutos. Seu telefone, aquele que Jasmine lhe dera, emitiu um bip. Ele tocou a tela e viu uma mensagem de texto de Liam: ESPERANDO NA SALA DE TREINAMENTO, CARA. TÁ VINDO?

Steven franziu a testa enquanto observava o osso-oráculo, depois o guardou na primeira gaveta da cômoda. Fez uma anotação mental para pedir que o verificassem, para investigar se havia algum tipo de rastreador dentro dele. De alguma forma, entretanto, não sentiu vontade de partilhar o objeto com ninguém ainda.

Ele saiu do quarto às pressas, zonzo ao pensar em todas as possibilidades.

PARTE QUATRO
O PORTÃO DO DRAGÃO

CAPÍTULO TRINTA E TRÊS

– **EU SEMPRE GOSTEI DE AVIÕES, SABIA?** – disse Liam. – Ao contrário do meu tio Edwin. Na primeira vez que ele voou, a porcaria do avião bateu em uma torre de controle. Ele nunca mais saiu de Belfast, até o dia em que morreu. Ele dizia: "Se fosse para o homem voar, ele teria um trem de pouso no traseiro".

Steven gostava de escutar as histórias de Liam, mas naquele momento havia outra coisa em sua mente. Ele resmungou uma desculpa, soltou o cinto de segurança e saiu para o corredor.

Jasmine os colocara em uma sucessão de voos comerciais. Essa era a última parte da viagem, um longo voo de Budapeste até Pequim, na China. Todos estavam cansados e doloridos pela viagem, e ainda havia um longo percurso de caminhão à frente antes que chegassem ao destino.

Jasmine havia explicado a missão. Pelo jeito, eles precisariam estar em um ponto específico da China para conseguir executá-la. Steven, contudo, ainda tinha a estranha sensação de que ela não havia lhe contado tudo.

Ele caminhou em frente. Logo adiante, estavam Kim e Roxanne, sentadas juntas. Kim tentava puxar conversa, mas Roxanne estava usando fones de ouvido, balançando-se para a frente e para trás no assento.

– Isto é bem empolgante, não é? – perguntou Kim.

Roxanne não disse nada.

– Quero dizer, essa coisa toda – prosseguiu Kim. – Treinar para usar poderes, voar pelo mundo todo, sair em missão em um território desconhecido, vagamente apavorante.

Roxanne fez um "hummmm" muito sutil.

– Eu só espero que estejamos preparados – disse Kim. – Acho que estamos começando a trabalhar bem juntos. Não acha?

Roxanne arqueou uma sobrancelha. Muito deliberadamente, ergueu a mão e retirou um dos fones.

– Kim, não me leve a mal, mas eu não estou a fim de conversar – disse Roxanne. – Só estou aqui para aprender a usar meu poder idiota sem derrubar paredes. Isso é tudo em que eu quero me concentrar.

Kim franziu o cenho.

– E se você precisar da gente? E se um de nós precisar de *você* para salvar a própria vida?

Roxanne deu de ombros. Ela olhou para Kim por um longo instante, e sua expressão pareceu se suavizar.

– Aí eu salvo a sua vida – disse ela.

Na fileira seguinte, Jasmine cochilava, esparramada sobre os dois assentos, contraindo-se de leve, como se estivesse tendo um pesadelo. *Ela provavelmente não dorme há dias*, Steven se deu conta.

Steven passou por Jasmine para a fileira seguinte, onde Duane e Carlos estavam acomodados. Um notebook grande repousava no colo de Carlos, e Duane segurava uma estranha máquina em formato de cubo conectada ao notebook por um cabo espesso. Duane teclava na minúscula tela do cubo, quase depressa demais para ser possível ver o que ele fazia.

Carlos ergueu os olhos, surpreso.

– Steven.

Steven sorriu, hesitante.

– O que vocês estão fazendo? – perguntou ele.

– Apenas completando a programação para o procedimento – retrucou Carlos. – Isso exige muitos códigos customizados. Eu estava preocupado se conseguiria escrever tudo a tempo. Mas Duane entendeu o que eu precisava logo de cara.

Steven observou Duane por um momento, mas o rapaz continuou trabalhando, sem desviar o olhar. *Todos nós usamos o poder do Zodíaco de forma diferente,* pensou Steven.

– Ei, já que você está aqui – continuou Carlos –, dê só uma olhada nisso.

Ele pressionou um botão no notebook e um acróstico surgiu, cujas letras supostamente descreviam as atribuições do grupo:

P.I.Z.Z.A.
Potência
Internacional do
Zodíaco
Zero
Assembleia

– Outro nome para o grupo? – perguntou Steven.

Carlos assentiu.

Steven franziu a testa.

– O que é uma "Zero Assembleia"?

– Ah, nada. Acho que eu estava com fome. – Carlos pressionou DELETE e as palavras sumiram. – Mais alguma coisa que eu possa fazer por você?

– Eu, hã... – Steven estendeu a mão, permitindo que um leve cintilar de poder do Tigre transparecesse em seus dedos. – Eu queria saber se Jasmine lhe contou o que aconteceu.

– Você se refere à partilha do poder? Sim. Quando voltarmos, vou fazer uma bateria de testes com você. – Carlos teclou no computador, já distraído de novo.

– Certo. Mas... você entende o que houve?

– Os poderes do Zodíaco operam em um amplo espectro de comprimento de ondas. E parece que o Tigre pode, por instinto, sentir o comprimento de onda do poder de outra pessoa e ajustar o seu próprio poder para se equiparar. Isso causa um efeito cascata de amplificação. – Ele fez uma pausa. – Mas é só um palpite.

– Eu não sei como controlar isso. E se acontecer nesta missão?

– Eu *espero* que aconteça. – Carlos deixou o computador de lado e olhou muito sério para Steven. – Você não compreende. Nenhum de vocês compreende o quanto Maxwell é poderoso. Vamos precisar de cada truque, de cada vantagem que pudermos arranjar para atravessar as defesas dele.

Steven concordou com um movimento de cabeça, refletindo sobre o que Carlos tinha dito.

– E depois disso? Quando chegarmos às, hã...

– Às Grutas. – Carlos ficou em silêncio. – Bem, o plano é atrair o poder do Dragão para fora de Maxwell. O que significa que ele vai entrar por inteiro em...

Carlos voltou a cabeça para olhar para Jasmine, ainda adormecida. No sono, ela movia a boca sutilmente, formando palavras, mas Steven não conseguiu identificá-las.

Ele se voltou para Carlos.

– Você está preocupado com ela, não é?

– Sim – respondeu Carlos. – O poder do Dragão não é como o dos outros signos.

A voz de Carlos quase não oscilou. A maioria das pessoas não teria registrado emoção por trás dela, mas Steven estava começando a conhecer Carlos, e a estranha forma como ele e Jasmine se relacionavam.

– Eu sei – disse Steven. – É muito mais forte.

– Eu espero que ela consiga lidar com isso. Ela é tão forte e orgulhosa; odeia pedir ajuda. Mas... – Carlos parou subitamente de falar, desviando o olhar.

Pela primeira vez, Steven entendeu: *ele realmente gosta dela.*

Acima deles, as luzes alertando os passageiros para que apertassem o cinto de segurança se acenderam. Uma voz anunciou pelo alto-falante que pousariam em breve. Steven tinha aprendido cantonês o suficiente para saber que precisava voltar para seu assento. Eles estavam prestes a começar as manobras de aterrissagem.

Steven se virou e foi se afastando. Porém, para sua surpresa, Carlos segurou seu braço.

– Você a salvou – disse Carlos com intensidade na voz. – Quando o poder ameaçou soterrá-la, você a ajudou. Talvez tenha que fazer isso novamente.

Steven concordou, solene.

– Ajude-a – repetiu Carlos.

Steven voltou para seu assento. O avião começou a se inclinar adiante, descendo para o solo. E Steven sentiu o peso de outro fardo sendo depositado sobre seus ombros.

Eles desembarcaram do caminhão e cruzaram uma longa ponte de pedra, passando pelo Rio Yi. Carlos levava uma mochila grande com vários equipamentos, enquanto Duane e Liam carregavam bolsas menores. Jasmine os conduziu adiante como um sargento de treinamento. Outros turistas os acompanharam na ponte.

Duane, que permanecera praticamente mudo durante toda a viagem, de repente começou a falar sem parar.

– As Grutas são um dos maiores tesouros históricos da China – disse ele. – São mais de duas mil cavernas no total, construídas ao longo de um período de quatrocentos anos.

Uma série de arcadas altas, construídas na lateral de uma montanha, marcava a entrada das cavernas. Jasmine guiou o grupo para dentro, atrás de uma excursão comercial, e logo eles estavam no interior da montanha.

A trilha seguia em declive, levando ao subsolo. As paredes da caverna começaram a exibir uma ampla variedade de entalhes: figuras, animais e paisagens.

– Essas cavernas contêm milhares de exemplos de arte budista – prosseguiu Duane. – Como pouquíssimos templos sobreviveram na superfície, as Grutas se tornaram ainda mais importantes historicamente.

A caverna se expandia em um grande salão. Diretamente adiante, várias estátuas gigantescas, erigidas nas paredes, fitavam impassíveis os visitantes. Cada estátua era pelo menos oito vezes a altura de uma pessoa. No centro, a imagem de um Buda sentado serenamente. Era o maior de todos.

– O Buda é a imagem mais importante nas cavernas – disse Duane. – Ele geralmente é retratado, como vemos aqui, com seus seguidores. Essas estátuas foram esculpidas há quase mil e quinhentos anos.

Roxanne revirou os olhos.

– Se eu tivesse interesse em ler a página da Wikipédia, teria acessado eu mesma.

Duane pareceu confuso.

– Reuni muitos dados sobre este lugar durante a viagem para cá – disse ele. – Achei que pudesse ser útil.

– É verdade – Liam repreendeu Roxanne. – Pegue leve com o rapaz. Alguém tem que ser inteligente por aqui.

– Todo grupo tem alguém inteligente – concordou Kim.

Roxanne encarou cada um deles de cara feia, contraindo os lábios. Em seguida, a expressão dela se suavizou.

– Desculpe, cara.

Duane deu-lhe as costas. Ele agora parecia triste, quase infeliz.

Liam pousou a mão no ombro do rapaz.

– Não se preocupe com ela. – Ele indicou as estátuas enormes se erguendo diante deles. – Este lugar nos faz sentir meio pequenos.

Kim olhou para as estátuas, boquiaberta.

– Isso foi há muito tempo – cochichou ela, quase baixinho demais para ser ouvida.

Steven se flagrou encarando a estátua do Buda, e principalmente as figuras gigantes em torno dele. Eles usavam roupas muito diversas, de mantos a coroas com uniformes militares antigos.

São todos muito diferentes uns dos outros, pensou Steven. *Exatamente como nós. Como nossa equipe.*

Ele olhou para baixo e viu uma pedra lisa, perfeitamente circular. *Há quanto tempo será que isso está aqui? Quantas pessoas já passaram por ela, ao longo de quantos anos? Este lugar é repleto de histórias!*

– Steven? – Jasmine tocou-lhe o ombro. – O grupo da excursão já está indo. É a nossa chance de escapar.

Ele assentiu, distraído.

– Steven?

Ele gesticulou para as estátuas.

– Jasmine – disse ele hesitante. – Você acha que algumas pessoas que viveram nessa época... possam também ter tido poderes Zodíaco? Como nós?

Ela fez que sim.

– Pode ser. E, como nós, provavelmente também tiveram que manter esses poderes em segredo para o restante do mundo. – Ela deu um tapa nas costas de Steven. – Vamos. Antes que os guardas reparem na nossa partida.

Jasmine se afastou, e os outros a seguiram. Steven, porém, permaneceu ali um momento, perdido em pensamentos. Quando se virou, o grupo da excursão havia seguido em frente. Jasmine e Carlos estavam naquele momento conduzindo os outros por um corredor lateral.

– Steven? – chamou Duane.

Steven virou-se. Duane tinha se afastado, seguindo na direção oposta à do grupo. Ele apontou, hesitante, para um ponto mais adiante na caverna.

Steven o seguiu para outro friso, outro agrupamento de estátuas entalhadas na parede, que mostrava homens e mulheres usando mantos. Eles estavam divididos em dois grupos, encarando-se furiosamente, como se prestes a começar uma batalha.

– Olhe – apontou Duane.

Steven seguiu o sentido para onde ele indicava. Entalhada acima de uma figura, o líder do grupo da esquerda, havia um cintilar de energia que podia ter sido um Dragão. E acima do outro líder, uma silhueta lascada e gasta de um Tigre se erguia para o teto.

Steven aproximou-se para observar melhor. O líder Tigre trazia-lhe à mente o desenho que havia visto no antigo livro chinês no museu. O herói antigo com poderes misteriosos.

Agora eu sei, pensou Steven. *Sei um pouquinho, pelo menos, sobre o que podem ter sido esses poderes.*

Duane deu mais alguns passos e Steven o acompanhou. A escultura seguinte mostrava o líder Tigre caído no chão. Morto.

– Eles... – A respiração de Steven ficou presa na garganta. – Eles... será que eles se destruíram mutuamente?

Duane falou baixinho.

– Dizem que, no dia em que essa caverna foi completada, as pessoas em torno viram um clarão de luz que acendeu o rio.

Steven se lembrou do clarão que o atingiu na sala da Convergência, em Hong Kong. Lembrou-se do fogo frio percorrendo seu corpo, a sensação inimaginável de poder preenchendo-o pela primeira vez.

Então espiou de novo a escultura desgastada do líder Tigre morto.

– Gente como nós – murmurou ele.

Ele se virou, gesticulando para que Duane o seguisse. Juntos, correram para alcançar os outros.

CAPÍTULO TRINTA E QUATRO

CARLOS LIDEROU O GRUPO para o interior de um corredor lateral estreito e digitou um código de acesso em uma reentrância da parede de pedra. Uma porta secreta se abriu, revelando um barulhento elevador de carga em desuso.

Steven entrou com os outros, fazendo uma careta quando o elevador guinchou sob o peso deles. Carlos abriu um painel e fez uma ligação direta. O elevador zumbiu, indicando que estava ligado, e eles desceram em uma velocidade de revirar o estômago.

Steven não sabia dizer quantos níveis abaixo o elevador os tinha levado. Porém, quando as portas se abriram, ele quase ficou sem ar ante a deslumbrante visão diante dele.

Estavam em uma caverna ampla e alta, sem saídas visíveis. Uma parede era dominada pela estátua ornamentada de um dragão, com as asas bem abertas e fogo esculpido em pedra saindo de sua boca. Seus olhos ardiam com uma ferocidade antiga.

– Olhe só para isso – disse Liam.

Steven sentiu a mão de Kim agarrando a sua, com uma pressão um tanto excessiva.

– Eu... eu não fico muito bem em espaços fechados – justificou ela.

Ele virou-se para ela e sorriu. Ela apertou a mão dele, sorriu em retribuição e a soltou.

Naquela área, não aberta a turistas, o chão era desnivelado. O ar, almiscarado e parado. Steven pensou brevemente na câmara da Convergência, a sala subterrânea onde Maxwell tentou explorar o poder Zodíaco. Esse lugar também exalava o fétido cheiro de poder; só que a sala da Convergência era um local metálico e artificial, enquanto que essa câmara era muito mais antiga, forrada de todos os lados com terra e rocha.

Steven caminhou adiante, quase tropeçando em algumas pedras pontudas, aproximando-se da escultura do dragão. Ele tocou a garra mais baixa do animal, a única que conseguia alcançar. O Tigre queimava dentro dele, como se reconhecesse um espírito irmão.

Agora podia enxergar, de ambos os lados do dragão, uma gama de outros animais. Um Carneiro atacando; um Galo cantando; um Boi fungando; um Macaco saltando; e uma serpente encolhida, deslizando pelas bordas das asas do Dragão.

E, perto do Dragão, um Tigre feroz, rugindo.

– Este lugar não está nos guias – comentou Duane.

– Não – concordou Jasmine. – Mas está onde precisamos que esteja.

Carlos já estava retirando o equipamento da bolsa, preparando algo na base da escultura do Dragão.

– Duane? – chamou ele.

– É aqui que vocês vão executar o grande ataque? – perguntou Steven. – Onde você vai drenar todo o poder do Dragão de Maxwell?

– Se existe algum lugar onde possamos fazer isso, é aqui – disse Jasmine. – Este lugar é chamado de O Portão do Dragão. É um ponto de encontro singular de energia Zodíaco e, hã, Linhas de Ley... – Ela encolheu os ombros. – Carlos? Uma ajudinha aqui?

– É onde precisamos estar – concluiu Carlos.

Steven se aproximou para observá-los, seguido por Kim, Liam e Roxanne. Carlos e Duane estavam montando uma pequena máquina em um tripé telescópico, cochichando entre si enquanto prendiam parafusos e ajustavam configurações no notebook de Carlos.

Quando terminaram, Carlos pegou a máquina em forma de cubo que Duane veio programando no avião. Carlos a montou em cima do tripé e girou-a até encaixá-la no lugar. O equipamento zumbiu, e a tela começou a piscar.

Carlos se levantou e limpou a poeira das calças.

– É isso – disse ele. – Duane, você quer dar uma última conferida na minha conexão?

Duane fez que sim e começou a mexer no lado oposto do cubo. Quando pressionou um botão, duas pesadas algemas metálicas saíram de cabos grossos, um de cada lado da base da máquina.

Steven espiou a telinha *touchscreen*:

```
protocolo de transferência do dragão
pronto
```

– Certo – disse Steven. – Então estamos prontos? – Ele apontou para a tela, onde um botão verde piscava embaixo da palavra *pronto*. – É só apertar o botão, sugar todo o poder do Dragão para fora de Maxwell e direcioná-lo para Jasmine.

Liam concordou.

– Me parece ótimo.

– Acho que estamos aqui para servir de guardas – disse Roxanne.

Kim sorriu.

– Posso apertar o botão?

Jasmine e Carlos trocaram um olhar desconfortável.

– Nós, hã, não podemos começar ainda – disse ela.

Steven teve uma sensação esquisita e muito ruim.

– Por que não? – perguntou ele.

– Porque Maxwell tem que estar presente para que o protocolo possa funcionar.

Steven arregalou os olhos.

– Presente?

– Maxwell? – perguntou Roxanne. – Vocês estão falando de Maxwell, possivelmente o cara mais poderoso do mundo todo, que jurou nos capturar? Isso quer dizer que ele está vindo *para cá*?

– Não sabemos com certeza – disse Carlos.

– Ele vai vir para cá, sim – disse Jasmine. – Não vai resistir a uma concentração tão grande de poder Zodíaco.

– Espere um momento – disse Liam.

– Ei! – acrescentou Kim.

– Vocês... vocês estão dizendo... – Steven fez uma pausa. – Nós estamos aqui para servir de *isca*?

Carlos pigarreou e se virou de costas, na direção do cubo. Duane parou de trabalhar e direcionou o olhar a Carlos e Jasmine, depois a Steven e os outros.

Jasmine também desviou os olhos.

– Somos todos iscas – disse ela evasivamente. – Onde quer que estejamos.

– Pensei que fôssemos uma equipe – disse Steven.

– E somos. É claro que somos uma equipe – garantiu Jasmine, sem olhar Steven nos olhos.

– Você não confia em nós – acusou Steven. – Não acha que podemos vencer os agentes da Vanguarda.

– Eu... eu não posso arriscar com Maxwell. – Ela apontou para a máquina. – Esta é nossa única chance de impedi-lo.

– Toda aquela conversa que tivemos... Tudo o que você disse sobre trabalho em equipe, sobre querer que levássemos vidas normais. – Steven fez um enorme esforço para impedir que a voz saísse entrecortada. – Era tudo balela, não é? A única coisa que você quer é destruir Maxwell. Independentemente de quem tenha que ferir no processo.

Jasmine se virou lentamente para ele.

– Isso não é verdade.

Eles ficaram imóveis por um instante prolongado. Kim, Liam e Roxanne se postaram atrás de Steven, encarando Jasmine. Ela ficou com Carlos, sob a sombra da antiga estátua do Dragão.

– Liam, Kim... – disse Jasmine. – Vocês sabem que eu jamais os machucaria. Roxanne.

Ao ouvir seu nome, Roxanne emitiu um grito sônico agudo e furioso. Steven cobriu os ouvidos com as mãos. Toda a caverna estremeceu e pedras soltas despencaram ruidosamente do teto.

Duane caminhou lentamente para se juntar ao grupo de Steven, e Liam deu um tapinha nas costas dele.

– Nós *somos* uma equipe – disse Steven –, quer você admita ou não.

– Eu sei disso – concordou Jasmine, quase sussurrando. – Mas as forças da Vanguarda quase *mataram* todos vocês da outra vez. Não posso permitir que...

Um ronco surgiu, inicialmente baixo. Steven se virou para Roxanne, conferindo se ela estava usando seus poderes de novo, mas ela apenas olhou ao redor, confusa, como todos os outros.

– A máquina – disse Jasmine. – Carlos, proteja a máquina!

O ronco foi ficando cada vez mais ruidoso, e o chão começou a tremer. Pedras desprenderam-se do teto, primeiro pequenas, depois maiores. *Puf.* Kim saiu imediatamente do caminho quando uma rocha desmoronou no chão, exatamente onde ela estava antes.

– Lá de baixo! – gritou Liam. – Está vindo dali de baixo!

Steven deu um passo para trás. Os outros o seguiram instintivamente, no momento em que o chão diante deles começou a rachar e se separar. Algo se ergueu no centro da sala, espalhando poeira e pedras para todo lado. Steven tropeçou, caindo para trás, na direção da parede mais distante.

Em meio à pesada nuvem de poeira, o contorno do objeto massivo abrindo um túnel na caverna ficou visível. Steven o observou com um pressentimento terrível e imediatamente soube. A Vanguarda estava ali.

CAPÍTULO TRINTA E CINCO

POEIRA CAÍA COMO UM MANTO SOBRE A CAVERNA. Steven tossiu. Através da nuvem de pó, ele podia ver a nave Vanguarda: um veículo enorme e truculento, do tamanho de uma casa, com esteiras e perfuradoras retráteis projetando-se da parte dianteira do casco. Ela subiu de um buraco no chão, vindo repousar em ângulo.

– Tenho que admitir, estou impressionada – disse Roxanne. – Essa foi uma entrada bem triunfal.

Steven olhou através do pó. Não conseguia enxergar Carlos nem Jasmine ou o aparelho. Estavam presos do lado oposto da sala, além da imensa nave Vanguarda.

Kim apontou algo.

– O que é aquilo?

A nave começou a vibrar e a emitir um zumbido agudo. Uma placa achatada, em forma de quadrado com os cantos cortados, saiu do casco da nave e elevou-se, começando a cintilar.

– Ah, não – disse Duane. – Acho que aquilo é um...

Steven não ouviu o restante. De repente, sentiu a pele em chamas, queimando de dentro para fora. Ele olhou para o próprio braço, esperando ver fogo. No entanto, não havia nenhum resquício incandescente, absolutamente nenhuma marca.

Steven, Roxanne e Kim estavam se retorcendo em agonia.

– O que é isso?! – gritou Roxanne.

– S.N.A. – retrucou Duane, com um esgar. Ele apontou para a placa brilhante na nave. – Sistema de Negação Ativa, comumente conhecido, por motivos óbvios, como raio de calor. O exército americano usa isso para o controle de multidões.

– O que isso vai fazer conosco? – perguntou Kim.

– Nada que deixe consequências permanentes. Só vai nos imobilizar agora...

Steven fechou os olhos, concentrando-se ao máximo. Sua silhueta de Tigre começou a se formar acima dele, dilatando com o poder. Mas então oscilou e desapareceu.

A dor, pensou ele, é forte demais. *Não podemos nos concentrar o suficiente para usar nossos poderes!*

Ele olhou ao redor. Duane e Kim estavam agora de joelhos, rangendo os dentes de sofrimento. Roxanne recuou através da espessa nuvem de poeira, indo na direção da parede da caverna. Liam ainda estava de pé, mas por pouco.

O rádio na lapela de Steven estalou.

– *... estão me ouvindo?*

Ele deu um pulo. Tinha se esquecido dos pequenos rádios que Carlos lhes dera.

– Jasmine? – respondeu ele.

– *Não consigo vê-los* – disse ela. – *Vocês estão do outro lado do veículo. O que está havendo? Vocês estão bem?*

– Estamos sob ataque – disse ele. – Você também está sentindo o... raio de calor?

– *Podemos sentir alguma coisa, mas é muito mais fraco deste lado. Deve ser unidirecional.* – Ela fez uma pausa. – *Carlos disse que é um jeito esperto de atacar vocês. Ele queria ter pensado nisso.*

– Eu também queria que ele tivesse pensado nisso!

Steven olhou para cima. Em meio à névoa, pensou ver algo se mexendo no casco da nave Vanguarda. Era uma porta... se abrindo?

– Eu tenho que ir, Jasmine.

– *Você está vendo Maxwell?* – perguntou Jasmine.

– Não. Não estou vendo Maxwell. – Steven não pôde evitar a irritação que soou em sua voz.

– *Steven, não posso ajudá-los agora. Tenho que ajudar Carlos com o procedimento de drenagem de poder.*

– Entendi.

– *Steven? Eu sinto muito... Devia ter lhe contado sobre o plano.*

– Está tudo bem. Até mais!

A poeira agora soprava na direção dele, obscurecendo a nave. Steven tossiu e esticou a mão para Duane, fazendo uma careta a cada movimento. Sentia como se suas entranhas estivessem pegando fogo.

– Duane – disse ele –, veja se consegue chegar perto da nave e acabar com aquele raio de calor.

Duane ergueu os olhos, derramando lágrimas de dor.

– Tudo bem – disse ele –, m-mas Carlos disse que a tecnologia Vanguarda estaria protegida.

– Apenas tente!

– Mas o meu poder...

– Duane... – Steven o segurou pelos ombros e fitou os olhos apavorados do rapaz. – Neste momento, nós realmente *queremos* que o seu poder estrague alguma coisa.

Duane sorriu brevemente. Ele tossiu, assentiu e desapareceu na poeira.

Steven girou na direção dos outros, e então se viu encarando diretamente o rosto sombrio do Boi.

O Boi atacou-o com o punho massivo em riste. Steven se abaixou, esquivando-se do golpe, então enfiou a mão no bolso da calça cargo e tirou de lá um pequeno cajado eletrônico, uma versão minúscula do que Carlos tinha usado para repelir a equipe da Vanguarda na

Groenlândia. Steven o ligou com um clique, e um facho de energia amarela jorrou adiante, envolvendo o Boi.

– Lembra-se disso? – perguntou Steven.

O Boi apenas sorriu.

– Sim – disse ele –, mas estamos protegidos agora. Além do raio de calor.

Mal enxergando o soco seguinte, Steven foi empurrado para trás e caiu no chão. O impacto foi forte, e ele tossiu poeira, com a pele ainda ardendo como fogo.

Bem, pensou ele, *nós já esperávamos por isso. Mesmo assim, seria legal ter uma folga de vez em quando.*

Com um esforço, ele chacoalhou a cabeça e olhou para cima. Roxanne estava caída no chão, e Cavalo de joelhos sobre ela. Logo além delas, Liam e o Boi encaravam-se em desafio, girando em círculos como boxeadores. Ele não conseguia ver Kim. A garota devia ter feito *puf* e sumido dali.

Sob outras circunstâncias, Steven percebeu, teria sido uma luta justa. Mas Cavalo e Boi estavam com seus poderes potencializados, e suas silhuetas de energia reluziam ao redor deles. Liam e Roxanne tentavam usar seus poderes, mas o raio de calor tornava a concentração impossível para eles. A figura espectral de um Carneiro tremeluziu no ar acima de Liam, enquanto um Galo feroz lutava para continuar corpóreo ao redor da silhueta indefesa de Roxanne.

Eles nos pegaram, Steven se deu conta. *Eles planejaram isso... Planejaram tudo. Tudo, exceto...*

– *Vamos precisar de cada truque* – Carlos dissera no avião. – *De cada vantagem que pudermos arranjar.*

Steven fechou os olhos, forçando a dor a retroceder. Ele buscou dentro de si e expulsou o relutante Tigre de sua jaula. A fera saltou adiante, procurando outros de sua espécie. Procurando seus amigos, seus aliados.

Seus colegas de equipe.

Steven disparou até onde estava Roxanne, estendendo-lhe a mão. O poder do Tigre se irradiou, passando na frente dele. A energia lampejou no ar, expandindo-se e soprando adiante.

Quando a energia de Steven tocou Roxanne, os olhos dela arderam com um fogo repentino. A silhueta do Galo se avolumou acima dela, o bico golpeando furiosamente. Roxanne jogou o Cavalo longe, soltando-se das mãos poderosas da agente da Vanguarda. Em seguida, escancarou a boca.

Um grito feroz e potente eclodiu, mais forte do que qualquer um que Roxanne havia emitido até então, e atingiu o perplexo Cavalo de frente, envolvendo-o em uma detonação inimaginável de som. Cavalo gritou, levando as mãos aos ouvidos, e vacilou para trás, colidindo com força contra o casco do veículo Vanguarda.

Steven viu sua chance e aplicou um golpe vigoroso, acertando um soco na lateral da cabeça de Cavalo. Ela caiu.

Ele ofereceu a mão a Roxanne. Ela olhou para ele por um instante, ainda tonta. Em seguida, estendeu a mão e permitiu que ele a ajudasse a se levantar.

– Obrigada – agradeceu ela, tossindo e segurando a garganta.

– Você está com a gente? – perguntou ele.

Ela assentiu com a expressão séria.

Repentinamente, ela se virou depressa, empurrando Steven de lado. Ele se voltou, surpreso, e viu o Boi correndo para atacá-los. Roxanne abaixou a cabeça e gritou.

A erupção sônica atingiu os pés do Boi, fazendo-o perder o equilíbrio. Steven viu sua oportunidade e saltou no ar. O Boi girou e tentou recuperar o equilíbrio, mas tropeçou e caiu.

Steven aterrissou sobre ele, socando e chutando com toda a força do Tigre. *Não o deixe ficar com a vantagem*, pensou Steven. *Aprenda com seus erros. Não lhe dê nenhuma chance!*

A batalha progrediu por vários minutos. O Boi era musculoso – cada vez que um soco dele o atingia, Steven sentia nos ossos. Mas Steven era mais rápido. Ele acertava dois socos para cada investida do agente.

Finalmente, ele ouviu uma voz em seu ouvido:

– Bola de canhããão!

Steven olhou para cima e viu Liam voando pelo ar. Steven ergueu uma das mãos, enviando energia do Tigre para Liam. A silhueta do Carneiro rodopiou e rolou junto com Liam, os chifres espectrais cortando o ar. A energia de Steven lampejou para dentro dele, sobrecarregando o poder de Liam, acendendo-o como uma lua cheia.

No último segundo, Steven rolou para fora do caminho.

Liam pousou em cima do Boi com a força total de sua pele dura feito aço. O Boi ofegou estrondosamente e amoleceu.

Liam rolou até ficar de pé.

– Que tal isso? – perguntou ele, sorrindo tranquilamente. – O objeto irremovível ganha, no final das contas.

Steven apontou para o projetor do raio de calor, ainda brilhando no topo da nave Vanguarda.

– Temos que acabar com aquele negócio ali – disse ele.

Liam apontou para a silhueta frouxa do Boi.

– Que tal a gente usar isto aqui?

Steven concordou com um movimento enérgico de cabeça. Ele segurou os braços do imenso Boi, enquanto Liam segurava os pés e Roxanne levantava o tronco. E então, juntos, o arremessaram contra a nave.

O Boi voou por cinquenta centímetros no ar e caiu, aterrissando no chão com um baque surdo. Ele grunhiu baixinho.

Roxanne indicou o Cavalo, que jazia inconsciente.

– Talvez algo mais leve?

Um minuto depois, o corpo de Cavalo se chocou contra o facho do raio de calor. O projetor estalou, soltou faíscas e rachou ao meio. Uma parte ficou pendurada na nave, enquanto a outra caiu no chão com estrépito.

Instantaneamente, a dor desapareceu. Steven exalou, aliviado, movimentando amplamente os membros.

– A Vanguarda tem *mesmo* os melhores brinquedos – disse ele.

– Talvez. – Liam sorriu. – Mas eu sempre, sempre quebrava os meus brinquedos.

– S-Steven?

A voz de Kim soou amedrontada pelo rádio. Steven girou a cabeça, procurando por ela.

– Estamos a caminho! – gritou ele, e saiu em disparada, com Liam e Roxanne logo atrás.

A entrada da nave Vanguarda tinha empilhado um monte de pedras contra as estátuas do Zodíaco. Steven correu em zigue-zague em torno delas e parou de súbito. O Cachorro, o terceiro agente da Vanguarda, estava escorado no monte de rochas, segurando Kim firmemente. Ele a apertava tão forte que evidentemente a estava machucando.

– Ele me pegou – disse Kim. – Eu... eu não posso pular se não puder me mover!

Liam cerrou os dentes e começou a se adiantar. Steven, entretanto, o segurou pelo ombro.

– Não – disse Steven. – Vamos fazer do jeito que praticamos. Roxanne?

Roxanne respirou fundo e atacou. Conforme se aproximava do Cachorro, ela emitia uma série de eclosões sônicas. Steven se retesou, mas, dessa vez, o ataque de Roxanne parecia ser silencioso. Steven não conseguia ouvir nada.

Mas o Cachorro, ao que parecia, sim. Ele soltou Kim e se virou para Roxanne, agarrando as orelhas e uivando em agonia.

– Eu quero ser uma verruga no nariz da minha avó – disse Liam. – O truque funciona!

– Gritos ultrassônicos – disse Steven. – Muito agudos para humanos escutarem. Mas para *cães*...

O Cachorro caiu de joelhos, emitindo um ganido agudo e fraco.

Liam deu um tapinha nas costas de Steven.

– Sua vez, camarada.

Steven atacou, invocando o poder do Tigre. Ele assolou seus braços, suas pernas, seus sentidos. Quando alcançou

Roxanne, ela recuou um passo, abrindo-lhe caminho. O Cachorro se voltou, confuso.

Steven pulou nas costas dele.

O Cachorro se levantou, uivando. Ele esticou os braços para tentar agarrar Kim. E, apesar de seus instintos, Kim ficou parada, sabendo que precisava fazer isso para impedir que o Cachorro saísse correndo. Steven o segurou pelo pescoço, fechando um braço em torno de sua traqueia. O Cachorro começou a se debater, saltar, se revirar e pular, tentando qualquer coisa que pudesse derrubar Steven de suas costas. Mas o aperto do Tigre era inquebrável.

Steven puxou a orelha do Cachorro, e o agente da Vanguarda ganiu e se virou naquela direção.

– Hum – disse Steven. – O volante está meio enferrujado...

– Como você sabe? – gritou Liam. – Você é jovem demais para dirigir!

Ele deu um passo adiante e fez um gesto de "manda ver" para Steven.

Steven puxou com força a outra orelha do Cachorro, e ele girou e disparou correndo, latindo e uivando. Steven segurou firme, segurou, segurou... Depois saltou para longe, no exato instante em que o Cachorro se chocou contra Liam a toda velocidade.

No momento do impacto, Liam voou para trás. O Cachorro quicou na direção contrária, voando alto.

No auge do arco do Cachorro, Kim apareceu em pleno ar. *Puf.*

– Você se lembra de mim? – perguntou ela, esmurrando-o no focinho com toda a força que tinha, depois sumiu. *Puf.*

O Cachorro revirou os olhos, e finalmente desabou no chão, inconsciente.

Steven correu até Liam e Roxanne.

– Todo mundo inteiro? – perguntou ele.

– Sólidos como rochas – disse Liam, que nem ofegante estava.

Antes que Steven pudesse responder, *puf*, Kim sumiu e agarrou os três, puxando-os para um abraço coletivo. Steven se assustou, e Roxanne tentou se afastar.

Kim, no entanto, segurou-os firmemente.

– Isso está mesmo acontecendo, gente – disse ela. – Eu tenho vários sentimentos!

– Que diabos – disse Roxanne. – Acho que merecemos isso.

Steven teve uma sensação de orgulho mais forte do que tudo o que já sentira. Agora eles eram *mesmo* um time.

Então Roxanne recuou, apontando para a nave Vanguarda.

– Hã, *era* para isso acontecer?

Um brilho forte se erguia sobre o nariz da nave, atravessando a poeira que se assentava. O coração de Steven ficou acelerado quando ele reconheceu a silhueta por entre o brilho: um cintilante Dragão em movimento.

Kim franziu o cenho.

– É outro raio de calor?

– Ou... – Roxanne fez uma careta. – ... Maxwell?

– Não. Parece o Dragão de Jasmine – disse Steven. – Acho que ela ativou a máquina de Carlos.

Liam começou a dar a volta na nave.

– Bem, vamos lá então. É melhor ter certeza de que nenhuma droga de rocha vá cair em cima dela.

Steven, porém, franziu a testa e ligou o rádio.

– Duane? – chamou ele. – Onde você está?

Nenhuma resposta. *Isso não é nada bom*, pensou Steven. *Pode haver mais agentes da Vanguarda na nave.*

Temos que ir atrás deles. Não posso abandonar um membro da equipe...

E então uma segunda luz, mais intensa que a primeira, captou a atenção de Steven. Vinha do centro do teto, diretamente acima da nave da Vanguarda. Enquanto ele observava, o clarão ficou mais forte, quase ofuscante. Uma abertura incandescente começou a surgir na rocha, estendendo-se para o alto, para além do que ele podia enxergar.

Liam apontou para o buraco.

– Aquilo – disse ele devagar – não estava ali antes.

– E está derretendo – acrescentou Roxanne. – Algo derretendo não é nada bom.

Kim se voltou para ele.

– Steven? O que fazemos?

Steven olhou para a luz cegante, depois para o lume emanando do Dragão de Jasmine. Dois problemas que exigiam sua atenção imediata.

E ainda havia Duane.

Outra decisão, pensou Steven. *E, desta vez, é bom eu escolher direito.*

CAPÍTULO TRINTA E SEIS

JOSIE ENTROU TRÔPEGA pela passagem curva no interior da nave Vanguarda, passando pelas portas laterais que levavam ao controle da perfuratriz e às câmaras de armas. Ela socou a parede e praguejou baixinho. Não conseguia acreditar que aquele grupo de crianças tinha levado a melhor sobre ela outra vez.

– Que boca suja – disse uma voz bajuladora à frente dela. Josie a reconheceu de imediato: Thiago, o Rato.

Josie grunhiu e abriu caminho até a cabine principal. Era um espaço apertado, mas grande o bastante para conter o grupo heterogêneo que a confrontou. Vincent, o Macaco, estava no banco do piloto, falando intensamente em um tom baixo e monocórdio. Ao lado dele estava Celine, a Serpente. Ela se virou, arqueando a única sobrancelha visível com a entrada de Josie.

Um Thiago sorridente se levantou para encarar Josie.

– Os caras da sua equipe de combate não estão se saindo muito bem, não é? – Ele abaixou a mão e ergueu Duane, o Porco do Zodíaco, do chão pelos cabelos, exibindo-o como se fosse um troféu. – Eu fiz minha parte. Apaguei este cara.

– Eu poderia ter simplesmente hipnotizado o garoto – disse Celine. – Esse é o meu poder, sabia?

– Eu usei minha arma de gás. É mais divertido. – Ainda segurando Duane, Thiago sacou uma pistola de alta tecnologia e soltou uma nuvem de gás no ar. – E ainda tem um agradável odor amadeirado.

Josie franziu o cenho. Ela não gostava de Thiago e, embora odiasse admitir, tinha um pouco de medo de Celine. Os dois compunham a equipe de Operações Especiais da Vanguarda, e Maxwell assegurara Josie de que estavam todos do mesmo lado. Thiago, porém, era assustador e sádico, enquanto Celine parecia fria e imprevisível.

Josie se virou para o assento do piloto e gesticulou para Vincent, que, ela podia ver agora, estava falando continuamente pelo celular.

– O que ele está fazendo?

– Passando o relatório da situação – disse Celine. – Ele é todo negócios agora, o nosso Macaco.

Josie olhou para ela, um pouco surpresa. Havia uma nota de preocupação na voz de Celine?

Vincent pressionou algo em uma tela *touchscreen*, e outra tela se iluminou com uma imagem de Steven se estendendo para partilhar poder com Roxanne.

– Descobertas preliminares: alvos manifestam capacidades cooperativas previamente inéditas – anunciou Vincent. Ele digitou de novo, e três retratos apareceram com grandes X os recobrindo: Nicky, Josie e Malik. – Agentes um a três neutralizados.

– Ei! – protestou Josie.

Vincent se virou. Parecia que somente agora reparava nela. Ele não demonstrou nenhuma reação, e então voltou de imediato para seu relatório.

– Agentes um e três neutralizados – corrigiu-se ele. – Agente dois... danificada.

Thiago deu uma risadinha.

– Danificada – disse ele, apontando para Josie. – É você.

A despeito do medo e dos músculos doloridos, Josie cerrou o punho e se virou para Thiago. Ele se encolheu e empurrou o corpo de Duane para longe, para o canto da cabine.

Vincent olhou para cima, surpreso, quando a silhueta inconsciente de Duane passou escorregando por ele, e ficou levemente confuso.

– Esse cara... – disse Vincent, apontando para Duane. – Por acaso eu o conheço?

Josie se voltou para Vincent, incrédula.

– Você lutou com ele – disse ela. – Dois dias atrás.

– Ah, sim. Eu era diferente então. – Uma expressão de desprezo passou pelo rosto do Macaco. – Eu era um tolo.

Josie franziu o cenho. Vincent era presunçoso e arrogante desde que ela o conhecera, constantemente se intrometendo nos assuntos dos outros. Entretanto, desde sua reunião particular com Maxwell, suas atitudes e postura haviam mudado. Josie deveria estar feliz por isso, já que o Vincent "antigo" era incrivelmente irritante. Porém, quando olhava para o sorriso cruel no rosto do modelo novo, sentia calafrios na coluna.

Se eu desobedecer às ordens que recebi, pensou Josie, *com certeza receberei um corretivo. Uma semana de trabalho subalterno, uma demoção, talvez até encarceramento. Mas Maxwell fez mais do que isso; ele mudou toda a personalidade de Vincent. Maxwell é mesmo tão poderoso assim?*

E, se for, o que o impede de alterar as mentes de todos *nós?*

Vincent chutou o corpo de Duane, apenas o suficiente para fazer o adolescente gemer.

– O Porco – disse Vincent. – Eu me lembro dele agora. A vingança está chegando.

Thiago riu.

– Eu gosto da forma como você pensa, Garoto Macaco.

Em seguida, o corpo inteiro de Thiago se enrijeceu. Ele olhou ao redor com olhos selvagens, como se tivesse sido pego em uma ratoeira.

– O que foi? – perguntou Celine. – O que você está vendo?

Os olhos de contas de vidro de Thiago reluziram na direção de Celine, depois na de Vincent e finalmente na de Josie. Ele fitou o corpo de Duane por um longo tempo, piscando os olhos rapidamente.

Ele pode pressentir coisas, lembrou-se Josie. *Esse é o poder do Rato: intuição, talvez até premonição. Será que ele consegue mesmo ver o futuro?*

Thiago virou-se para olhar a curta passagem diante da portinhola exterior da nave. A porta ficava fora de vista, depois de uma curva. Thiago abriu a boca e disse três palavras, baixo demais para Celine escutar.

– O que foi? – Celine franziu a testa. – O que você disse?

– Alguém está vindo – repetiu Thiago.

Jasmine levitou, sentindo a energia percorrer seu corpo. A silhueta luminescente do Dragão a envolveu, e seu brilho iluminou a caverna inteira.

Carlos se ajoelhou perto da máquina, ajustando interruptores e tocando telas de controle.

– Cuidado – disse ele. – Você está amarrada, lembra-se?

Jasmine sentiu um puxão no braço e olhou para baixo, lembrando apenas nesse momento que uma das algemas da máquina estava amarrada a seu pulso. Ela cintilava com o poder, com os pequenos eletrodos dentro dela enviando energia da máquina de Carlos para dentro de seu corpo.

Ela se concentrou bastante, e uma leve imagem do segundo Dragão – o Dragão de Maxwell – ficou visível perto do dela. No entanto, assim que apareceu, tornou a sumir.

– Está funcionando? – perguntou ela. – Estamos drenando energia de Maxwell?

Carlos ergueu os olhos da máquina.

– Um pouquinho. Mas até chegarmos à Fase Dois, não será suficiente para fazer diferença.

Fase Dois, pensou Jasmine. Ela lançou um olhar sombrio para a segunda algema, vazia, pendendo solta do outro lado da máquina.

– Você consegue lidar com isso? – perguntou Carlos. – Com o poder, quero dizer.

Jasmine sentiu uma pontada de medo, a despeito de tudo.

– Eu preciso lidar com isso – disse ela.

– Estou preocupado com você, Jaz. No quartel-general, você quase se esgotou. Se conseguirmos fazer isso, você vai absorver *mais* energia do que...

Ele se calou. Jasmine olhou para baixo, através do halo de luz.

– O que foi? – perguntou ela.

Carlos estava fitando o alto, para além da silhueta flutuante de Jasmine. Lentamente, ele ergueu o indicador e apontou.

No teto desigual, um círculo de rocha reluzia intensamente. Enquanto Jasmine observava, a cor passou de cinza para vermelho, depois para branco.

E então a pedra começou a derreter em um caldo líquido. Gotas fundidas caíam como chuva espessa no centro da sala. Uma delas atingiu a nave Vanguarda, marcando sua superfície com um chiado agudo.

Uma radiância incandescente pareceu preencher o rombo no teto. Ela explodiu e atravessou, caindo na câmara com velocidade comedida, sem pressa.

Os olhos e a boca de Jasmine pareciam estar cheios de fogo. Ela foi levada pelo ar até o chão e levantou a mão livre, apontando-a para o teto. A afiada garra de energia do Dragão se elevou em uníssono, e ele abriu a boca para cuspir fogo.

– Combate – murmurou ela.

Dentro do fulgor, uma silhueta de Dragão conhecida lampejou como mil sóis. E em seu cerne, quase invisível em meio à luz ofuscante, estava a figura confiante e ameaçadora de Maxwell.

– Calma, pessoal – disse Nicky. – Sou eu.

Josie suspirou aliviada. Ela esticou o braço para ajudar Nicky, o Cachorro, a entrar na cabine. Ele estava bem surrado, com a pelagem queimada e suja.

Celine se voltou para o parceiro, com olhos cintilantes e aborrecidos.

– Quando você disse que alguém estava vindo, eu presumi que fosse um inimigo.

Thiago encolheu os ombros.

– Acho que nem sempre se pode acertar.

Josie os ignorou.

– Você está bem? – ela perguntou a Nicky. – O que está havendo lá fora, afinal?

Nicky espanou a pelagem.

– Vejamos – disse ele. – O Tigre e seus colegas me deram uma surra. Acho que Jasmine está aprontando alguma coisa. Ah, e Maxwell está aqui.

Josie e Celine se viraram para ele, chocadas.

– Ele está *aqui?* – perguntou Josie.

Nicky confirmou.

– Acabou de chegar. – Ele não parecia muito feliz ao dar aquela notícia.

– Isso não estava nos planos – disse Celine.

Um sorriso de escárnio se fez nos lábios de Thiago.

– Talvez estivesse, você que não conhecia o plano todo.

Ela o encarou carrancuda.

– E você conhecia?

Thiago apenas deu de ombros outra vez.

Josie pigarreou.

– A questão é, o que faremos agora? Acho que...

– O que *faremos?*

Todos eles se viraram. Vincent – o Macaco – estava no console do piloto, encarando todos eles. Seus olhos faiscavam com poder e uma indignação justificada.

– Nós vamos ajudá-lo – disse Vincent. – Ele é o nosso líder. Devemos tudo a ele.

Celine franziu a testa.

– É claro que temos que ajudá-lo – disse ela. – Mas é uma questão de estratégia...

– Eu não vou – recusou-se o Cachorro. – Para mim, chega.

Todos se voltaram para ele.

– Vocês me escutaram – disse ele. – Desde que adquiri esse poder Zodíaco, fui jogado para fora de um avião, congelei até quase a morte e levei mais pancadas na cabeça do que consigo contar. Estou fora. Chega. Muito amor para o Maxwell, mas ele vai ter que encontrar um novo saco de pancadas.

Thiago virou para Nicky com uma expressão ameaçadora nos olhos.

– Você acha que pode simplesmente *pedir demissão*?

Nicky ergueu uma pata afiada.

– Quem é que vai me impedir? Você?

Josie assistia ao enfrentamento. Os poderes de Thiago provavelmente eram maiores que os de Nicky, porém menos físicos. Depois de um instante, Thiago recuou, erguendo as mãos e sorrindo.

Vincent adiantou-se, ficando frente a frente com Nicky.

– Seu vermezinho – censurou Vincent. – Depois de tudo que Maxwell fez por você!

Nicky o encarou.

– Ontem você também estava pronto para dar o fora. Chamou Maxwell de "um soldado de faz de conta que só me dá no saco". O que aconteceu com você?

– Maxwell jamais vai deixá-lo partir – disse Celine, intrometendo-se na discussão.

Nicky deu de ombros.

– Ele provavelmente vai vir atrás de mim. Mas eu tenho amigos em todo canto. – Ele sorriu. – Já tentou pegar um cachorro fujão?

Celine não respondeu, apenas encarou Nicky, e seus olhos começaram a se iluminar. Um brilho verde de energia se elevou acima dela, formando a imagem de uma serpente encolhida e sibilante. Nicky congelou, sentindo o corpo ficar rígido.

Ela o está hipnotizando, percebeu Josie. *Usando seu poder. Ela vai fazê-lo ficar, vai forçá-lo a cumprir a missão.*

Subitamente, Josie se deu conta: *não posso permitir que isso aconteça.*

Ela agarrou Nicky, arrancando-o da linha de visão de Celine. Nicky chacoalhou a cabeça, desorientado.

Celine inclinou a cabeça perigosamente para Josie.

– O que você está fazendo?

– Se ele quiser ir – disse Josie –, deixe que vá.

Todos congelaram. Josie e Celine estavam frente a frente, ambas sérias e impassíveis.

– E eu também vou – prosseguiu Josie.

Vincent jogou as mãos para o ar e fitou Josie carrancudo por um momento, depois retornou para o console do piloto. Ele apanhou o celular e recomeçou a ditar.

– Agentes um e dois – iniciou ele com a voz esganiçada – tornaram-se traidores. Recomendo sanções severas e imediatas, inclusive demissão, mas não apenas isso...

Josie observou Celine com cuidado. Os olhos da mulher Serpente ainda cintilavam, porém não tanto quanto antes.

– Maxwell está fora de controle – disse Josie. – Você sabe o que ele fez. *Com ele.* – Josie indicou Vincent. – Mas talvez esteja tudo bem para você. Afinal, você mexe com a mente das pessoas o tempo todo.

– Não desse jeito – defendeu-se Celine. Acima da cabeça dela, a Serpente de energia chicoteou e se agitou nervosamente. – Eu posso dar comandos às pessoas, fazê-las me obedecer. Mas não mudo quem elas são.

– Bem – disse Thiago –, parece que nossos novos poderes criam alianças frágeis. – Ele levantou as duas mãos e recuou, sorrindo discretamente. – Vou deixar que vocês, senhoras, resolvam isso.

Ele passou pelo corpo de Duane, detendo-se apenas para lhe dar um chute. Abaixou-se e abriu um pequeno portal, que levava a uma passagem secreta. Em seguida parou, voltando-se para falar com os outros.

– Um pequeno conselho – disse Thiago. – Se pretendem desafiar Maxwell, é melhor terem um Plano B.

E então se foi, escondendo-se como um rato em seu buraco.

Josie e Celine mantiveram-se ali, fitando-se por um longo momento. Nicky assistia, e Vincent falava baixinho ao telefone. Josie lutava para não piscar.

Finalmente, Celine debruçou-se adiante, colocando a cabeça bem perto da de Josie.

– Vá – disse Celine.

Josie se afastou.

– Você vai...

– Não posso ir com vocês. – Celine se virou para Nicky com a expressão zangada. – Vocês dois, caiam fora. *Agora!*

Josie olhou para Nicky, nervosa. Porém, ele apenas deu um passo para trás, dando de ombros. Vincent continuou no assento do piloto, ditando seu relatório furiosamente.

– Vamos – Josie disse para Nicky.

Ela o levou até o corredor, depois saiu logo atrás dele. Durante todo o tempo pôde sentir os olhos de Celine em suas costas. De certa forma, esperava que Celine a atacasse, a agarrasse pelos cabelos ou lhe desse um murro nas costas e a puxasse de volta. Contudo, nada disso aconteceu.

Assim que saíram da cabine, Nicky se voltou para ela.

– E então, qual é o Plano B?

– Malik – disse Josie. – Vamos conversar com ele lá fora. Se ele ainda estiver inteiro.

Nicky fez que sim. Então, rápido como um cão, correu na frente dela pela passagem.

Josie engoliu em seco, nervosa, e o seguiu.

CAPÍTULO TRINTA E SETE

KIM SE TELETRANSPORTOU PARA O OUTRO LADO da nave Vanguarda. Steven observou-a desaparecer com uma sensação ruim no estômago.

Ele tomara sua decisão. Odiava admitir, mas Jasmine tinha razão. Nada era mais importante do que o procedimento de drenagem de poder.

Ele lançou um olhar desconfortável para a nave. *Desculpe, Duane,* pensou ele. *Voltamos para buscá-lo assim que pudermos.*

Em seguida, voltou-se para Liam e Roxanne.

– Vamos – disse ele.

Ele os levou ao redor da nave, esgueirando-se em silêncio em torno do casco. O grupo passou pelo ponto em que haviam lutado contra a equipe da Vanguarda, quase tropeçando no corpo inconsciente do Boi. Os outros dois agentes, Cavalo e Cachorro, tinham sumido.

Ótimo, pensou Steven. *Mais caras em quem vou ter que ficar de olho...*

Ele parou de súbito, quase colidindo com Kim, e Liam trombou com eles por trás. Steven gesticulou para o grupo ficar abaixado, escondido atrás de um canto da nave Vanguarda.

Kim apontou para cima. Lá no alto, Maxwell pairava no ar, de frente com o imenso dragão esculpido na parede. Ele reluzia intensamente, cantando para si mesmo, cercado por sua imensa e furiosa silhueta de energia. Steven teve que se esforçar para entender as palavras.

– Eu sou o Dragão – disse Maxwell. – Sou a tempestade, sou o turbilhão. Sou poder e paciência. Eu forjo o futuro.

Enquanto Maxwell falava, seu Dragão de energia agitou a cabeça flamejante para Jasmine, que estava no chão, com a testa brilhante de suor e uma das mãos esticadas, tentando drenar o poder de volta para si. A outra mão estava ligada à máquina de Carlos, que zunia e vibrava, com as luzes piscando.

Kim ofegou rapidamente.

– Dois Dragões – disse ela baixinho.

– Uma batalha entre bandas de verdade – disse Roxanne.

A silhueta de energia de Jasmine rosnava e debatia-se com fúria, e o poder fluía de sua boca para a de Maxwell.

– Carlos – arfou ela. – Está funcionando?

Carlos surgiu de trás da máquina, balançando a cabeça.

– Ele é forte demais, conseguiu reverter o fluxo de energia, puxando-a de volta para ele.

Jasmine cerrou os dentes.

– *Não podemos* deixar isso acontecer.

Maxwell nem olhava para eles lá embaixo.

– Eu sou forte – cantarolava ele. – Sou fogo, sou caos. Sou o Dragão.

Carlos fixou os olhos em Jasmine sombriamente.

– Temos que ir para a Fase Dois – disse ele. – É o único jeito!

Jasmine se virou para olhar para Maxwell com uma expressão que Steven jamais vira em seu rosto. Ela parecia totalmente apavorada, mas ao mesmo tempo resignada e determinada. Voltou-se para Carlos sorrindo com tristeza e soltou a algema do pulso.

– Lembre-se de mim com carinho – pediu ela.

Ela saltou no ar, cavalgando a corrente de energia Dragão. Virando--se para enfrentá-la, Maxwell levantou a mão...

... e a jogou do outro lado do salão.

Jasmine gritou quando bateu contra a parede, lascando uma das estátuas menores do Zodíaco. O chifre do carneiro se soltou e caiu no chão.

– Ai! – disse Liam.

– Certo – disse Steven, reunindo a equipe em roda. – Agora está por nossa conta.

Roxanne arregalou os olhos.

– "Nossa"?

Steven olhou para cima, para verificar se Maxwell os escutara. O líder da Vanguarda, porém, ainda estava de costas para eles, flutuando e cantando outra vez.

Jasmine aterrissou em uma pilha de escombros no chão. Sua silhueta de energia tremeluziu, e o formato foi se tornando indistinto. Agora a energia fluía dela ainda mais depressa.

– Não há escolha – disse Steven. – Roxanne, você o ataca do chão. Liam, você vai comigo. Kim, surja acima dele.

Kim tocou o ombro de Steven.

– Não sei, não...

– Nós podemos fazer isso. Lembrem-se, somos uma equipe. Ele é somente um cara.

– Um cara *loucamente poderoso* – completou Liam.

– Apenas se lembrem do plano. VAMOS!

Steven saiu correndo, pensando: *espero que eles estejam atrás de mim.*

Estavam. Quando Steven se esticou até Maxwell, Liam se plantou em posição, fazendo uma careta. Roxanne se agachou, mirando eclosões sônicas em um facho na cabeça de Maxwell.

Maxwell rodopiou em resposta, no exato instante em que Kim surgiu acima dele. *Puf.* Ela se empoleirou na cabeça da estátua do Cavalo, pronta para saltar.

Steven saltou para o alto e se agarrou às pernas de Maxwell, então o balançou na direção de Liam. A energia do Dragão irradiou, brilhante, e Steven pensou ter visto um traço de sorriso nos lábios de Maxwell.

E então Maxwell simplesmente não estava mais lá. De repente, Steven estava desmoronando para o chão. Ele caiu com força sobre o ombro e gritou de dor. Vagamente, viu Roxanne desabar perto dele, seguida por Kim.

E então Liam chegou ao chão, estremecendo a câmara inteira.

Isso é impossível, pensou Steven. *Nada pode derrubar nós quatro tão depressa!*

E então ele entendeu: *Nada, a não ser o Dragão.*

Steven fez um esforço atroz para se levantar, mas seus membros não lhe obedeciam. Uma onda de energia do Dragão o cobriu como uma manta espessa, pressionando-o contra o chão.

Ele ouviu um grito abafado e se virou. Roxanne lutava sob outra onda do poder Dragão; Kim e Liam também tinham sido apanhados, cada um em uma prisão de energia separada.

Maxwell não estava sequer olhando para eles. Com os olhos novamente fixos na estátua de Dragão, ele tinha retomado o cântico.

– Este é o meu lugar – disse Maxwell. – Este é o meu Palácio do Destino. Eu sou o Dragão e nasci para governar.

Ele é tão poderoso que pode nos impedir com um reles pensamento, percebeu Steven. *Ele sabe que não representamos ameaça alguma.*

Acabou. Ele venceu.

E então um lampejo de energia veio do alto, atingindo diretamente Maxwell e esmagando-o contra o casco exterior da nave Vanguarda. Maxwell brilhou intensamente, e as duas fontes de energia foram se fundindo, misturando-se em uma única esfera ofuscante de luz.

Steven estava preso. Ele fez um esforço e conseguiu ficar de costas, estreitando os olhos e voltando-os para o teto. Conforme se movia para longe do casco da nave, a esfera de energia começou a se separar, dividindo-se novamente em duas partes. Agora Steven podia ver duas silhuetas distintas de Dragão enroladas em torno uma da outra em um enlace letal.

E, dentro do segundo Dragão, estava Jasmine.

– Se este é o seu Palácio – disse ela –, considere-me a Marcha das Mulheres.

Maxwell riu.

– Tão feroz – disse ele. – E uma referência histórica também. Pontos extras por isso.

– Você me conhece. Sou sempre cheia de surpresas.

Ela o atacou com mãos flamejantes, mas ele se esquivou com facilidade.

– Você é *mesmo* um Dragão, Jasmine. Tenho de admitir isso.

Ela atingiu o estômago de Maxwell com um chute enquanto ambos cambaleavam pelo ar. Ele se curvou, gemendo de dor.

– É bom acreditar mesmo... – Ela enfiou a mão no bolso e tirou de lá um pequeno objeto metálico.

Maxwell deu um tapa no rosto dela com as costas da mão, e o gesto deixou um rastro de fogo de Dragão no ar.

Jasmine gritou e rodopiou para trás, e sua silhueta de Dragão urrou de dor. O objeto metálico escapou-lhe dos dedos, rodopiou e caiu no chão com um estalido.

– Um Dragão – repetiu Maxwell. – Mas não uma líder.

– Jaz, *não!* – gritou Carlos, apontando para o objeto metálico. Daquele ângulo, Steven não podia ver o que era. – A Fase Dois!

Jasmine levou a mão ao rosto, enxugando o sangue.

Maxwell deu-lhe as costas, erguendo as mãos para a estátua do Dragão.

– Eu invoco a estrela Sha Chi – disse ele. – Eu aceito o caos, o poder. Eu aceito esse...

Jasmine saltou contra ele, arranhando-o e tentando rasgá-lo por trás. Seu Dragão se enrolou ao redor do de Maxwell, mais encorpado e mais forte, tentando cortar sua respiração de energia. Maxwell se virou de súbito, esticando-se para jogar Jasmine longe, mas ela conseguiu cravar as unhas no peito dele. A camisa rasgou-se e caiu pelo ar, pairando como um pássaro morto.

Maxwell se virou lentamente para encarar sua agressora. Jasmine recuou, pronta para um novo ataque, e então desceu os olhos para o peito dele e congelou. Ela viu a cicatriz comprida, vermelha e irregular.

Maxwell flutuava, vagando lentamente para mais perto dela.

– Lembra-se disso? – perguntou ele, indicando a cicatriz. – Você se lembra do dia em que a sua mãe fez isso?

Jasmine não disse nada.

– O dia em que ela morreu?

Os lábios de Jasmine tremeram.

– Eu me lembro – disse ela.

– Ela era muito parecida com você – prosseguiu Maxwell. – Feroz, cheia de poder. Mas nunca soube como usar esse poder.

Ele foi se aproximando de Jasmine enquanto falava. Ela parecia paralisada, incapaz de se mover. Seus olhos iam do rosto para o peito marcado de Maxwell, e então voltavam para o rosto.

– E você também não sabe... – concluiu ele.

– Jasmine! – gritou Steven, falando com dificuldade. – Acorde!

Sua voz, entretanto, era quase inaudível, abafada pela energia do Dragão que a reprimia.

– Você a matou – disse Jasmine quase num sussurro.

– Sim, matei – admitiu Maxwell. – E sabe do que mais?

Ele esticou a mão e a segurou pela garganta.

– Isso foi *antes* de eu ter este poder.

Jasmine gritou. Mantendo a mão ao redor do pescoço dela, Maxwell estendeu a outra mão e a fechou sobre o rosto de Jasmine. Ela se debatia desesperadamente, tremendo, mas ele continuava a segurar com firmeza.

– Calma, Jasmine. – A voz de Maxwell agora era suave, quase bondosa. – Eu não preciso matá-la, apenas drenar o seu poder. Isso significa que você tem sorte. Mais sorte do que ela.

Jasmine gritou várias vezes, mas o som saía estrangulado. A mão estendida de Maxwell cintilou, brilhante, e ele manteve os dedos bem abertos, como as garras do Dragão. Estava sugando cada vez mais para si a energia, a força vital do corpo de Jasmine. Acima e ao redor deles, seus respectivos Dragões espelhavam esses atos, imitando a batalha sendo disputada por seus hospedeiros.

– *JAZ!* – gritou Carlos, antes de jogar em Maxwell uma das granadas que Jasmine tinha usado na sala da Convergência.

Maxwell nem se virou para olhar. A granada atingiu a borda exterior de sua silhueta de Dragão e quicou, sofrendo um curto-circuito com um ruído abafado e faíscas.

– Não! – gritou Carlos. – Não, não, *NÃO!*

Jasmine estremeceu sob as mãos de Maxwell, e os sons que ela emitia estavam agora abafados, mais sutis.

Steven sentiu uma pontada de pânico percorrendo seu corpo. Ele não tinha ouvido Jasmine emitir aquele tipo de som até então. Ela sempre foi forte, engraçada, indomável. Agora, soava como se toda a luta tivesse sido drenada de dentro de si.

Steven olhou para o lado. Liam, Roxanne e Kim também lutavam, tão presos quanto ele pelo poder do Dragão de Maxwell. Kim tentou saltar para o alto e sumir, mas não conseguiu ímpeto suficiente. Roxanne disparou alguns gritos sônicos contra a barreira de energia, mas se encolheu quando eles ricochetearam de volta para ela.

Lá no alto, Jasmine parecia uma boneca de pano. Apenas a mais leve luminescência de energia a rodeava agora, enquanto Maxwell brilhava mais forte do que nunca.

Maxwell riu, então inclinou a cabeça para trás e o Dragão se alçou acima dele. As asas da criatura pareciam mais amplas, a forma mais sólida e o hálito de fogo mais claro e quente do que nunca.

– Fim do jogo – anunciou ele triunfante.

Mesmo em meio à névoa de sua prisão de energia, Steven pôde ouvir o grito angustiado de Carlos.

CAPÍTULO TRINTA E OITO

STEVEN FECHOU OS OLHOS COM FORÇA e fez um esforço para se mover. Ele viu a energia do Dragão – a força que o segurava – como uma rede entrelaçada de correntes metálicas. Mentalmente, viu suas mãos se iluminarem com intensidade, afiadas como garras de Tigre, e então agarrou as correntes.

Mas elas não cederam.

A frustração dominou Steven por um tempo. Mais uma vez, ele teve vontade de desistir. *Não sou bom o bastante*, pensou. *Não consigo fazer isso. Não consigo fugir.*

Lá de cima, um som quase inaudível escapou dos lábios de Jasmine.

Steven cerrou os dentes. *Eu* tenho *que fazer isso. Tenho que ser bom o bastante. Se Jasmine não pode derrotar Maxwell, isso fica por minha conta.*

É como eu disse à equipe: não há escolha.

Ele foi buscar forças em si mesmo, em seu cerne, no poder que jazia dentro de si. Queimava como fogo e gelo, forjado das forças básicas da vida, e mergulhou em seu interior, através do sol ardente do próprio coração...

... e viu, mais uma vez, o rosto sereno do avô.

Vovô!, gritou Steven mentalmente. *Não consigo fazer isso. Não sou forte o bastante.*

Você é, sim, incentivou o avô. *Lembre-se do que eu lhe disse.*

Sobre... a minha herança?

Você é forte por causa do que eu lhe dei. E do que seus pais lhe deram, e do que seus avós legaram aos seus pais, e seus bisavós, aos seus avós.

E então, assim como da primeira vez que a energia o atingira, Steven viu a grande fila de pessoas: os ricos e os pobres, os fazendeiros e os reis, todos o observando fixamente, esperando a oportunidade de lhe dar uma parte deles mesmos, um pouco de força ou sabedoria que o ajudaria a encontrar o caminho.

Sua história é a sua herança, disse o avô. *E a herança é a sua força.*

Uma lágrima brotou no olho de Steven enquanto ele fitava o rosto sorridente do avô.

Obrigado, agradeceu Steven, emocionado.

Em seguida, estendeu os braços e reuniu todas as pessoas, todo o poder e toda a força que pôde encontrar: o coração, a herança, as memórias, as coisas que sempre estiveram dentro dele, embora não soubesse disso até então.

Eu invoco o poder do Tigre.

O Tigre relampejou, rugindo com ardor, e esticou as garras reluzentes para cortar as correntes que o prendiam. Steven saltou, livre.

Naquele exato momento, Maxwell soltou Jasmine, que desabou no chão, sem forças e exaurida.

Steven rugiu, esticou-se e a apanhou.

Ela se virou nos braços dele, quase inconsciente. A silhueta de Dragão havia desaparecido, e ela agora parecia normal, humana, como na ocasião em que Steven a conheceu em Hong Kong, quando ela fingia ser a guia do museu.

– Eu cuido disso – disse Steven enquanto a colocava gentilmente no chão.

– Espere – murmurou ela, segurando o braço dele. – Leve aquilo ali.

Jasmine apontou para o objeto metálico no chão, a alguns metros deles, que deixara cair minutos antes.

– O que é aquilo? – quis saber Steven.

– Fase Dois.

Ele se debruçou e pegou o objeto. Era uma agulha hipodérmica enorme, cheia de um fluido verde brilhante. Com um choque, Steven se deu conta de que já vira aquilo antes. No laboratório de Carlos, no quartel-general.

Lá no alto, Maxwell tinha se voltado para a estátua de Dragão. Seus cânticos estavam mais altos agora, sua voz, mais dominante.

– Sha Chi – disse ele. – Este é o momento. Este é o objetivo final.

– Ei – disse Jasmine. – Eu... – Ela começou a tossir. – Eu estava...

A tosse ficou mais intensa, e um fio de sangue escorreu-lhe do canto da boca.

Steven observou-a por um momento. Ela parecia esgotada, sem energia, e mesmo assim não desistira de lutar.

– Mais tarde você me fala – disse Steven.

– Apenas faça o que tem que ser feito – disse Jasmine. – Não tente ser um herói.

Ele sorriu.

– Não vou prometer nada.

E então ele invocou o Tigre novamente.

O Tigre é rápido, ágil e forte, pensou Steven, *mas também é astuto e habilidoso, e tem os sentidos aguçados.*

Ele procurou com os olhos e ouvidos o próprio olfato e mais alguma coisa: um sentido extra indefinível, algo que o poder Zodíaco lhe concedera. Rosnando baixo, o Tigre analisou a cena.

À sombra das estátuas do Zodíaco, Carlos apertava botões e pressionava comandos na tela de sua máquina. Jasmine tinha se aproximado para ajudá-lo, e Carlos pareceu aliviado ao ver que ela estava viva. No entanto, o funcionamento da máquina emitia agora um zumbido baixo, e mal se podia ver a energia ao redor dela. Carlos balançou a cabeça, derrotado.

Roxanne, Liam e Kim jaziam no chão, ainda indefesos contra o ataque da energia do Dragão de Maxwell.

Uma estalactite se soltou fazendo um estalo agudo, e a caverna estremeceu. Steven olhou para cima, tentando enxergar além do casco da perfuratriz da Vanguarda, que fazia um ângulo na frente deles. Logo acima, rachaduras se estendiam do buraco no teto. A chegada de Maxwell tinha enfraquecido a câmara inteira.

Entre a nave e as estátuas do zodíaco: o inimigo. A presa do Tigre. Cantando e brilhando, Maxwell pairava no ar, e sua forma cintilava mais intensamente a cada segundo.

Rápido como um gato, silencioso como uma sombra, Steven correu até a nave e saltou sobre o casco. Projetando as garras do Tigre, prendeu-se a pequenos amassados na superfície, impulsionando-se para cima. Ele se sentia selvagem, inumano e muito, muito vivo.

Segundos depois já se equilibrava na parte mais alta da nave, próximo às afiadas unidades perfuratrizes que permitiram ao veículo escavar seu caminho até a câmara. Maxwell flutuava logo acima, com o rosto voltado para a parede. As estátuas o fitavam de volta, o Dragão, o Carneiro, o Galo e o Tigre.

Steven saltou, truculento e rosnando, ao mesmo tempo em que Maxwell se virou um pouco, e o golpeou com força, cortando-lhe o rosto.

Maxwell gritou, surpreso, e reagiu imediatamente. A energia do Dragão expandiu-se da mão dele na direção de Steven, que rodopiou no ar, apesar de ter sido atingido só de raspão. Ele gritou e rodou, procurando desesperadamente um local de aterrissagem.

Finalmente, conseguiu se segurar em um dos entalhes na parede. Oscilou por um instante, depois olhou para baixo, para um afloramento sob seus pés. Era uma imensa escultura retratando uma cabeça, com famintos olhos felinos bem abertos e a boca escancarada, exibindo afiadas presas de pedra.

O Tigre.

– Bom, isso *tem* que ser um sinal – murmurou ele, sorrindo.

Então a energia do Dragão lampejou sobre ele novamente. Ele saltou para o alto e girou de lado, aterrissando sobre a estátua do Carneiro.

Sem se mover, Maxwell flutuava a vários metros de Steven, mirando-o calmamente do interior de seu casulo de energia feroz e cintilante. Não estava cansado, nem mesmo parecia aborrecido.

– Eu só tenho uma pergunta para você, garoto – disse Maxwell. – Por quê?

Steven cerrou os dentes.

– Porque não se pode confiar em você com esse poder – respondeu ele.

Maxwell arqueou uma sobrancelha.

– E você acha que poderia confiar nela? – Ele gesticulou, apontando para Jasmine.

Se ele me pegar, pensou Steven, *estou morto. Ele é talvez umas oitenta vezes mais poderoso do que eu. Só terei uma chance.*

Maxwell ergueu a mão e lançou outro disparo. Steven viu o facho se aproximando, mas já era tarde demais. Ele tentou saltar, porém a energia o acertou diretamente, arremessando-o contra a estátua do Porco. Ofegante, fez um esforço para tentar se equilibrar.

– Você não é o Tigre que eu tinha em mente – disse Maxwell brandamente. – Mas ainda pode se aliar a mim. Sei coisas sobre você, Steven Lee. Sei que há sangue de guerreiro correndo em suas veias.

– E por que – disse Steven com muito esforço – eu me aliaria a você?

– Bem, para começar...

Maxwell estendeu a mão, e outra explosão de energia atingiu Steven, dessa vez no rosto, e ele viu estrelas piscarem diante de seus olhos.

– ... você não teria mais que passar *por isso* – propôs Maxwell.

Steven chacoalhou a cabeça, tentando clarear a visão. Ele olhou para o teto que tremia desde então, com estalactites e pedaços de rocha caindo por toda a área.

– Mas este é apenas um benefício adicional – prosseguiu Maxwell. – Analise de forma mais abrangente. A sociedade está se desfazendo; nações, corporações, tudo está caindo no caos, e contra esse esfacelamento, esse imenso vácuo iminente, os poderosos devem se unir.

Steven franziu a testa.

– Você desistiu, não é? Do futuro? Do mundo?

– Eu quero *salvar* o mundo. – Maxwell estendeu uma das mãos. – Com a sua ajuda.

Ele precisa de nós, Steven se deu conta. *Todos os poderes do Zodíaco juntos. Eu, Kim, Liam, todos nós. Ele precisa que concordemos em nos aliar a ele.*

– Eu poderia tomá-lo à força, fazê-lo dobrar-se à minha vontade – prosseguiu Maxwell. – Mas não é assim que quero. Você não vê...

Pegando impulso, Steven pulou bem alto e se esticou ao máximo para se segurar à estalactite mais baixa, então projetou o corpo, fazendo um esforço imenso para se manter suspenso, e chutou várias vezes. Conseguiu acertar a cabeça de Maxwell com força, e o Tigre rugiu.

Maxwell tropeçou para trás, gritando, e desabou contra as perfuratrizes gigantes da nave Vanguarda, com a silhueta do Dragão cintilando em volta dele.

Steven suspendeu o ataque, ainda pendurado à estalactite.

– Nós nunca o seguiremos – rosnou ele. – *Nunca.*

Maxwell, porém, ficou atordoado apenas por um momento, e quando se voltou para encarar Steven, seus olhos cintilavam mais do que nunca.

– Não – disse ele –, estou vendo que não vão.

Maxwell ergueu a mão, e uma garra reluzente de Dragão se esticou até Steven. O Dragão se revirou, rosnando, mais furioso do que Steven havia visto até então, com fogo soprando do focinho.

Steven soltou o ar em um sibilo, tentando não entrar em pânico. Ele se arrastou estalactite acima, tentando alcançar o teto de pedra. O Dragão, entretanto, se espalhou, envolvendo-o, e a energia começou a puxá-lo lentamente para baixo.

Steven se empenhou para se manter firme em sua posição na estalactite, mas foi inútil. Maxwell o arrancou dali, projetando nele uma imensa chama de seu hálito de fogo.

Em seguida, Maxwell segurou Steven ferrenhamente pelos braços, imobilizando-o em pleno ar, e o virou para encará-lo.

– Se você não vai ser meu Tigre – disse Maxwell –, terei que fazer outro.

Maxwell o olhou nos olhos, e algo nas profundezas de Steven emergiu em um medo primordial. O Tigre sabia que estava enfrentando a única criatura que podia matá-lo: o Dragão.

– O... o que você está fazendo? – perguntou o amedrontado garoto.

– Drenando o seu poder – disse Maxwell.

Steven olhou para baixo. A silhueta de energia ao seu redor estava se dissipando... e o rugido, a presença constante do Tigre dentro dele, parecia mais débil agora.

– Você pode fazer isso? – perguntou ele.

– Já fiz isso antes, não se lembra? – Maxwell inclinou a cabeça com uma expressão pensativa no rosto. – Bem, não consigo mantê-lo para sempre. Ou, quem sabe, desta vez eu possa... O poder do Dragão é quase ilimitado.

Uma sensação estranha atravessou Steven. Não era exatamente uma dor, era mais como se alguém estivesse arrancando de sua pele agulhas que ele sequer percebera que estavam ali. Novamente se recordou da primeira vez que a energia Tigre tinha feito contato com ele, ainda em Hong Kong. Aquilo tinha sido como um bilhão de agulhadas minúsculas e geladas o espetando.

Dessa vez era o oposto.

– Não resista – prosseguiu Maxwell. – Você nunca pediu esse poder, não é? Lembra-se de como as coisas eram simples antes? Lembra-se da sua vida antiga?

Steven sentiu uma fisgada de dúvida. As coisas *eram mesmo* mais simples em casa. *Antes de o poder Zodíaco jogar essa incrível responsabilidade no meu colo; antes da fuga, da luta, das ameaças e batalhas constantes.*

Seria tudo tão mais fácil. Bastaria apenas relaxar... deixar Maxwell vencer e voltar para... a minha vida antiga...

Minha vida antiga. A frase ecoou em sua mente. *Eu me lembro disso. Eu me lembro de não ter propósito algum, nenhuma causa por que lutar; de nunca saber como agir, ou o que eu queria.*

Ou onde era o meu lugar.

– Aqui – ele disse com a voz rouca. – Aqui é o meu lugar.

Com uma expressão de confusão, Maxwell se concentrou mais.

– Quem lhe disse isso? Jasmine?

– Ela me falou sobre você – Steven disse, a respiração entrecortada. – Ela e Carlos... Eles me contaram sobre Lystria. A cidade que você destruiu... as pessoas que você matou, só porque entraram no seu caminho.

Maxwell arqueou uma sobrancelha. Ele parecia estar se divertindo.

– Você não se importa... com nada – continuou Steven. – Exceto com seu próprio poder.

– *Eu* não me importo? – Maxwell parecia chocado. – Você é apenas um garoto imaturo. Não sabe de nada sobre o Zodíaco... sobre os poderes que repousam dentro de você, dentro de cada pessoa na Terra.

Steven fez um esforço imenso. Não conseguia se desvencilhar de Maxwell, mas precisava que ele pensasse que estava tentando. Enquanto Maxwell o puxava mais para perto, a chama do Dragão se espalhou, engolfando ambos.

– Você acha que eu não sei quem você é, garotinho? Eu sei mais do que você pensa. Se ao menos tivesse se incomodado em aprender mais – prosseguiu Maxwell. – Sobre seus pais, sua herança, seus ancestrais...

Mais uma vez, Steven viu mentalmente a longa fila de pessoas repassando-lhe força. Liderando a fila, o avô se inclinou e lhe deu uma piscadinha.

– Eu sei o bastante – disse Steven.

E ele espetou o Dragão com a agulha hipodérmica que Jasmine havia lhe dado, diretamente sobre a cicatriz em seu peito.

Maxwell arregalou os olhos e empurrou Steven para longe dele. Steven deu um salto mortal no ar, aterrissando agachado sobre o casco da nave Vanguarda.

Maxwell fitou a agulha projetando-se do peito. O fluido verde tinha sido agora quase que completamente absorvido pelo seu corpo. Ao redor, a silhueta do Dragão tremeluziu e começou a se dissipar.

– Gostou disso? – Steven apontou para a agulha – É uma poderosa necro... digo, neo...

Neurotoxina!, ecoou a voz de Carlos em sua mente.

Steven sorriu.

– Neurotoxina – corrigiu-se.

Em pânico, Maxwell arrancou a agulha e a jogou no chão. Agora, contudo, estava vazia.

Lá embaixo, Carlos deu um passo adiante.

– Clorotoxina, para ser mais exato! – gritou ele. – Derivada do veneno do escorpião, mas fortemente ampliada com a adição de vários...

Jasmine pousou a mão no ombro dele.

– Acho que eles já entenderam – interrompeu ela.

Maxwell estava agora tremendo, tiritando e se agitando no ar. O poder do Dragão se desdobrou, absurdamente brilhante, e então se apagou ao redor dele, reduzido a um brilho fosco.

Liam, Kim e Roxanne ficaram de pé.

– Belíssimo trabalho, camarada! – elogiou Liam.

Steven sorriu para eles.

– Kim?

Com um ruído discreto, *puf*, ela apareceu ao lado de Steven sobre a nave Vanguarda e apontou para Maxwell.

– Você quer ter a honra?

Maxwell estremecia, falando baixinho para si mesmo.

Kim fez que sim com a cabeça e segurou as mãos de Steven. Ele esticou os braços e a girou, várias vezes. Ela estirou as pernas...

... e derrubou Maxwell.

Como um míssil, ele caiu em disparada rumo ao chão. Jasmine tirou Carlos do caminho no exato momento em que Maxwell aterrissou com impacto, bem ao lado da máquina de Carlos.

Jasmine notou que Steven brilhava intensamente outra vez.

– Vamos – disse ele, e começou a descer pelo casco da nave. No momento em que tocou o chão, Kim surgiu ao seu lado. *Puf.*

Quando foram até onde estavam os outros, Carlos já tinha fechado uma algema no pulso de Maxwell, e Jasmine estava prendendo a outra ao próprio punho. Entre eles, a máquina cintilava e pulsava, atingindo força total de novo.

Com olhar perdido, Maxwell olhava fixamente à frente, movendo a boca sem fazer som algum. Ele parecia paralisado.

– Deve ser uma toxina bem forte – disse Roxanne.

– Mataria um animal selvagem – retrucou Carlos. – Mas não vai contê-lo por muito tempo.

– Matar todos vocês – sibilou Maxwell, mal movendo os lábios. – Todos os animais do Zodíaco. Queimar o Palácio e começar de novo.

– Muito encantador de sua parte, companheiro – disse o Carneiro.

– Exatamente como em Lystria – continuou Maxwell. – Sem segunda chance, sem tiros de aviso, sem piedade.

– Ele está começando a brilhar de novo – disse Jasmine. – Seu corpo já está rejeitando a toxina. Que tal agora, Carlos?

Carlos apertou um interruptor. Em lados opostos da máquina, tanto Jasmine quanto Maxwell se enrijeceram, como se uma corrente elétrica tivesse sido disparada e transpassasse agora o corpo deles. A silhueta do Dragão de Jasmine apareceu acima dela, forte e feroz. O Dragão de Maxwell lampejou, erguendo-se devagar. Parecia mais fraco nesse momento.

Maxwell caiu de lado, fitando Jasmine com uma expressão estranha. No começo, Steven achou que fosse ódio, mas, não, era algo diferente. Decepção, talvez?

– Você não tem ideia... de onde está se metendo – disse Maxwell. – A Vanguarda tem tentáculos... no mundo inteiro.

Jasmine fechou os olhos, concentrando-se. Seu Dragão se distendeu para cima e se afastou dela, aproximando-se da silhueta de energia menor e mais fraca de Maxwell. A energia fluía agora desde o Dragão de Maxwell em uma corrente contínua.

Maxwell oscilou.

– Você vai ser caçada para sempre – ameaçou ele.

– *Eu* vou ser caçada? – Jasmine riu. – Eu vou ser o Dragão. Você vai ser apenas outro criminoso de guerra com uma empresinha falida.

O Dragão de Maxwell abriu as asas, agitando-as em um movimento frenético e desesperado. Recuando como uma serpente, o Dragão de Jasmine sibilou e partiu para o ataque. Ele fechou as mandíbulas, agitando-se e chicoteando, sugando a força vital do inimigo.

Maxwell permaneceu impassível, cerrando os dentes, mas seu Dragão escancarou as mandíbulas e gritou, emitindo um som assustador e bestial que encheu a caverna.

Com um calafrio lhe percorrendo a espinha, Steven por um momento se perguntou se essa seria a coisa certa a fazer.

Kim se virou para Jasmine.

– Você está... tirando alguma coisa dele?

Jasmine fixou intensamente os olhos nas formas de energia travando combate.

– Nada de que ele vá precisar – respondeu ela.

O Dragão de Maxwell começou a se contorcer, o grito tornando-se mais agudo. Steven o assistia se encolher, diminuindo de tamanho a cada investida de Jasmine.

– Nada que ele já não tenha tentado tomar de mim – acrescentou ela.

O Dragão de Maxwell tossiu fogo, depois virou a cabeça para olhar diretamente para o alto. Ele emitiu um último grito apavorado e desapareceu.

No mesmo instante, Maxwell desmoronou. Com um baque surdo, caiu de lado no chão, sem equilíbrio por conta da algema que ainda o prendia à máquina de Carlos.

Kim surgiu de repente ao lado de Steven, *puf*, e ficou olhando para Maxwell.

– Ela o matou?

– Acho que esse é o menor dos nossos problemas – disse Roxanne.

Steven se virou e olhou para cima, na direção para onde ela apontava. Acompanhando o olhar dela, ele viu o Dragão de Jasmine assomando e espiralando no ar, com os olhos ferozes cintilantes. Algo que não era exatamente som escapava-lhe da enorme boca. A criatura parecia ter o dobro do tamanho anterior.

O Dragão se virou e mergulhou, envolvendo Jasmine.

Quando a energia do Dragão a atingiu, Jasmine arqueou as costas, com os olhos reluzentes e a boca aberta. Então, uma bola de fogo foi expelida ao seu redor, estendendo-se pela câmara, lambendo cada canto do lugar.

Kim e os outros se encolheram. Steven ficou ali, paralisado, assistindo à incrível exibição de poder.

E então sentiu uma mão em seu ombro. Carlos o encarava com olhos assustados.

– Ajude-a – pediu ele.

CAPÍTULO TRINTA E NOVE

STEVEN ENCAROU O INFERNO, o fogo que parecia arder por toda a câmara, sem queimar nada. Ele se concentrou no Dragão, a criatura furiosa do Zodíaco que era Jasmine, e também em algo mais.

Ele se recordou de Jasmine saltando para o tanque Zodíaco, procurando o facho de energia. Jasmine havia dito a Kim, ainda na América, que tinha pedido o poder. De certo modo, ela o convidara, mas agora corria o risco de ser dominada por ele.

Contorcendo o rosto, Steven correu adiante e segurou a mão dela. A energia do Tigre se alçou ao redor dele e se estendeu, procurando a própria espécie, então ele esticou uma das vigorosas patas para ajudar a colega de equipe, o Dragão.

Jasmine se voltou como se tomasse ciência de Steven pela primeira vez. Ela fez um movimento frenético com a cabeça, alertando-o para manter distância.

– Não vou a lugar algum – disse Steven. – Nós podemos fazer isso. Como daquela vez, no meu alojamento, lembra-se?

– Não – respondeu ela. – Desta vez não será possível. É forte demais.

A energia jorrou para dentro dele, correndo por suas veias, e Steven sentia algo como fogo, faíscas, pequenos choques elétricos transpassando seu corpo todo. *Jasmine tem razão*, percebeu ele. *Ela absorveu todo o poder do Dragão desta vez. É demais para ela, demais para nós dois.*

– Vá embora – ela disse, ofegante. – E me deixe aqui.

Repentinamente, Steven soube o que fazer, então olhou para ela, agarrou sua mão com mais força e sorriu.

Quando estendeu o outro braço, o Tigre rodopiou como um gato selvagem, rugindo invocações antigas. Ele chamou seus aliados, seus companheiros de equipe. Os amigos.

– Já está na hora de um pouco de ação, não acham? – disse Liam.

E logo todos estavam ali com Steven: Roxanne, o Galo, com seu poder feroz, selvagem e rebelde; Kim, a jovem Coelho, uma fonte inesgotável de energia e coração; e Liam, o Carneiro invencível, sorrindo enquanto alimentava sua força. O Tigre os guiou e liderou, alimentando a energia feroz do Dragão em pequenos choques através de cada um deles.

Lentamente, o Dragão foi se acalmando e encolhendo até voltar ao seu tamanho normal. Jasmine vacilou, suspirou e caiu de joelhos. Ela ergueu a cabeça, atordoada, observando cada um dos companheiros de equipe.

– Obrigada – agradeceu ela.

Kim sacudiu a cabeça.

– Isso foi intenso.

– Uma bela onda – comentou Roxanne.

– Ei! – gritou Liam. – Olhem só quem finalmente apareceu!

Steven se virou e viu Duane vindo na direção da nave Vanguarda em passos vacilantes.

Kim, Liam e Roxanne se adiantaram para ajudá-lo.

– Você perdeu toda a diversão – disse Kim.

Roxanne fez uma careta.

– Garota, você precisa aprender o que significa "diversão".

O Tigre, ainda em alerta, averiguou o recém-chegado – e rosnou. *Algo está errado,* percebeu Steven. Duane parecia tonto e seus movimentos eram rígidos, descoordenados.

– Duane – disse ele –, você está bem?

Duane voltou os olhos vidrados para Steven.

– Me desculpe – disse Duane.

E então se esticou ao máximo e disparou seu poder.

– *NÃO!* – gritou Carlos.

Atrás de Carlos, a máquina explodiu. As algemas de Jasmine e de Maxwell se abriram de súbito quando a explosão os lançou em direções opostas. O piso da caverna sacudiu, derrubando Roxanne e Liam.

A poeira ficou densa em volta deles, e um par de estalactites desabou no chão.

Steven agarrou Duane pelos ombros.

– Por quê? – perguntou Steven.

– Não o culpe – respondeu uma voz feminina. – Eu de certa forma o forcei a fazer isso.

Steven ergueu a cabeça bruscamente. Uma nova agente, que ele ainda não conhecia, saiu da nuvem de poeira. Alta e imponente, ela usava botas de cano longo e uma capa. Um dos olhos estava oculto sob o cabelo, mas o outro cintilava em um tom de verde profundo.

Por instinto, Steven soube quem era: *Serpente.*

– A tecnologia Vanguarda está protegida dos poderes do seu amigo – disse a Serpente. – Seus brinquedinhos não são tão resistentes assim.

Kim, Liam e Roxanne se reuniram perto de Steven, abanando a poeira espessa.

– *Selvagens!* – disse uma voz.

Steven voltou-se na direção da voz. Agachado sobre o corpo desfalecido de Maxwell, o Macaco encarava Steven com fúria mortal e desconcertante.

– Vocês fizeram isso – disse o Macaco. – Vocês o aleijaram. Um grande homem, arrasado por gente *da sua laia*.

Liam se voltou para Steven.

– É o mesmo cara com quem lutamos antes?

– Ele parece diferente – disse Kim, encarando o Macaco.

A Serpente, pensou Steven. *Ela é a real ameaça aqui.*

Steven se voltou para ela, pronto para atacar, mas parou quando um tremor percorreu toda a câmara.

– Não faça isso – advertiu a Serpente. – Esta caverna está prestes a desmoronar.

Ela tem razão, percebeu ele. O teto estava rachando e se despedaçando, soltando escombros volumosos. A explosão tinha sido o fator desencadeante da ruína.

– Um grande homem – repetiu o Macaco. – A única pessoa no mundo a quem poderíamos confiar o poder do Zodíaco. Eu devo a ele tudo o que sou.

Ele levantou Maxwell e seguiu na direção da nave. Tonto e parecendo parcialmente paralisado, Maxwell balançou a cabeça.

– Vamos embora agora – afirmou a Serpente. – Foi sorte vocês terem escapado com vida. Se sobreviverem, nos veremos outra vez.

Na portinhola da nave, Maxwell ergueu a mão trêmula. O Macaco parou. Com grande esforço, Maxwell virou a cabeça para olhar para Steven e os outros. Quando falou, sua voz estava clara como cristal e carregada de ódio.

– Vocês acham que venceram, mas vão se destruir – sentenciou ele. – E depois vão destruir o mundo.

Um pedaço massivo do teto desabou, seguido por uma avalanche de pedras, e uma estalactite caiu diretamente sobre Steven. Roxanne olhou para cima e emitiu um grito sônico, reduzindo a pó o fragmento de rocha.

Kim agarrava o ombro de Steven com força um tanto excessiva.

– Como eu disse, não fico muito bem em espaços fechados...

Logo que a portinhola da nave Vanguarda foi fechada, os motores roncaram e ela começou a afundar no chão, abalando mais ainda a câmara.

Steven chamou sua equipe de volta e apontou para cima, indicando o teto instável. No centro da rocha rachada, a passagem de entrada de Maxwell ainda estava intacta.

– Ali – apontou Steven. – Aquela é a nossa única saída.

Ele se virou para Jasmine. Ela fez uma careta, ainda fraca depois de tudo pelo que tinha passado, mas concordou.

– Segurem-se – pediu ela.

Fulgurando intensamente, ela abriu os braços, e a energia do Dragão se espalhou, abrangendo todos eles: Carlos, Kim, Liam, Steven, Roxanne e até mesmo Duane, tonto e desorientado, ainda se recuperando do hipnotismo da Serpente. Eles se reuniram, agrupando-se para se proteger contra as pedras que caíam.

Outra estalactite se soltou do teto. Jasmine se voltou para ela e rugiu, incinerando-a com o hálito de fogo do Dragão.

Em seguida, fechou os olhos, concentrando-se. O Dragão abriu as asas e começou a subir até o teto, carregando todo o grupo dentro do corpo etéreo.

Ela realmente é poderosa, pensou Steven.

Conforme se aproximaram do rombo no teto, Steven lançou um último olhar para as antigas estátuas do Zodíaco. Um estilhaço de rocha atingiu o pescoço da escultura do tigre, decepando-lhe a cabeça. A cabeça do tigre oscilou, caiu e foi ao chão, esmagando o que sobrara da máquina de Carlos.

A cabeça do tigre de pedra rolou para o centro da sala, balançou por um momento, depois desapareceu no imenso abismo deixado pela partida da perfuratriz da Vanguarda.

– Eu, hã, não acho que isso signifique algo – disse Liam.

Em seguida, eles dispararam pela passagem de Maxwell. A energia do Dragão de Jasmine iluminou o estreito túnel vertical, mostrando o progresso deles enquanto as paredes de rocha passavam depressa. Voaram para o alto, para cima, apoiando-se uns nos outros enquanto a caverna lá embaixo implodia.

– Hã – disse Kim, apontando para cima. – Hã, hã...

Steven olhou para o alto. Logo acima, a passagem terminava em uma espessa portinha de metal redonda.

– Jasmine? – chamou Steven. – Estamos indo para aquela portinha extremamente rápido, não?

Ela franziu o cenho, levando as mãos às têmporas.

– Se Maxwell passou por ali, a gente também pode – afirmou ela. – Segurem-se.

– Espere um minuto, Jaz – pediu Carlos. – Nós estávamos subindo em um ângulo pouco acentuado. Se eu me lembro bem...

Mas era tarde demais. O Dragão abriu a boca e cuspiu fogo na portinhola. O metal ficou imediatamente incandescente, e logo amoleceu... derreteu...

... e então caiu água sobre eles como um tsunami.

Steven só teve tempo de encher os pulmões de ar. *O rio*, pensou ele. *Maxwell abriu um túnel pelo fundo do rio!*

Em seguida, a energia do Dragão se dispersou e a água levou Steven para longe. Ele viu de relance Roxanne e os outros, capturados pela corrente, sendo levados de volta para o túnel, junto com a maré de água fluvial.

Jasmine, contudo, expandiu seu poder e os segurou. Com um esforço de vontade descomunal, puxou todos para cima, forçando-os a atravessar a abertura. Primeiro Steven, depois Kim, Duane, Liam e Roxanne, e Carlos por último.

Steven sacudiu a cabeça, deixando escapar algumas bolhas de ar precioso. Ele olhou para o leito do rio, coalhado de algas e bicicletas enferrujadas.

O esplendor de Jasmine se extinguiu. Ela se agitou na água, quase flutuando para longe, mas Liam a segurou e a entregou a Carlos.

Ela está exausta, compreendeu Steven. *Ela nos trouxe até aqui, agora temos que dar um jeito de nos salvar.*

Ele olhou para o grupo e apontou para cima.

Todos começaram a nadar. Duane pegou forte impulso agitando as pernas grandes. Liam disparou para cima como uma bola de canhão.

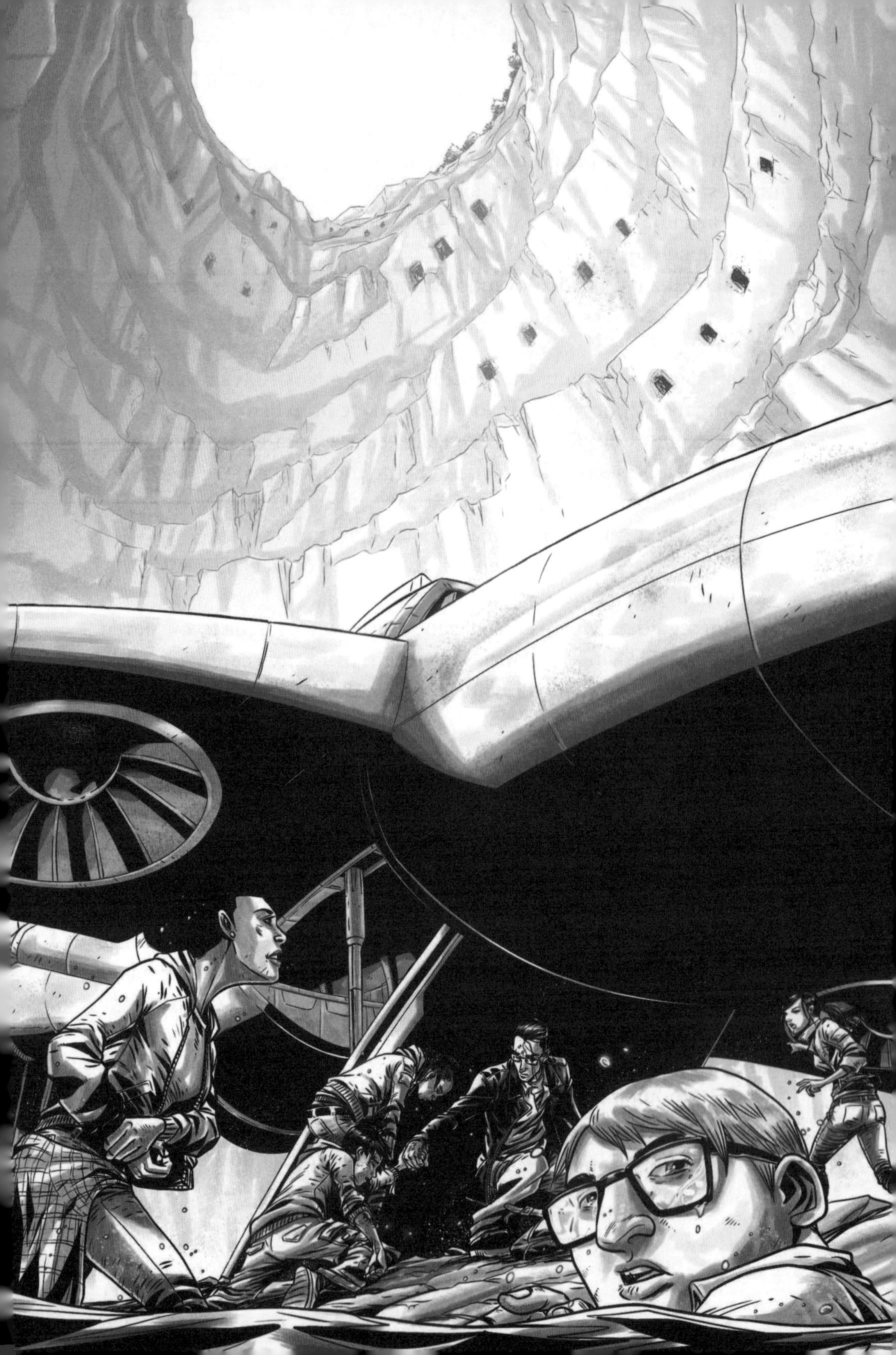

Carlos nadou surpreendentemente depressa, segurando a semiconsciente Jasmine.

Os pulmões de Steven doíam enquanto ele se esforçava para segurar o pouco de ar que ainda lhe restava. *Nenhum de nossos poderes pode nos ajudar agora*, ele se deu conta. *Somos apenas nós. Apenas sete pessoas, determinadas a sobreviver.*

Sete companheiros de equipe.

Ele emergiu na superfície, ofegante.

A ponte de pedra estava a algumas centenas de metros adiante, atravessando o rio. Alguns turistas tinham parado para olhar, apontando para as figuras com a cabeça saindo da água.

– Arrgh – fez Liam, cuspindo água. – Isto não é exatamente o que a gente quer quando sai da cama de manhã.

– Ou à tarde – disse Roxanne.

Steven olhou ao redor. Duane tinha acabado de emergir, respirando com dificuldade. Carlos estava boiando, segurando o braço de Jasmine em torno do ombro. Ela sorria, um sorriso fraco, mas aliviado.

– Kim – gritou Steven, subitamente eufórico. – Onde está Kim? Onde?

Liam também olhou à sua volta. Roxanne emitiu um ruído assustado, um grito nada sônico.

– Hã, pessoal?

Steven olhou para cima, e foi surpreendido por uma visão muito estranha. Kim, completamente ensopada, estava empoleirada em pleno ar, sorrindo para eles.

– Por que demoraram tanto? – reclamou a garota.

Steven olhou com mais atenção. Kim não estava *de fato* sentada em pleno ar. Havia algo embaixo dela... algo que tremeluzia, quase invisível aos olhos. Algo flutuando pouco acima do rio.

– É o avião da Vanguarda – esclareceu Carlos. – Aquele que foi usado para deixar a equipe de ataque na Groenlândia. Está flutuando em modo furtivo, para não ser detectado pelo radar.

– Eu dei um salto e surgi aqui, mas ninguém me atacou – contou Kim. – Acho que está no automático.

Steven gesticulou, indicando que o grupo se reunisse. Liam e Roxanne foram até ele, respingando água, sem tirar os olhos de Kim. Carlos os seguiu, trazendo Jasmine consigo. Duane foi o último a chegar.

– Duane – disse Carlos –, a Vanguarda parece ter protegido o equipamento deles do seu efeito curto-circuito. Você acha que consegue hackear a segurança daquele avião à moda antiga?

Duane se virou para Carlos e fez que sim em um movimento vigoroso.

– É literalmente o mínimo que eu posso fazer – disse ele.

– Parece que encontramos nossa carona – disse Jasmine. Ela se voltou para Steven com uma expressão séria no rosto. – E aí, Tigre? O que você acha?

Steven olhou para o rosto dos companheiros, voltados para ele e escorrendo água. Em seguida, olhou para Kim lá em cima.

– Vamos para casa – disse ele.

CAPÍTULO QUARENTA

LIAM SEGUROU O MANCHE COM AS DUAS MÃOS.

– Esse negócio é lento demais – reclamou ele. – Você já colocou o circuito de comando de voz para funcionar?

Ele estava no avião Vanguarda, sentado no assento do piloto. Perto dele, Duane se debruçava sobre o posto do copiloto, mexendo em um novelo de fio que saía de um console escancarado.

– Quase – disse Duane.

– Meu tio Dez me ensinou a pilotar aviões – contou Liam, com um sorriso preguiçoso no rosto. – Ele era um tremendo baderneiro. Uma vez, durante a guerra, ele…

– Pronto – interrompeu Duane.

Liam inclinou a cabeça para ele.

– Você falou isso só para interromper a minha história?

Duane sorriu.

Steven sorriu também, observando os dois. *Duane realmente fez uma piada*, pensou ele. *O mundo é cheio de surpresas*.

Lá fora, eles podiam ver o interior da China. A linha costeira estava ficando visível. Steven ficou de pé atrás da cabine, em uma área aberta equipada com assentos de segurança e uma mesa grande. Jasmine e Carlos estavam sentados juntos à mesa, conversando baixinho e aplicando bandagens nos ferimentos.

Roxanne descansava num canto, dedilhando um violão velho que tinha encontrado nos fundos da nave.

– Gibson Sunburst – disse ela, quase para si mesma. – Os meninos da Vanguarda e seus brinquedos.

– Certo, aviãozinho doido – disse Liam. – Que tal uma cambalhota rápida?

O avião guinou para o alto agudamente, depois virou de cabeça para baixo. Jasmine disse alguns palavrões. O estômago de Steven pulou enquanto levantavam voo, e ele esticou o braço loucamente em busca de um apoio em que se segurar.

O avião completou a volta e se nivelou. Steven aterrissou no piso como um felino. Jasmine caiu na mesa.

Liam riu.

– É assim que o tio Deke fazia! – exclamou ele.

– Você não quis dizer tio *Dez?* – perguntou Duane.

Descolando a bandagem que tinha colocado na barriga, Jasmine não estava com cara de quem achava graça.

– Reabriu a ferida – comentou ela com uma careta.

– Ah – disse Liam. – Desculpe por isso.

Steven foi até a área da cabine.

– Mantenham o avião nivelado, pessoal – pediu ele. – Pelo menos até todo mundo estar remendado.

Duane fez que sim.

Quando Steven se inclinou e tocou o console do copiloto, um pequeno disparo de energia Zodíaco escapou de seus dedos.

Liam o encarou.

– O que foi isso?

– Eu acabei de dizer ao avião para não dar mais ouvidos aos seus comandos.

Liam se recostou, decepcionado.

– O tio Dez não engoliria isso – resmungou ele.

Contendo uma risada, Steven voltou para a mesa. Nesse momento, *puf*, Kim surgiu com uma caixa grande de bandagens e equipamentos de primeiros socorros.

– Tem muito mais lá atrás – disse ela. – Esses caras da Vanguarda estavam preparados para tudo.

Jasmine apanhou um rolo grande de gaze.

– Exceto para nós – disse ela.

Kim sorriu e ofereceu uma caixa com pães e doces.

– Eles têm algumas guloseimas também!

Liam imediatamente se serviu de um doce da caixa.

– Então... acabou para nós? – perguntou ele. – Está terminado esse negócio de equipe agora que Maxwell foi derrotado?

– Ele não foi exatamente derrotado – corrigiu Jasmine. – Sim, nós extraímos o poder do Dragão de Maxwell e evitamos que ele os capturasse. Mas ele ainda está à solta, ainda tem seus milhões e ao menos alguns de seus agentes do Zodíaco e... Carlos, o que você está fazendo?

Carlos passava uma espécie de vareta por ela, da cabeça aos pés.

– Verificando o seu poder – informou ele.

– Eu ainda não posso ir para casa – disse Duane. – Preciso daquele treinamento que vocês nos ofereceram.

Há algo de triste nas palavras dele, pensou Steven. *Mas, pela voz, parece que ele quer ficar.*

– E você? – perguntou Kim, olhando hesitante para Roxanne.

Roxanne abriu um meio sorriso, depois tocou uma corda do violão.

– Acho que talvez eu possa fazer as duas partes da minha vida se encaixarem – disse ela.

Kim sorriu de volta.

– Além do mais, podemos fazer mais do que apenas lutar contra o Sr. Maxwell, não é? Com nossos poderes combinados, poderíamos fazer muita coisa boa para o mundo. – Ela parou, subitamente envergonhada. – Eu... sinto muito. Isso não é da minha...

– Não – disse Jasmine com uma expressão pensativa. – Você tem razão. Andamos tão ocupados lutando por nossas vidas... É fácil esquecer o motivo pelo qual estamos fazendo isso. – Ela olhou para Steven. – Afinal, a vida é muito mais do que lutar contra a Vanguarda, não é mesmo?

– Se vamos fazer o bem para o mundo – disse Steven –, ainda acho que deveríamos ter um nome. Todos os grupos de heróis têm nome.

– Bem – interveio Carlos –, eu posso não ter poderes, mas acho que posso ajudar nisso. Eu ia esperar até chegarmos em casa, mas...

Todos se amontoaram em torno de Carlos enquanto ele acessava o notebook. Steven entortou o pescoço, e viu uma única palavra estilizada aparecer na tela:

ZODÍACO

– Ah, ótimo. – Jasmine revirou os olhos. – O que isso aí significa?

Um sorriso curvou o canto dos lábios de Carlos.

– Não significa nada. É só Zodíaco.

– Zodíaco. – Liam assentiu. – Meio óbvio, mas combina.

Kim bateu palmas.

– Eu gostei!

Duane fitou a tela por um longo momento, depois sorriu. Roxanne tocou uma nota triunfante no violão e cantou:

– Zodííííacoooooooo!

– Steven? – Jasmine tocou seu ombro. – Podemos conversar um minuto?

Ela o levou para o canto mais afastado da sala.

– Sei o que você vai dizer – disse ele. – Nosso trabalho de equipe foi negligente. Assim que voltarmos, deveríamos montar um programa de treinamento de verdade...

Ela o interrompeu com um gesto.

– Lá na caverna – disse ela. – Quando você me segurou antes de eu cair... eu estava tentando lhe dizer uma coisa.

– Ah – fez ele.

– Eu estava errada a seu respeito. Você fez um belo trabalho lá. Não apenas emprestou poder físico para a equipe, mas os fez *acreditar* que poderiam vencer.

Steven piscou e não disse nada, pois não sabia o que dizer.

– Ainda quero que você consiga levar uma vida normal – prosseguiu Jasmine. – Mas é bom ter o Tigre cuidando da minha retaguarda.

– E quem quer uma vida normal? – disse ele. – Normal é supervalorizado.

Jasmine sorriu.

– Garoto, isso é difícil. Eu não estou acostumada a ser legal, sabia? Não conte aos outros. – Ela gesticulou para a mesa. – Especialmente pro Carlos.

– Bom, você *tem* que ser má com o Carlos. – Steven sorriu. – Quero dizer, olhe só para ele.

Na mesa, Carlos tinha voltado a digitar loucamente em seu notebook.

– Ele é um nerd mesmo – reconheceu Jasmine rindo. – Mas é o *meu* nerd.

Steven ergueu a cabeça e invocou o poder do Tigre para a superfície. Ele cintilou acima, com a cabeça selvagem voltada de frente para Jasmine.

– Zodíaco, hein? – disse ele.

Jasmine o fitou muito séria. O Dragão se alçou, e seu corpo sinuoso de energia enrolou-se em torno dela. Ele parecia mais forte, mais feroz, mais sólido do que nunca. Quando o hálito de fogo tocou o poder de Tigre de Steven, uma eclosão multicolorida de poder se espalhou pelo ar.

– Zodíaco – repetiu ela.

Eles voltaram para junto dos outros.

– Acho que o treinamento pode esperar alguns dias – anunciou Jasmine. – Todos vocês merecem umas férias. E este avião pode nos levar a praticamente qualquer lugar.

– Legal! – Kim exclamou, e em seguida franziu a testa. – Na verdade... não consigo pensar em nenhum lugar para onde pudéssemos ir.

– Bem – disse Steven –, eu sei para onde quero ir: de volta a Hong Kong. E eu adoraria ter companhia.

Um por um, os outros se voltaram para ele: Liam, Roxanne, Duane e, por último, Kim.

– Hong Kong? – perguntou ela. – Para podermos ver de onde o poder Zodíaco veio?

– Não exatamente – retrucou ele. – Eu estava pensando no museu, e não no porão secreto. Tem um monte de coisas que eu não pude ver, e gostaria de visitar o restante. – Ele se virou para Jasmine. – Se ele ainda estiver lá.

– Está – disse ela. – Mas pensei que você não ligasse para essas coisas.

Steven pensou no avô, na herança que os pais lhe haviam transmitido. Jasmine estava certa: ele nunca tinha se importado com isso antes. Agora, contudo, isso lhe dava uma sensação acolhedora, uma impressão de que pertencia a algo maior do que ele mesmo.

Então olhou para os companheiros de equipe, e se deu conta de que sentia algo muito similar em relação a eles. Eles eram o futuro, a chance de construir algo, sua nova família, erigida sobre a fundação da antiga.

– Eu ligo – disse ele. – Agora, eu ligo.

殼石
中

記
TEL: 27
金

诸
THE EVERYTHING STORE
500m
26781234

EPÍLOGO UM

THIAGO, O RATO, estava em uma caverna escura e claustrofóbica, arranhando a superfície do osso-oráculo em sua mão. *Coisa estúpida perder tempo assim*, pensou ele. É muito mais lento do que um holocomunicador!

No ponto em que sua unha afiada tocava o osso, uma escrita cinzenta apagada surgiu. Quando terminou, a mensagem dizia:

MISSÃO CUMPRIDA.
ACHO QUE DEI UMA CHANCE AO SEU JOVEM TIGRE.

Um estrondo massivo ressoou pela parede, abalando o chão. *É isso*, pensou Thiago. *A caverna principal desabou.* Seu poder intuitivo lhe permitiu escapar por aquela estreita passagem lateral, o único lugar onde, ele sabia, estaria a salvo.

O ninho do rato.

A seus pés, Nicky, o Cachorro, repousava imóvel. Malik, o Boi, grunhiu e começou a abrir os olhos. Thiago sacou a arma de gás, debruçou-se e soltou outro sopro debaixo do nariz de Malik. O Boi gemeu e voltou a ficar sem sentidos.

Thiago fitou as feições esculpidas de Malik, sua mandíbula forte. *Você é um pouco leal demais*, pensou Thiago. *Se eu não o tivesse pegado, você poderia ter acompanhado a deserção dos seus amiguinhos e formado outra facção. E isso não serviria aos propósitos de minha chefia.*

Às vezes, um peão pode mudar toda a partida de xadrez.

Quando Thiago se levantou, uma mensagem de resposta havia surgido no osso-oráculo.

OBRIGADA. EU SEI QUE VOCÊ SE COLOCOU EM UMA POSIÇÃO DIFÍCIL. TENHA CERTEZA DE QUE SERÁ RECOMPENSADO POR ISSO.

Thiago arranhou sua resposta:

**NÃO FAÇA EU ME ARREPENDER.
SE ISSO ACONTECER, VOCÊ TAMBÉM VAI SE ARREPENDER.**

Ele ficou observando o osso por um longo instante, mas não recebeu nenhuma réplica.

Thiago suspirou, olhando para Nicky e Malik, adormecidos ali no chão. Ele sabia que estava fazendo um jogo arriscado. Lembrou-se das próprias palavras para Josie, o Cavalo: *Se vocês vão desafiar Maxwell, é melhor terem um Plano B.* Se Maxwell descobrisse algo da traição de Thiago, ele poderia acabar como o pobre Macaco.

Estremeceu ao pensar nisso. *Espero que eu tenha escolhido o lado certo.*

Então sorriu e gargalhou, um ruído agudo. *Se não*, pensou ele, é só trocar de lado outra vez.

Afinal, é isso o que um Rato faz.

A mulher estava sentada sozinha em um escritório agradavelmente decorado. Cada pintura nas paredes, cada livro nas estantes tinha sido cuidadosamente escolhido e arranjado. A mensagem final ainda estava ameaçadoramente exposta no osso-oráculo:

NÃO FAÇA EU ME ARREPENDER.
SE ISSO ACONTECER, VOCÊ TAMBÉM VAI SE ARREPENDER.

A mulher ficou olhando para a mensagem durante um longo tempo. Então, com um movimento rápido, apagou-a com a palma da mão. A superfície do osso-oráculo ficou lisa. Ela pegou o telefone, olhando para a proteção de tela: era uma foto desbotada de Steven Lee, aos cinco anos, olhando para cima com os olhos arregalados e maravilhados.

Uma lágrima surgiu no canto do olho da mulher.

– Meu garotinho – murmurou ela. – O que foi que fizemos com você?

EPÍLOGO DOIS

– **CARLOS, ESTOU FALANDO SÉRIO.** Guarde essa vareta ou eu vou guardá-la para você, e você não vai gostar do lugar em que ela vai acabar entrando.

Carlos fechou a vareta com um estalido e se voltou para o computador.

– Só estou preocupado.

– Bom, não fique. Estou bem.

Eles tinham liberado os outros e voltado para a Groenlândia. Nem Jasmine nem Carlos sabiam pilotar o avião, mas Duane lhes assegurara que o piloto automático poderia fazer o voo. A ideia deixava Jasmine nervosa, mas até ali a viagem tinha sido tranquila.

– Ele se saiu bem – afirmou Carlos. – Steven.

– Foi o que eu disse a ele.

– Algum dia você vai lhe contar a história toda? Sobre você e Maxwell?

Jasmine franziu o cenho. Por um momento, seu corpo inteiro ficou tenso. Ela não gostava de pensar naqueles dias.

– Talvez um dia – disse ela, mantendo a voz deliberadamente despreocupada.

Carlos ainda parecia preocupado.

– Mas não é isso o que o está incomodando de verdade – prosseguiu ela. – O que foi?

– Eu... – Ele se voltou, fitando-a nos olhos. – Lá nas Grutas. A equipe Vanguarda... Eles tombaram incrivelmente rápido.

– Nossa equipe era melhor – disse Jasmine, mas no mesmo momento soube que essa resposta não estava completa.

– Suponho que sim – retrucou Carlos. – Mas foi como se alguém nos estivesse ajudando.

– Talvez eu tenha conseguido tocar Josie. Ela no fundo é boa pessoa. E não estava lá com a Serpente no final. – Jasmine fez uma careta. – Tenho a impressão de que o nosso mundo está prestes a ficar muito mais complicado.

Carlos a perscrutou com o olhar.

– Tem *certeza* de que está bem? Você tem um poder de Dragão descomunal dentro de si agora.

– Eu posso dar conta disso. De verdade. – Ela inclinou a cabeça para ele. – Mas se quiser me ajudar, vá lá atrás e arranje algo para o jantar.

O sorriso galante dele era de flerte.

– Eu tenho quatro diplomas de pós-graduação, e você quer que eu faça o jantar?

– Vou lhe dizer uma coisa. Vamos aterrissar este negócio e nos encontrar com os outros. Faz tempo que estou com vontade de comer *dim sum.*

Um instante depois, ele a segurou pelos ombros, e ela se sobressaltou com o movimento inesperado. Ele se inclinou e lhe deu um beijo suave no rosto.

– *Dim sum*, então – concordou ele.

Quando Carlos se foi, ela deu um longo suspiro, e um pouco da energia do Dragão escapou-lhe da boca, das mãos, de cada milímetro de seu corpo. O Dragão de garras afiadas se revirou pela cabine, sibilando e cuspindo fogo. Em seguida, se virou, pela primeira vez, para olhar diretamente para ela com os olhos vermelhos reluzentes.

– Eu posso lidar com você – disse Jasmine.

O Dragão a encarou silenciosamente.

– Posso, sim – sussurrou ela.

Jasmine tentou se lembrar de como o mundo lhe parecia antes. Antes do Zodíaco, do Dragão, da Convergência, do Tigre, dos recrutas e do poder. Antes...

Antes de Maxwell.

Foi necessário bastante esforço, mas, quando Carlos pousou o avião, ela se sentia quase humana de novo.

MISTO
Papel produzido a partir de fontes responsáveis
FSC® C125132
FSC
www.fsc.org

FONTE: ITC Stone Serif
IMPRESSÃO: Arvato

#Novo Século nas redes sociais

novo século®
www.novoseculo.com.br